レニーは深くヒューイの唇を吸い、上唇を齧り、舌に舌をぶつけてくる。レニーに口づけられているのを不思議に思いつつ、抗えない心地よさにヒューイはうっとりして身を任せた。

# あかつきの塔《とう》の魔術師《まじゅつし》

夜光花《やこうはな》

ILLUSTRATION
山岸《やまぎし》ほくと

# あかつきの塔の魔術師

## ■1　困った従者

塔の窓から見える街の明かりが、ヒューイ・ラッセンの一番好きな景色だった。

夜の帳《とばり》が降りて月が姿を現すと、セントダイナの民はランプに火を灯して部屋に明かりを満たす。その明かりがヒューイの暮らす塔の最上階の部屋からゆらゆらと揺れて見えるのだ。

ヒューイがこのセントダイナ国で暮らすようになってから十年が過ぎたが、夜の景色だけは何万回見ても飽きないと思う。このきらきら光る家々の明かりを見ているだけで、嫌なことはすべて吹き飛ぶし、現状に憂えることもない。すべての重荷から解き放たれる一瞬だ。

ただし、それはヒューイの教育係兼従者であるレニー・グルテンが現れるまでだった。

「忌々《いまいま》しい光ですね。油を塗った鳩を放り込んで、火事でも起こしますか？　それとも水魔法を使って洪水でも起こすとか。ロップス川の堰《せき》を破壊して、城下町を水で流すことも命じて下さればできますよ。とてもすっきりすると思いますがね」

いつの間にか背後に立っていたレニーが、ヒューイの見ている方角に目を向け、ニヤニヤと嫌な嘲笑を浮かべる。

「レニー……」

頭痛を覚えてヒューイは額を押さえた。

「近くの田畑にいる虫を大量に誘導して、家々を襲わせるというのはどうです？　逃げ惑う人々はきっと愉快だろうな。クク……、明かりがどんどん消えていったらさぞ爽快ですよ。ねぇ王子」

ヒューイのげんなりしている様子に気づきもせず、レニーは気色悪い想像をしてはおかしそうに肩を揺らしている。

「分かっていると思うが、何もするなよ、レニー。お前の悪意ある妄想は、俺の心を蝕《むしば》んでいくよ」

振り返って念のために言っておくと、レニーはつまらなそうに肩をすくめる。毎度のことながら、この従者には困り果てている。レニーは身長が高く、背筋はすっとして、目は切れ長、陶器のように滑らかな肌を持ち、肩につくくらいのカラスのように艶艶とした黒髪、微笑めば夢に出てくる精霊のごとき美しい容姿をしている。だがその美しい容姿を裏切るように、口を開けば嫌な言葉と恐ろしい妄想しか吐かない悪魔だ。歳は今年二十二になったと聞いているが、本当かどうかは知らない。本物の悪魔はきっとこういう綺麗な顔をしているに違いないとヒューイは常々思っている。

レニーはヒューイの国一番の魔術師だ。

ヒューイが生まれた国には魔術師がたくさんいた。ヒューイがこの国に来ることになった際、母は魔術師の中でも一番力のあるレニーを従者として付き添わせてくれた。その頃のヒューイはまだ子どもで、右も左も分からない状態だったのだが、今ならどうしてこんな男を寄こしたんだと文句を言っただろう。レニー自身がヒューイと一緒に行動するのを希望したというが、多感な思春期に人質という運命を背負った自分には、レニーの暗い妄想は邪魔すぎた。何しろレニーは、この国のすべてを呪っている。

「おや、あれは第一王子の従者ですね。忌々しい猿王子の腰巾着め、転べ、転べ、転べ」

窓から下を覗いていたレニーが、塔の近くを歩いていたセントダイナ国の第一王子であるトネルの従者たちを見つけて指をくるくる回す。三人の従者が闇の中、手押し車を引いている。急いで止めようとしてレニーの手を摑んだが、その時にはもう下で従者が何もない場所で転んでいた。手押し車は派手に倒れ、乗っていた荷物が地面に滑り落ちる。

「あれは……」

滑り落ちた荷物に目を吸い寄せられると、覆い隠していた毛布の下からどうみても人の形をしたものが出てくる。だらんとした腕、手押し車から落ちたというのに動かない身体、従者たちの怯《おび》えた態度。

——荷台の荷物は遺体だろう。

嫌なものを見てしまった。

従者たちは身を震わせながら遺体を手押し車に乗せて、再びそれを引き始めた。

「あの遺体、動かしてみせましょうか？」

レニーが小声で身の毛もよだつ提案をしてくる。

「レニー、頼むから問題を起こさないでくれ！」

ヒューイは抑えた声で叱りつけた。レニーは小さな魔術は無許可で使ってしまうので本当に困る。遺体が動き出したら、従者たちはさぞかし恐怖を感じることだろう。本人にやるならともかく、命じられて断れない身分の者たちをこれ以上怯えさせるのは気が進まない。

トネルはまた死体を増やしたのか。気に入らなかったのか、反抗されたのか。理由は分からないが、この国の第一王子は、人の命を庭に咲いている花を手折るのと同じくらい容易《たやす》く奪っていいものだと思っている。

ふと気づくとレニーの手を握ったままだった。そっと離そうとすると、逆にしっかり握られる。レニーはヒューイを愛しげに見つめ、天使のような微笑

みでヒューイに寄り添った。

「私の王子。他国の王子の頭がおかしくたって気に病むことはありませんよ。あなたに害が及ぶような真似はさせませんから。この国で何人、いえ何百人、人が死のうと、所詮セントダイナの民なんですから」

背筋が寒くなるような言葉を、レニーは今日も告げる。レニーの美しい容姿からいつものように冷酷非道な言葉が漏れる。

「ところでトネルを殺してもいいですか？」

にっこり笑ってレニーに囁かれ、ヒューイは大声で「駄目！」と叫ぶしかなかった。


ヒューイはサントリムという国の三番目に生まれた王子だ。サントリムは長い間魔女が支配していた国で、ヒューイが生まれる前は恐怖政治で民を奴隷のように扱っていたと聞く。幽閉されていた王族を助けるために民が立ち上がり、魔女と五年に亘《わた》る闘いを繰り広げ、ようやく魔女を退治したのだ。内乱が治まった頃にはサントリム国は疲弊し、雑草も生えないと揶揄《やゆ》されるほど荒れ地に変わっていた。

隣国であるセントダイナ国からの援助を受け、同盟という名の傘下に入るようになったのはその頃だ。セントダイナは肥沃《ひよく》な台地カルバナを支配する大国で、いくつもの少数民族がその支配下にある。セントダイナはサントリムを属国としたが、侵略はしなかった。その代わりに、代々王族の王子を人質代わりにセントダイナに寄こすよう命じた。

ヒューイの前に長年セントダイナに人質として囚われていたのは、先代の王の第一子であるアルルカン王子だった。そのアルルカンが四十歳を迎えた年、セントダイナ国から人質の交換を申し出る命が下った。四十歳のアルルカンでは人質の価値がないと判断されたためらしい。すでにサントリムではアルルカンの妹であるレブラントが、女王として君臨して世継ぎとなる男の子を三人産んでいた。

ヒューイは母であるレブラント女王の三番目の子どもだ。

最初は第一王子であるカミューン王子が人質としてセントダイナの国に来る予定だった。ところがどういうわけかセントダイナのハインデル七世は、カミューンではなく三番目の息子であるヒューイを名指しで国に来るよう命じてきた。

「噂を聞きつけたのやも知れませんね」

書状を受けとった母のレブラント女王は忌々しげに顔を顰《しか》めた。

サントリムでは長い間魔女の支配を受けたという忌《い》まわしい過去があるが、今も国内には魔術師が多数残っている。魔女と対峙《たいじ》した際、彼らの活躍がなければ難しかったと言われるほどで、魔術に対する嫌悪感がある者も多いが、制度として残されている。魔術を教える学校があり、素質のある者はそこで学ぶ。ヒューイの長兄と次兄も、魔術を使える素質ありと見込まれ、この学校に通っているのだ。

ヒューイは生まれた時から魔術を使える素質なしと断言され、ふつうの子どもとして育てられた。魔術は使えないものの母から溺愛され、剣の訓練や学問を習得していた。そのヒューイが七歳の時に突然セントダイナに来るよう命じられ、ヒューイだけではなくレブラント女王も大きな戸惑いを感じていた。

セントダイナは、おそらく魔術という怪しげなものを使う長兄、次兄より、能力のないとされるヒューイのほうが安心だと判断したのだろう。あるいはレブラント女王に溺愛されているのを知っていたのかもしれない。

急に隣国に行かされる羽目になり、幼かったこともあり、ヒューイには十三名ほどの従者が付き添い、セントダイナで共に暮らすことになった。七名は女性の召使で、六名は護衛のための従者だ。その従者の一人が、レニーだった。

レニーはかつてセントダイナを苦しめたという魔女アルジャーナの血を引く子どもだ。アルジャーナの血縁関係はすべて殺されたのだが、一人だけ身を隠した女性がいた。アルジャーナの従姉妹である女性で、見つけられた際に子どもと一緒にいた。父親は名も知らぬ男だと女性は言っていて、自分の命の代わりに子どもだけは助けてくれとレブラント女王に直訴した。

その時偶然にも生まれてきたのがヒューイだった。レブラント女王は子どもを産んだ母として憐れんだのか、彼女に恩赦を与え、この母と子どもをヒューイの従者とすることで生かすのを決めた。レニーは当時五歳、自分が殺されなかったのはヒューイのおかげだと母親と周囲から言い含められたのもあって、すっかりヒューイが生きる指針になってしまったそうだ。

生まれた時からレニーは常にヒューイの傍にいて、話し相手になったり勉強を教える師になったりした。レニーは小さな頃から魔術を使える能力が誰よりも抜きんでていて、十歳の時には学校ではもはや教えることなしと教師陣から追い出されるほどだった。

レニーはヒューイを守るために、誰よりも強い魔術師になりたいとレブラント女王に申し出、国一番の魔術師ローレンのもとで修業をした。そしてヒューイがセントダイナ国に人質として連れて行かれると知った際には、いち早く駆けつけ、自分を従者に加えるようレブラント女王に頼んだのだ。

従者に魔術師を入れないようセントダイナ国から言われたにも拘《かかわ》らず、レブラント女王はレニーの従者入りを決定した。魔術師は基本的に杖がないと力が振るえないものだが、レニーは恐るべき能力の開花によって、杖なしで力を発揮することができるようになっていた。セントダイナの民に魔術師であると知られないようにするという約束の下、レニーはいざという時ヒューイを守るために従者として遣わされた。

サントリムから七歳という幼い時にセントダイナに行かされたヒューイは、最初は心細く不安な毎日を送っていた。だがセントダイナはサントリムと違い、用水路や公共の建物、法や制度がしっかりと整備された大きな国だった。王子として学ぶ点は多く、また召使たちに慰められたのもあってヒューイは強く生きていく決心をした。

歳が上がるにつれ、感情も理性も育っていく。だんだん大きくなるにつれ、いつも傍にいるレニーが腹の真っ黒い極悪人であるというのがヒューイにも分かってきた。どうして母はこの悪魔のような男を従者に加えたのかと謎に思うくらい、レニーは毎日毒を吐いている。その毒にやられないようにするのが精一杯で、反動かヒューイは心優しく育った。

「レニー、どうしてお前は口を開くと恐ろしい発言しかしないんだ？　また禁止されている魔術を使って。トネル王子が知ったら追放だぞ」

魔術の使用を禁止されているレニーは、しかしヒューイの命令に従った例《ため》しがない。従者を転ばせたレニーはどこ吹く風で、ヒューイの部屋の長椅子に寝そべっている。レニーは生い立ちの過酷さを微塵も感じさせない暴挙ぶりで、いつもヒューイの部屋でこの部屋の主よりくつろぐ。レニーはヒューイを王子と呼ぶが、口ぶりや態度から、ヒューイは自分の立場が上とは思えない。

　ヒューイは今年十七歳になった。母に似た金髪の巻き毛に細身の身体つきをしており、目がくりっとしているせいで森に住むアージュという動物に似ていると言われる。アージュは木から木へ飛び移る習性のある手のひらサイズの小動物で、額に小さな角があり尻尾が長いのが特徴だ。

「あの人間にもなれない外道《げどう》王子が魔術の存在に気づくはずありませんよ。したがって王子の心配は杞憂かと思われます。それに私はこの国の人間ではないので、追放されてもまったく困りません。ではそろそろ休みましょう。おやすみなさい、愛しの君よ」

　レニーはヒューイの注意を軽く手で振り払い、長椅子に横になった。

　セントダイナに人質としてやってきて、ヒューイはこのあかつきの塔と呼ばれる建物を宛《あて》がわれた。城の北西に位置している塔には、かつてサントリムを苦しめたアルジャーナが住んでいたそうだ。石造りの煉瓦で出来た塔は五つの階に分かれ、上に行くに従い狭くなっている。最上階の部屋はヒューイの私室だが、ほとんど一人になる時間はなく常にレニーがいる。

　この国に来て十年、ヒューイは自分が王子という身分であるのを時々忘れるくらい従者と慣れ合っている。今日も勝手に人の部屋の長椅子で寝てしまったレニーを追い出すわけでもなく、ヒューイは床に就いた。

「それにしても昨夜は嫌なものを見てしまいましたね。今朝、城の周囲を見渡したのですが、昨夜の遺体は武器庫の傍の穴に埋められたようですよ。なんでもトネル王子の前で粗相をしたのだとか」

翌朝、日課である魔術の勉強をしながら、レニーが小声で教えてくれる。レニーは本を開いてヒューイのために魔術の心得を語っている。使えもしない魔術の授業を毎日するのは無意味だと思うのだが、レニーは気にした様子もなく呪文を復唱させる。

「粗相って何？」

サントリム語で書かれた教科書を眺め、ヒューイは眉を潜めて聞き返した。

「踊り子に声をかけたそうです」

「それは……。可哀想に……」

噂では宮廷付きの踊り子たちは皆トネルの手がついているとか。トネルは自分のものを他人に横取りされるのが何より嫌いで、傍についている女性たちに手を出すと恐ろしい制裁が下る。トネルには現在正妻はいないが、飽き性で女は使い捨てだ。見目良い踊り子たちだけは傍にはべらせているものの、五年と続いた女性はまだいない。

トネルの話をしていた時、部屋の戸がノックされ、入れと言うと、召使の女性が入ってくる。黒髪のダイキリだ。

「ヒューイ様、トネル王子が昼食会に来るようにと仰せです」

ダイキリはうつろな目つきで声を張り上げる。その目は自分を見ておらず、何を考えているのかまったく分からない。まるでからくり人形のように与えられた台詞を口にする姿に、ヒューイはため息をこぼした。

もう食べたと言って断ろうかと思ったが、そんなことを言ったら腹を立てたトネルからダイキリが殴られるのが分かっている。

「すぐ行くと伝えてくれ」

仕方なくそう答えてヒューイは教科書を閉じた。ダイキリは腰を深く曲げ、部屋を去っていく。ダイキリの魂が抜けたような動きを見送りながら、どうしてこうなってしまったのだろうと頭を悩ませる。

「昼食会ですか、やれやれ。あの言葉も覚えていない猿王子ときたら、気楽に人の王子を呼びつけて困ったものですね。腹下しの魔法でも使ってしばらく厠《かわや》に閉じ込めますか？　それとも何を食べても腐った味がする術でも使ってみます？」

レニーはヒューイの悩みに気づかぬ様子で微笑み、怖い発言をしている。

「レニー。お前がトネル王子を嫌っているのはよく分かっているよ」

先日行われた城での昼食会での一幕を思い出し、ヒューイはうんざりした。ここ最近、ハインデル七世の第一王子であるトネルがやたらと塔にやってくる。ヒューイはセントダイナでは好き勝手に歩き回ることを許されていない。城内を歩き回るのにも許可がいるし、城を出るとなればさらに目的や行き先など詳しい申請が必要になる。塔の中だけがヒューイの好きに暮らせる領域なのだ。

そのヒューイを憐れに思っているのかどうか、トネルがしょっちゅうやってきて城に連れ出す。昼食会は面倒くさいし、トネルは威張り散らすし乱暴者だから好きになれない。それでもこの国でヒューイの意思が優先されるはずもなく、呼び出されれば必ず顔を出さねばならないのが難点だった。

「トネル王子の呼び出しとなれば、着替えねばならないな…」

重い腰を上げると、ヒューイは昼食会に着ていく服に着替えようとクローゼットに向かった。以前はこんな些細なことも召使が来てやっていたが、十五歳になったのを機に自分でできることは自分でやるようにさせてもらった。ヒューイと一緒についてきた従者たちは祖国を離れ、幽閉の身を余儀なくされているのだ。いくら身分が下とはいえ、従者や召使たちが可哀相なので少しでも負担を軽減させたかった。

それから理由はもう一つある。最近召使や従者たちが変なのだ。

「お前も行くのか?」

いつの間にか長椅子から離れ、鏡の前で身支度を整えているレニーを見て、ヒューイは半分怯え、半分安堵して聞いた。

「もちろんですよ、王子。私は常にあなたの影となりて御身をお守りしているのです。あなたの後ろで大人しく控えておりますので、ご安心を。猿がナイフとフォークを使っていても決して嘲笑しやしませんよ」

レニーは天鵞絨《びろうど》のベストのボタンを閉めて、胸を反らす。くれぐれも失言はするなよと言い含め、ヒューイは着ていた麻のシャツを脱ぎ、シルクのシャツに袖を通した。なんだかんだ文句を言いつつも、トネルと二人きりで会うのは嫌なのでレニーが来てくれるのはホッとする。トネルは一緒にいると傍若《ぼうじゃく》無人《ぶじん》なところがあるので、こちらの意見をまったく聞いてくれないし、食事の席でもスープをこぼした召使に暴力を振るうから一時も気が休まらない。第二王子のハッサンは理知的な青年なのに、トネルときたら感情の赴くままに行動するから同席するのは気が重い。

「それにしても三日前にも昼食会に行ったばかりだぞ。トネル王子はどうして俺をしょっちゅう呼び出すんだろうな」

シルクのリボンを首にかけると、レニーがすっと目の前に立って細く綺麗な指先で結んでくれた。レニーの黒髪が頬をくすぐってこそばゆい。

「……さぁね、猿の考えることは私には分かりませんよ」

リボン結びをして、レニーが唇を歪《ゆが》めて笑う。レニーは綺麗な顔をしているわりに嫌な笑い方をするせいか、あまり人から好かれない。もったいないことだとヒューイは思う。

身支度を整えて部屋を出ると、円形の建物に沿った形の階段をレニーと共に下りた。ヒューイの安全と身分が上という意味もあって最上階に住んでいるが、塔を上り下りするのがけっこう苦痛だ。羽でもあれば五階までひとっ飛びなのに、毎回階段の上り下りがちょっとした運動になっている。


「いってらっしゃいませ」

ヒューイが階段を下りていくと、踊り場のところで従者と召使たちが頭を下げて見送る。ちらりとヒューイは頭を下げる召使たちを見やり、その大半に表情がないことを確認して顔を曇らせた。

ここ数年のヒューイの心配事は、サントリムとセントダイナの二国間の情勢より、連れてきた供にある。

十年前、セントダイナについた当初はそれぞれ個性を感じられた従者や召使たちが、ここ数年無気力な表情に変わっているのだ。前は明るく話していた者も、最近は話しかけても通り一遍の返事しかしないし、従者同士笑い合っている姿もめっきり減った。長きにわたる他国での暮らしに絶望しているのか、感情を見せない姿に胸が痛んだ。一度従者と召使たち全員に話しかけて調べたことがあるのだが、十三名のうち十名が無気力人間と化しているのが分かった。一生懸命彼らの明るさを取り戻そうとあれこれ試してみたが、彼らはすっかり感情を失ってしまったらしく抑揚のない答えを返すだけだ。

無気力になったからといって仕事をさぼるわけでもないし、従者がヒューイの安全のために尽くさないというわけでもないのだが、心の底ではセントダイナに連れてこられたやるせない苛立ちを抱えているのではないかと思い、不安になる。王子という存在なのだから身分が下の者に対してそのような考えを抱かなくてよいと思う一方、人生の大半を他国の人質という立場で過ごしたヒューイは身分や権力など何の意味もないと思うのだった。

「ヒューイ様、またトネル様の呼び出しですか」

塔の下で待っていた従者のギールが顔を曇らせて言う。ギールは大柄な身体に短く刈り上げた髪と浅黒い肌をした男だ。顎の下に少しだけ髭《ひげ》を生やしていて、毎日手入れしているという。ギールは今年三十五歳になったはずで、まだ妻《めと》ってないのに他国に連れてこられた不運な身の上だ。幸いにして召使のナンといい仲になっているという話を以前聞いたが、他国では婚姻もままならないのでどうにかしてやれないかと考えている。

「そうなんだ、悪いけどつき合ってくれないか」

ギールの顰《しか》め面《つら》を見て、そこに感情があるのに安堵してヒューイは頼んだ。ギールは無気力症にはかかってない貴重な供だ。ギールは快く頷《うなず》き、ヒューイの後ろにいるレニーに向かって軽く頭を下げると、そのまま一緒に歩き出す。セントダイナの城では、ヒューイたちは帯剣を禁じられている。ギールは毎日剣の稽古を積んでいるが、それが発揮できる場所がなくてつまらなそうだ。

塔から城までの道を歩き、ヒューイは整備された石畳の道や手入れされた薔薇園に目を向けた。ふと薔薇の隙間に白くふわふわとしたものが動いたのを見て、びっくりして足を止める。

「あれは……」

ヒューイが足を止めたのも無理はなかった。前方に白い肌の金髪の男性がいたのだが、その背中から羽が生えていたのだ。

「スパルナと呼ばれる鳥人族ですね。国境を監視している者ですよ」

ギールが面白そうな顔つきで顎を撫で、教えてくれる。人の身でありながら鳥のように空を飛ぶ種族がいるというのは、話に聞いていた。けれど実際目にするのは初めてで、ヒューイはいたく感動して近づいていった。

「お近づきになろうとでもなさっているので？　あまりお勧めはしませんがね」

背後でレニーがそっけない声を出す。

構わずに近づいていくと、鳥人は老齢の騎士と話しているようだった。後ろ姿しか分からないが、老人とは思えないほど鍛え上げられた肉体を持った武人で、髪が白くなければ歳を取っているとは判断しなかったろう。ヒューイが声をかける前に老人は去っていき、その背中を見送るように鳥人は佇《たたず》んでいた。

声をかけていいものか悩みつつヒューイが足を進めると、鳥人は足音に気づいて振り返ってきた。

印象的な鳥人だった。鳥人を見たのは初めてだが、誰もがこのように綺麗な顔をしているのだろうか。白く滑らかな肌に鮮烈な印象を受けるオッドアイ――右目が青、左目が金色の瞳だ。背中の部分が大きく開いた絹の服を着ていて、金色のさらさらとした長髪を風になびかせている。

「……？」

鳥人はヒューイたちを見て、見覚えのない者だという表情で軽く頭を下げた。ヒューイは鳥人の前に行き、挨拶をした。

「お初にお目にかかります。私はサントリムのヒューイと申す者で……」

「サントリム⁉」

ヒューイが名乗ったとたん、鳥人は激しい嫌悪感を表し、さっと身を引いた。

「——サントリムの者と話すことはない。失礼する」

鳥人は頑なな態度で拒絶すると、背中を向けて足早に立ち去ってしまった。呆然としてヒューイはその場に硬直する。名前を名乗っただけで嫌われたのは久しぶりだ。

「ほらね。だから言ったでしょう。邪悪な魔女アルジャーナに苦しめられたのはサントリムの者だけではないのですよ。聞いた話によると鳥人族はアルジャーナのせいで絶滅の危機に瀕したとか。最近は少し数が増えてきたようですが、今でもサントリムを毛嫌いしている者は多いんですよ」

したり顔でレニーが言い、わざとらしくヒューイの顔を覗き込んでくる。

「今から追いかけて、あの鳥に私が魔女の血縁だと言ってきてもいいんですよ。きっと鳥の憎悪は私一人に向かうことでしょう」

レニーがヒューイだけに聞こえるように耳打ちしてくる。レニーの正体を明かす気はない。それは召使や従者たちも知らない特別な秘密だ。レニーを生かす代わりに、母はこの秘密は王家のみ知ることのできる情報とした。アルジャーナを憎んでいる民はまだサントリムにもいるから、レニーの正体が知られたらどんな輩に命を狙われるか分からない。そんな真似はさせない。

「するはずないだろ、そんなこと」

急いで否定すると、レニーがにやっと笑った。

「それはけっこう。王子、まさか名前を名乗っただけで相手から好意が得られるとでもお思いで？　そんな驕《おご》りはお持ちではありますまいね？　あなたの今の顔は、六年前に可愛がっていた白馬が死んだ時の顔に似ていますよ。あの時は三日三晩泣き暮らして、おまけに朝食の大好物のジャンピーの卵を残しましたね。あなたがジャンピーの卵を残したのは後にも先にもあの日三日だけですよ。今夜は何を残すおつもりで？　傷心した姿を他人に見せるのはもったいないから私といる時だけにしてくださいよ。そうしたら傷口を嬲《なぶ》るように苛めてあげますから」

ショックを受けていたヒューイも、レニーの意地の悪い囁きを聞き、すぐさま立ち直った。レニーはヒューイがショックを受けるたびにこうしてさらにどん底に突き落とすようなことを言う。レニーは人をいたぶるのが好きなのだ。十年一緒にいてギールもその人となりを知り尽くしているので横で苦笑している。

「ショックなど受けてないよ。お前の勘違いだ」

毅然とした態度でヒューイが言い切ると、レニーはにやにや笑って「そうでしょうとも」と呟《つぶや》く。セントダイナに来てから精神的に強くなったのはレニーのおかげもあるかもしれない。真の敵はすぐ傍にいる。うかつな真似を晒《さら》そうものなら、レニーの恐ろしいまでの記憶力で未来永劫語り継がれてしまうのだ。

「王子、強くなられて。きっとそのうち彼も分かってくれますよ」

ギールが嬉しそうに笑って励ましてくれる。気を取り直して長槍を携えている衛兵の立っている門を潜《くぐ》り抜け、建物の中に入る。衛兵はヒューイの顔を覚えているので、目礼だけで中に通してくれる。

城の中の床はこの地方で有名な黒花岩と呼ばれる高価な黒い石で敷き詰められている。磨き上げると鏡のように姿を映し出す美しい石だ。

「ヒューイ様、お越しをお待ちしておりました」

階段の前でトネルの侍従が待っていて、ヒューイたちに頭を下げた。ここからは侍従の案内に従って歩く。城内には帯剣した衛兵がそれぞれの持ち場で背筋を伸ばして番をしている。今日の昼食会は二階のテラスで行われるらしかった。二階にはまるで宙に浮いているような造りの広いテラスがあって、そこにテーブルや椅子を並べて昼食会をするのがトネルは好きなのだ。これはトネルが青空の下でお茶を飲むのが好きという意味ではなく、飼っている白い虎を傍に置いておけるからに違いない。トネルは白い虎のラルを子虎の頃から育てており、外出する際には常に連れている。白い虎はトネルを主人と思い従っているが、しつけられていないのでところ構わず糞尿を垂れ流す。そのせいでハインデル七世から、白い虎はトネルの部屋以外の室内で留まることを禁じられているのだ。テラスのみ室内ではないという言い訳が成り立つので、トネルはよくテラスで食事をする。

テラスで昼食会ということは、白い虎も同席するということに他ならない。ヒューイは白い虎が苦手で、ただでさえ憂鬱な昼食会がますます嫌になってきた。白い虎はしょっちゅう唸《うな》っているし、鎖で繋がれているとはいえ、時折飛びかかろうとするみたいに牙をむき出しにしてくるから恐ろしい。そもそも野生の白い虎など草原か山にでもいるべきなのに、こんな街中の、しかも城内に入れるなんてもってのほかだ。

「王子、野生の獣は怯えると余計に調子に乗るんですよ」

ヒューイの暗い表情を見て何を考えているか察したレニーが、耳元でこっそりと囁いてくる。確かに白い虎はレニーには唸らないし威嚇《いかく》もしない。獣にもレニーの不気味さが分かるのだろうかと内心感心していた。

「あんな獣を前に怯えるなと言われても……」

ヒューイがため息と共に小声で返すと、ギールが違いないとばかりにうんうん頷く。白い虎に怯えているのはヒューイだけではない。侍従や召使、料理長までが白い虎にハラハラしながら料理を運んできている。

「ヒューイ様のお越しです」

テラスに続く大きな扉の前で衛兵が声を上げ、ヒューイの到着を知らせた。ゆっくりと扉が開き、外気が頬を嬲っていく。

「待ちかねたぞ、ヒューイ。早く来い」

奥にある細工の施された白い長椅子に寝そべっていたトネルが、上半身を起こしてヒューイを手招く。屈強な肉体に刈り上げた短髪、日に焼けた肌、セントダイナの第一王子は剣の腕も達者で騎士団の騎士たちにも負けていないという。力が強い分、かなり乱暴な一面があり、細身のヒューイはいつもその迫力に気圧《けお》されてしまう。

「お招きありがとうございます」

どうにか笑顔を取り繕って、ヒューイはトネルの傍に進んだ。一緒に付き添ってきたレニーとギールは扉近くの植え込みの辺りで控えている。

　ふだんは中央に噴水があるだけの場所に、今日は白い長テーブルと椅子、それに籠に入った色とりどりの花々が並べられている。トネルの傍に控えている召使の数は十人ほどで、どれも若い女性たちだ。

毎回思うのだが、どうしてこんなに広いテラスが建物から突き出した状態で落ちないでいるのだろう。いつかテラスごと下に崩れるのではないかと気が気ではない。

　トネルが腰かけている長椅子の両脇には、棒の先に大きな日よけの幕を張ったものを召使が支えていた。白い虎はトネルの足元で伏せているが、召使たちは一番近くにいるというのもあって、怯えながら立っている。難儀なことだ。トネルはいつも白い虎がいない時は踊り子をはべらせている。

「おい、どこに座る気だ。お前は俺の隣に座るんだ」

　ヒューイがトネルから見て下座である一番端の席に座ろうとすると、意地の悪い口調でトネルが手招きしてきた。トネルの座っている長椅子は三人くらいは座れそうな大きさはあるが、隣ということは白い虎のもっとも近い場所になる。ヒューイが青ざめて固まると、トネルはニヤニヤして早く来いと促す。トネルは意地が悪いのでこうしてヒューイが困る様を見るのを楽しむ。

「はぁ……しかし……」

　ヒューイは白い虎をちらりと見て、冷や汗を流した。白い虎はヒューイと目が合うと、威嚇するように吠える。とたんに日よけの幕を持っていた召使たちが棒を震わせて、影を揺らした。

「こいつが怖いのか？　弱虫め。女のようだな」

　トネルは馬鹿にするように言って、白い虎の首筋を撫でた。断りたいがこの国の第一王子に逆らうことはできない。ヒューイは暑さだけではなくだらだらと嫌な汗を掻きながらトネルの傍に足を進めた。白い虎は気に入らないと言いたげに、近づくヒューイに唸り声を上げたが、トネルが何か囁くと黙って伏せた。

ぎくしゃくとした歩き方で、ヒューイはトネルの座っている長椅子に腰を下ろした。すぐ目の前にぐるぐる喉を鳴らせている白い虎がいると思うと、全身に力が入ってしまう。

「どうした、下ばかり向いて。せっかく昼食会に招いたのに浮かない顔だな」

トネルはヒューイの耳朶《じだ》に唇を寄せるようにして囁いた。トネルは怯えているヒューイを面白そうに眺め、肩に腕を回してくる。

「料理を運べ、ヒューイ殿が腹を空かせておる」

トネルは大きな声で指示し、ニヤニヤしてヒューイの巻き毛を指に絡《から》めた。最近トネルはやたらとヒューイに触ってくるようになった。その触り方が同性にするには少しねちっこいというか、気色悪いもので、内心困っていた。トネルは大の女好きだからよもや男に走るということはないと思うが、ヒューイのことなど格下としか思っていないからいつ何時無体な真似をするか分からない。トネルが外交問題に発展する行為に走らないでくれるのを願うばかりだ。

トネルの指示で召使たちがテーブルに料理を運び始める。テーブルの上がさまざまな料理で埋め尽くされた頃、扉の前に立っていた衛兵が鐘を鳴らした。

「騎士団長のおなりです」

衛兵の言葉の後、マントを羽織った四人の武人たちが扉から現れた。

セントダイナには、三つの騎士団が存在する。あざみ騎士団、黒百合騎士団、薔薇騎士団だ。セントダイナではかつて三つの部族が争い合っていて、一つの国としてまとまった際、それぞれ騎士団として国を守ることを誓ったと言う。

「お招き光栄に存じます」

先頭に立っていたのは、あざみ騎士団の団長であるる巨人族のケントリカだ。巨人族であるケントリカはふつうの人の倍近い大きな身体をしている。身体の大きさ以外は我々と大して変わりない。あざみ騎士団では代々巨人族が団長を務める謂《いわ》れがあるという。ケントリカのために大きな椅子が用意されていた。

「お招きありがとうございます」

続いて長身のすらりとした肢体の黒百合騎士団の団長、虎海。虎海は東に住むアフリ族と呼ばれる一族の男で、浅黒い肌に、目から下を覆った格好をしている。アフリ族はめったに人前で顔を見せないものらしい。武術に秀でた一族で、彼らにしか伝わらない剣術や柔術が存在するそうだ。

「良き天候に恵まれ、トネル様の未来を暗示するかのようですね。昼食会、楽しみにしておりました。おやヒューイ殿もご一緒とは。以前会った時はまだ子どもだったような気がするのですが、すっかり大きくなられて」

陽気に喋りだしたのは薔薇騎士団のギョクセンだ。軽薄といってもいいほど誰にでも適当な発言とおべっかを使う青年で、外見も明るい髪色に黙っていても笑んでいるような顔をしている。口は軽いが、こう見えて剣の腕は天下一品、弓を引けば他の追随を許さないとされるほどの名手だ。

さすがに騎士団長たちは白い虎がいても気に掛ける様子もなくそれぞれの席に着く。

「トネル様、お久しぶりでございます。今日はお招きいただき光栄に存じます」

　騎士団長の後からやってきたのは、ヒューイが初めて会う黒いマントを羽織った白髪の老人だった。多分先ほど薔薇園で見かけた武人だ。かつて黒百合騎士団に所属していたそうで、マントには黒百合の紋様が縫われている。浅黒い肌はアフリ族の者の証《あかし》だが、何故か顔は隠していなかった。

「おお、狼炎。久しぶりだな。ヒューイ、お前は初めて会うだろう。こやつは黒百合騎士団の前団長で、狼炎と申す者。長らく他国の情勢を調べに旅しておったのだが、退役するというので任を解かれたのよ。俺の剣の教師でもある」

　トネルが狼炎を見て懐かしそうに目を細める。狼炎と聞き、ヒューイは目を見開いて老人を見つめた。狼炎の話は伝説として聞いている。幾多の闘いを潜り抜けた最強の騎士として有名だ。まだ生きていたとは。聞いた話では神に誓いを立てて、妻を娶らなかったという。今も精悍な顔つきをしているから、若い頃はさぞかし凛々しかったことだろう。

「狼炎、こいつはサントリムの王子、ヒューイだ」

　トネルがヒューイの肩を抱いて紹介すると、狼炎の目がじっとヒューイを見据えた。老いたとはいえ伝説と化した男から見据えられ、ドキドキする。

「お初にお目にかかります。狼炎殿の話は我が国でも語られております」

　ヒューイは頭を下げて挨拶をした。王子であるヒューイは滅多なことでは頭を下げないが、相手が狼炎であれば別だ。狼炎はヒューイの態度に不思議そうな顔になったが、黙って微笑んだ。

　昼食会と聞いていたが、騎士団長や伝説の男まで列席するものとは思っていなかった。ヒューイは一瞬足元の白い虎の存在を忘れた。

「アンドレ様のおなりです」

　ぼうっとしていると、再び衛兵の声が耳に届いた。扉が開き、白い影が見える。どきりとしてヒューイが顔をそちらに向けると、先刻拒絶された相手が入ってくるところだった。白い羽を揺らした鳥人族の青年だ。金色の髪にオッドアイ、その目はトネルの隣にいるヒューイを見つけ、不快げに細められる。

「遅くなり申し訳ありません」

　アンドレと呼ばれた鳥人は、そっけないほどの口調で告げる。

「おお、来たか。ヒューイ、鳥人を見るのは初めてか？　見事な羽だろう。彼は鳥人の長であるアンドレだ。アンドレの祖父はお前の国の危機を救った男でもあるぞ。皇后の話では、アンドレは祖父そっくりだそうだ。アンドレ、こいつはサントリムの第三王子のヒューイだ」

　トネルがまるで自分の自慢をするようにアンドレを紹介する。サントリムを食い尽くそうとしていた魔女の一人、アルジャーナを滅ぼしたのは、鳥人族のユーゴという青年だと教えられた。強敵である魔女のうち一人が滅んだので、サントリムの王家は自治を取り戻すことができたとまで言われている。だとすればアンドレはユーゴの孫に当たるらしい。鳥人は短命だというが、本当なのか。

　アンドレは無表情でトネルを見やり、無言で腰を下ろした。

「愛想のない奴よ。気にするな、鳥人族は飛べない奴はよく喋るが、飛べる奴は皆無口なのだ」

　トネルはアンドレのそっけない態度を気にするでもなく鷹揚に笑う。アンドレの愛想がないのはヒューイがサントリム国の王子というせいだと思うが、黙って聞いておいた。

城下町では飛べなくなった鳥人族が人と一緒に暮らしていると聞いたが、彼らは子を産むごとに羽が退化し、最近では服に隠れるほど小さな羽しか持たないという。飛べる鳥人族は《巣》と呼ばれる洞穴で生活しているらしい。

それにしても騎士団長のみならず鳥人族の長まで招いての昼食会とは、思ったよりも大事《おおごと》だった。てっきりいつものように暇つぶしに呼び出されたと思っていた。これはセントダイナの重要な会合ではないのかと疑問が頭を過《よ》ぎる。この場に他国の王子であるヒューイが列席するのは場違いに思えてならなかった。しかも何故かトネルの隣に肩を抱かれた状態で座っている。

「さぁ乾杯しよう。セントダイナがこれからも栄えるように」

トネルは召使から葡萄酒を注がれたグラスを高く掲げる。トネルの合図のもとにヒューイや騎士団長たち、狼炎、アンドレがグラスを掲げる。

乾杯の声の後にヒューイの傍に召使の女性がつき、皿に料理を盛って手渡してくれる。召使の女性は足元の白い虎に怯え、動作がぎこちない。おまけに手渡してくる皿がぶるぶる震えているので、いつ落とすかとこちらが不安になった。

昼食会はさざめきのような会話が流れ、和やかな雰囲気で進んだ。もっぱら喋っているのはトネルとギョクセンだ。ギョクセンはトネルを褒め称え、狼炎の伝説を賛辞する。こういう場で沈黙を作らず喋ってくれる人がいるのは大変有難い。ヒューイは相槌を打つだけで会話が進行し、なかなか喉を通らない食べ物を咀嚼《そしゃく》する振りをしていればよかった。何しろ肉を食べている時は足元の白い虎が鼻をひくつかせるので、それだけで動悸息切れがする。時々扉の傍に控えているレニーに救いを求めるように視線を送るが、しらっとした顔でそっぽを向かれるので不安が増大した。いざという時は魔術で身を守ってくれるのだろうか。

「時に、ヒューイ殿。サントリムでは魔術師がたくさんいるそうですね。学校もあるとか？　やはり王家にはそれなりに力が備わっているのですか？」

セントダイナの情勢について延々語っていたギョクセンは、ふと思いついたようにヒューイに話を振ってきた。

「あ、いえ…そんなことは……。魔術を教える学校は確かにありますが、私にはまったくそういった力はありませんので」

葡萄酒をちびちび飲みながら答えると、隣でトネルが豪快に笑った。

「こいつは魔術が使えないからこの国に遣わされたのだ。この十年、ヒューイが花びら一枚消したことはない。なぁ？　一度くらい、この花を咲かしてみろよ」

トネルはすでに相当酔っていて、召使の髪に挿してあった赤い蕾《つぼみ》の花をもぎとり、ヒューイに押し付けてきた。

「そう言われましても……」

蕾を咲かせろと言われても出来ないのでヒューイは苦笑して肩を縮めるだけだった。

「――出来なければ、今宵はお前に伽《とぎ》を頼むことにしようか」

酔ったトネルはヒューイの髪を乱暴に摑み、下卑《げび》た発言をする。ふっと空気が強張り、騎士団長たちが緊張感を滲ませた。第一王子の発した言葉に、どう対処するか考えているのだろう。それまで笑っていたギョクセンまで、目が鋭くなった。

「それは……」

　口を開いたヒューイがひやりとしたものを感じて扉のほうに目を向けると、レニーが冷たい眼差しをこちらに注いでいる。隣のギールも顔を顰め、今にも飛び出しそうだ。人質のような状態とはいえ隣国の王子であるヒューイに対して、度を過ぎた発言だ。最近トネルは冗談なのか知らないが、よくこういった気に障《さわ》る発言をしてくる。ふつうは怒るところなのだが、人生の大半を他国で過ごしているヒューイは、自分の感情よりもレニーが暴走しないか心配になる。

「ご冗談を、トネル様。この花が開くところを見たければ、水の入ったグラスに挿《さ》せばいいだけの話ではありませんか」

　ヒューイがにっこり笑って蕾の花を水の入った器に入れると、酔いが醒めたような顔でトネルが手を放す。ヒューイの返答に騎士団長たちの緊張も解かれ、大げさに笑って頷く。

「ヒューイ殿の言うとおりだ。魔術など意味がない」

　ケントリカが大きな身体を揺らしてグラスを掲げる。

「まことに。トネル殿も冗談が過ぎますぞ」

　狼炎が窘《たしな》めるように低い声を放った。トネルは幾分面白くなさそうな顔をしたが、すぐに気をとり直して骨付き肉に食いつく。

「少し酔ったようだ」

　トネルは笑って話を流し、食べかけの骨付き肉を白い虎に放り投げる。すぐさま白い虎は肉に牙を立て、硬い骨をがりがりと砕いた。食べている間は安心だ。

　再び他愛もない話が始まり、食事会は和やかな雰囲気に戻った。最初は憎い敵のような目でヒューイ

を見ていたアンドレも、今はその瞳の中にわずかに同情する色が窺える。トネルとの会話でヒューイの立場を理解したのか、ぎすぎすした態度を軟化してくれた。

「ところで内密の話だが、父王は体調が思わしくないようだ」

食後のデザートが運ばれた頃、何気ない口調でトネルが切り出した。ハッとしたように騎士団長たちが居住まいを正す。ハインデル七世が最近床《とこ》に伏しているというのは城にいる者なら誰でも知っている。ハインデル七世はまだそれほど老いてはいないのだが、若い頃から病気がちで主治医が付きっきりだという。わざわざ第一王子であるトネルが口にするくらいなのだから、相当悪いのかもしれない。

「父王は世継ぎについて言明しておらん。だから万が一の時を考え、貴殿らには助力願おうと思ってな。貴殿らも仮に父王が身罷った場合、第一王子である俺が王位を継ぐべきと思っているだろうな？」

トネルがぎらついた眼差しを騎士団長たちに向ける。

傍で聞いていたヒューイは内心焦りつつ、トネルの傲慢な横顔を見た。トネルはこの昼食会で騎士団長たちの同意を得たいと思っているらしい。騎士団長たちはそれぞれ迂闊《うかつ》な発言を避けるように黙ってトネルを見返す。

ハインデル七世には子どもは二人しかいない。第一王子のトネルと、第二王子のハッサンだ。戦《いくさ》で名を上げたトネルと、学問に秀でて数々の法を布《し》いたハッサン。ふつうならばトネルがハインデル八世としてこの国を治めるべきなのだろうが、国民の人気が高いのはハッサンのほうなのだ。それというのも好色なトネルは城下町でも気に入った娘がいると、勝手に連れてきて強姦し、踊り子として召し抱えるらしい。トネルには悪い噂が付きまとっている。トネルとハッサンの仲があまりよくないのは、トネルがハッサンの人気に嫉妬しているせいだ。

それにしてもどうしてこの場に自分が同席しているのか大きな謎だ。自分にまでこんな話を聞かせる理由は何か。

「まだご存命の王に対して無礼ではありませんか。トネル殿、我らはハインデル七世に忠誠を誓った身、ご存命のうちは暴言は見過ごせません」

静かな口調で虎海が切り込んだ。上手くはぐらかしている。トネルははっきり答えを返さない虎海に苛立ちを感じ、舌打ちした。

「そうですね、我らは王に誓いを立てる身。次王が誰になるかは知りませんが、兄弟仲良くこのセントダイナを治世してくだされればそれで良いかと」

ギョクセンが軽やかな声で告げる。

「そうだ、そうだ。王もきっとそのように言うはずだ。何しろ王は平和主義だからな」

ケントリカも大きな身体を揺らして頷く。するとそれまで黙っていたアンドレが涼しい眼差しをトネルに向けた。

「皇后様はどうおっしゃっているのですか？」

アンドレの問いにトネルが唇を歪めた。トネルの祖母であるメルレーン皇后は現在老いた身ながら床に臥せているハインデル七世の代わりに国務に精を出している。何度か会ったことはあるが、優しげな面立ちをした老婦で、とてもトネルの祖母とは思えないほど理知的な人だ。

「皇后は無論俺が次の王になるべきだと言っておる」

トネルは堂々と宣言したが、本当だろうかとヒューイは疑惑を覚えた。トネルの暴挙を戒《いまし》めるのは皇后の役目なのだ。父であるハインデル七世は平和主義というより、気が弱い。トネルの暴虐な性質を知っていても長年放置してきた咎《とが》がある。見かねて皇后がトネルをいつも止めているが、もし皇后がいなかったらトネルの前には死体の山が築かれると噂されるくらいだ。

「俺の味方をすれば悪いようにはせぬぞ。俺は騎士団は好いておるからな、何しろ俺が継いだ暁には大いに腕を振るってもらおうと思っているくらいだ」

トネルの含みを持った発言に騎士団長たちが再び緊張を漲《みなぎ》らせる。

本人は気づいていないようだが、トネルは今自分が王になったら戦が起こることを示唆《しさ》した。それだけでもう、どういう治世をするか想像できる。

「他国の者がいる前で、そういった発言はいかがなものかと」

さすがにギョクセンも笑みを消して、トネルに注進した。トネルがすっかり忘れていたという表情でヒューイを見やり、嫌な笑みを浮かべる。

「ヒューイのことは気にしなくて良い。こいつは……いや、そうだな、少し口が過ぎたか。なぁヒューイ、先ほどの発言は忘れてくれるよな？」

トネルが馴れ馴れしくヒューイの肩を抱いて、耳朶に唇を寄せて言う。同席する騎士団長たちからどう見られているか気になり、ヒューイは曖昧な笑みで答えた。他国の者である自分に世つぎの話を聞かれてもいいなんてどういう意味だろう。まさかトネルが王になったとたん、殺されるのではあるまいな。

ぎこちない空気が張りつめたテラスに、騒がしい声が聞こえてきた。扉のほうから慌ただしい靴音と声が響いてくる。

扉が乱暴に開かれ、テラスに青年が勝手に入ってきた。衛兵が到着の知らせを告げる間もなくずかずか踏み込んできたのは、第二王子のハッサンだった。明るい髪色をした長身の青年だ。上等な絹のゆったりした衣服を身にまとい、編み上げたブーツを履いてこちらに向かってくる。ハッサンの登場にトネルが舌打ちしたのが分かった。トネルは昼食会を邪魔した弟を忌々しげに見やる。

「ハッサン殿、ご機嫌麗しゅう」

ハッサンの姿を見て、騎士団長たちがすぐさま椅子から立ち上がり、深く一礼した。この国では騎士たちは王にだけ膝を折る。ヒューイも立ち上がろうとしたが、トネルの腕が肩に巻き付いて動けなかった。

「挨拶は結構。兄上、俺の知らないところで騎士団長を呼びつけるとは……。ごますりでもなさるおつもりかな？　狼炎まで呼んで……ご苦労なことだ」

ハッサンは皮肉げに笑い、鋭い眼差しをトネルに注いだ。いつもは冷静沈着なハッサンが、今日に限っては深い憤りを湛《たた》えているのがヒューイにも見て取れた。ハッサンは何かトネルに怒りを抱いている。

「兄上、私の従者を罰したと聞きましたが、どういうことか説明していただきたい」

ハッサンは腕を組み、尖った声でトネルを詰問する。

「従者？　ああ、あれはお前の従者だったのか。俺の女に色目を使うから、それなりの対処をしたまでよ」

憤るハッサンを馬鹿にするようにトネルは答える。もしかして昨夜の手押し車の遺体は、ハッサンの従者だったのか。

「だとしても私に何の断りもなく、申し開きさえさせずに殺害するとは、愚の骨頂。この責任はどうとるおつもりか。前にも、申したはず。私の従者を勝手に殺《あや》めるのは許さないと」

ハッサンは剣に手をかけた状態で歩みを進めてくる。とたんにトネルも腰の剣に手をかけ、長椅子から身を起こして目を光らせた。一触即発という空気になり、慌てた様子で騎士団長たちが二人の間に割って入る。

「ハッサン殿、落ち着いてくだされ。剣を抜いてはなりませんぞ。トネル殿もおやめください」

巨人族のケントリカが大きな身体を使って二人を近寄らせないようにする。目の前で兄弟同士が命を取り合う戦いをする羽目になるのだろうかとヒューイは戦々恐々とした。つい扉近くに控えているレニーを見ると、むしろ面白そうな目で二人を見ているのに気付いた。レニーのことだからきっと、殺し合えと念じているに違いない。

「お二方とも、剣を抜いてはなりませんぞ。何があったか知りませんが、ここは我らに免じて、どうぞ気をお鎮めください」

虎海がなだめるようにハッサンの肩に手をかける。

「ハッサン殿、部下思いは美しいが、兄弟で切り合うことになりましたら、国を二分する騒ぎになろうというもの。まぁまぁ落ち着いてください」

ギョクセンもハッサンを落ち着かせようとする。この場で怒り狂っているのはハッサンだけで、トネルは余裕の表情だ。トネルは腕力には自信があるので、剣を抜きあう事態になれば、必ず自分が勝つと思い込んでいるのだ。実際問題、トネルとハッサンが切り合えば、やはりトネルが勝つだろう。トネルは頭は良くないが、武術のセンスは高く、汚い手も平気で使うからハッサンに勝ち目はない。だから皆ハッサンの怒りを抑えようとしている。

「……」

騎士団長たちに寄ってたかって諫《いさ》められ、ハッサンが唇を噛んでトネルを睨みつける。先ほどから荒荒しい気配を感じ取ったのか、白い虎が喉を鳴らして様子を窺っている。ハッサンが剣にかけた手を放すと、安堵した様子でギョクセンが進み出る。

「トネル殿、ハッサン殿の部下を殺めたとは真《まこと》か？　たとえトネル殿の妾に手を出したとしても、問答無用で切り捨てるとはいささか乱暴すぎやしませんか」

ハッサンが冷静さを取り戻したのを見て、虎海が事情を尋ねる。トネルはつまらなそうに剣から手を離し、再び長椅子に片方の膝を立てて座った。

「実は俺が激怒したら、こいつが咬み殺してしまったのさ。悪かったな、ハッサン。次は申し開きさせてから、首を斬ろう」

トネルはぬけぬけと言い放つ。トネルの言い分にハッサンの怒りが再び甦《よみがえ》ったが、ギョクセンに肩を叩かれて、飛びかかることはなかった。

白い虎が殺してしまったと言っているが本当だろうか。昨夜の遺体は闇の中で見たので、獣に咬み殺されたかどうかまでは分からない。トネルはたまにこうして白い虎に罪をなすりつけるが、本当に凶暴な獣なのか真偽は定かではない。そもそもいつも威嚇する白い虎だが、一度も人に咬みつくところは見たことがないのだ。

「なるほど、獣のしたことと申すか……。なら私が襲い掛かってきた獣を退治したら、致し方ないことと納得していただけるだろうな？」

ハッサンが厳しい声音で問うと、トネルがこめかみを引き攣らせた。トネルはハッサンへの憎悪を隠すこともなく睨みつけ、無言で威嚇した。

「せいぜい獣に守ってもらうがいい、兄上」

捨て台詞を吐いて、ハッサンが来た時と同じくらいさっさと立ち去った。テラスからハッサンの姿が消えると、何ともいえないぎこちない空気が流れた。とりなすようにギョクセンが「お茶が冷めてしまいましたね」と席に戻ろうとしたが、派手な音に動作を停止した。頭に血が上ったトネルが、テーブルの脚を蹴り上げたせいで、卓上の皿やグラスが大きく揺れたのだ。

「何を見ている⁉」

トネルが叫び、日よけの幕を持っていた召使の腰を蹴り上げた。召使は悲鳴を上げて、床に倒れ込む。日よけの幕もばさりと揺れて、白い虎が身を低くした。ヒューイが固まっていると、素早く足を進めてきた者がいた。

「おやめなさい、トネル様」

苛立ったトネルがなおも召使を殴りつけようとした時、狼炎がすかさずその腕を摑んで止めた。トネルに剣を教えたというだけあって、軽く摑んでいるようにみえてもトネルはその腕を振り払うことが出来なかった。とても老人の力とは思えない。

「あなたが王になりたいと望むなら、その感情のままに暴力を振るう性格を直さねばなりません。王たるもの、感情より理性を優先させるべきなのですから」

狼炎の重圧を感じさせる言葉に、トネルは気圧されたように殺気を消した。かつての師に諫められ、トネルも八つ当たりをするのをやめたようだ。

「ふん、分かっておる」

トネルが腕を振り払うと、今度は狼炎が手を離した。

「気分が悪くなった。昼食会は終了だ」

トネルの宣言で昼食会はここでお開きとなった。

ようやくこの居心地の悪い空間から解放されると知り、ホッとして椅子から立ち上がる。

「では失礼します」

挨拶を終えて、ヒューイが扉に向かう。騎士団長たちはまだトネルと話が残っているのか、退室しようとはしない。扉の傍に控えていたレニーとギールを伴って、ヒューイだけ先に出ていくことにした。

テラスを出て、扉で彼らと遮断されると、大きく息を吐いて肩に入っていた力を抜いた。

こんなところはさっさと去るに限る。

ヒューイは幾分足を速めてあかつきの塔へと戻っていった。

あかつきの塔に着くと、ヒューイはギールと別れ、レニーと最上階まで上がった。

「レニー、どう思う？　さきほどの会合……。トネルとハッサンの仲は最悪みたいだな。本気で兄弟喧嘩するつもりだろうか。もしセントダイナが内乱を起こしたら、俺の立場はどうなる？　国に帰れるかな？」

少々の期待を込めてヒューイが聞くと、レニーは窓に立ち、手でくるくると円を描いた。内密の話をしたい時、レニーがよくやるしぐさだ。多分音を消す魔法なのだろう。

セントダイナの民ではないヒューイからすれば、どちらが王になろうと構わない。内乱が起きれば強大なセントダイナの国力が削がれて助かるし、平和に王位が決まれば安定した経済活動が行われていい。隣国というのもあって、サントリムの一番大きな輸出国はセントダイナだ。もし戦が起きれば、成長を遂げていた経済活動が停滞することになるだろう。国としての立場から見れば平和に次の王が決まるのが望ましい。

一方個人的な立場から見ると、隣国とはいえやはり暴君になりそうなトネルより、冷静さを持ったハッサンのほうが王としてはよりよい国づくりが出来ると思う。第一トネルが王になったら、一体どんな恐怖政治を布くつもりか不安になる。ヒューイの前にこの国にいたアルルカンは四十歳までセントダイナにいたという。ヒューイがあと何年ここに居続けるのかと考えた際、やはりトネルが王では暗い未来しか描けない。

「王子、あなたが帰国する時は、代理の者が決まったか、あるいはセントダイナと戦を起こしても構わないという事態のみだと思いますよ。内乱が起きようと国に帰れるわけないでしょう。甘っちょろい考えは早々にお捨てくださいますよう」

レニーは辛辣な意見を口にする。ということは内乱が起きようとここに留まらなければならないというのか。絶望的な気分で長椅子に腰を下ろすと、レニーは窓から空を眺め、指先で引っ張るしぐさをする。

鳥の鳴き声が聞こえたと思った時には、一羽の尾の長い白い鳥が窓から室内に入ってきた。鳥はレニーの肩に乗り、ついばむように黒髪にくちばしを突っ込んでいる。

「さて……ハインデル七世の病状はあまりよろしくないようですね。早く死んでしまえと言いたいところですが、王位継承で揉めそうなので、ここは一日でも長くこの世に醜い身体をのさばらしてもらわねばなりません」

レニーはヒューイの座っている椅子の向かいに腰

を下ろし、羊皮紙に筆を走らせる。

「騎士団長たちはトネルとハッサンの間で揺れているようですな。身分からいえばトネルが王位を継ぐのが当然……しかし彼の持つ残虐性に騎士団長たちは不安を拭えないようだ。予言させてもらえばトネルは大きな力を持ったとたん、今のように可愛い子犬のままではいないでしょうな。牙をむき出しにしてあらゆる暴虐の限りを尽くす……以前、セボヌイール国でそんな事例を聞きました。たった一人の王が、国を荒廃させた良い例です」

レニーは筆を動かしながらまくしたてる。よく二つの行動がいっぺんにできるものだと感心して、ヒューイは羊皮紙を覗き込んだ。レブラント女王に宛てた手紙のようだ。

「じゃあ騎士団たちは弟につくのか？」

トネルが可愛い子犬というのは異論はあるが、今はまだ行動を抑制されているのは理解できる。ヒューイがそう思うくらいだから、この国の騎士団のトップたちはなおさら同じ考えだろう。

「しかし危険だというだけで判断できないのも世の常です。トネルが悪王として非道の限りを尽くした後でなければ、騎士団長たちは叛旗を翻さないでしょう。どんなに愚か者でも、幼い頃から見守ってきた王子だ。王子というのはそういったもの。あ、これは彼らの気持ちですよ。私はヒューイ様をそのようには思ってはおりませんから。何事もほどほどにしかこなせない方ですが、あなたはとても可愛らしい。それだけで生きる価値があるのです」

「俺は何も聞いていないのだが……。どうして嫌な気分にならねばならないのだ」

ついでのように自分のことまで言及されて、ヒューイは仏頂面になった。何事もほどほどと言われ、がっくりくる。レニーの言うことが正しいので余計だ。

「じゃあ内乱は起きないのか。今ハインデル七世が亡くなっても、この国の制度ではトネルに王位継承権があるだろう？」

「ハインデル七世のお言葉がなければ……ですね」

レニーはまるでハインデル七世が弟を王位に就かせるのではないかと言わんばかりだ。セントダイナの王には次の王を決める権利がある。長い治世の間には、妾腹の子が王位に継いだこともあるのだ。あながちあり得ない話でもない。

「これで良し、と」

レニーは書状を書き終えると、口の中で何か呪文めいた言葉を呟いた。するとみるみるうちに羊皮紙が縮こまり、手のひらで隠せるほどになった。レニーは羊皮紙を鳥の脚にくくりつけ、ふうっと息を吹きかけた。鳥はぐるりと天井を回ったかと思うと、開いた窓から風のように出て行った。

「母に手紙か？」

ヒューイが聞くと、レニーが物憂げに見つめてくる。

「そんなことより問題はトネル王子です」

何がそんなことよりなのかまったく分からないが、レニーが常にないほど焦燥感を抱いているのが目を見ればよくわかる。

「どうしたんだ、レニー」

「どうしたじゃありませんよ。今日の昼食会で、何が何でもハッサンに王位についてもらわねばならなくなりました」

「え？　どうした？」

突然の展開に目を丸くしてヒューイが口を開けると、忌々しげにレニーがテーブルを叩く。ついさっきまで客観的な意見を言っていたレニーが、嫌悪感をむき出しにしている。

「今までも気に障ってはいたのです。トネル王子のあなたへの触り方……ああ、おぞましい。私の王子に汚い手でべたべたと…」

「俺はお前のものじゃないけど、うんまぁ、それで？」

「今日の発言でトネルあなたに何を考えているか見当がつきました。トネルががあなたに興味を持っているのはご存知でしたか？　それも最悪の方向でね」

レニーに見据えられ、ヒューイも薄々気づいていたので顔を引き攣《つ》らせた。

「やっぱりお前もそう思うか？　だがトネル王子は女好きだろう？　気の迷いであってくれと願っていたんだが」

「どうやら気の迷いではないようですね。毛色の違う遊びを試してみたくなったのでしょう。トネルはあなたを組み敷いて、女性の代わりをさせたいようだ」

レニーにはっきりと指摘されて、ヒューイはぞっと背筋を震わせた。前々から嫌な予感はしていたのだが、きっと気のせいだと自分をごまかし続けてきた。やはり気のせいではないのか。気に入った女性がいれば口説くのではなく強姦するトネルが、よりによって自分に目をつけた。

「やっぱり？　やっぱりそうなのか？　いやらしい触り方だから嫌だなぁと思っていたんだよ。でも何故突然？　前は歯牙《しが》にもかけていなかったぞ」

納得いかなくてヒューイは唇を尖らせた。

「それはあなたがここ最近成長してきたからです。日に日に美しくなっていくあなたに、トネルは気づいてしまったのですね。そして興味をそそられている」

美しく、と言われ、それは自分のことなのかと失笑してしまった。美しさだけなら、ヒューイよりよほどレニーのほうが整った綺麗な顔をしている。

「お前のほうが綺麗じゃないか？」

「私は他人から歪んだ顔に見える魔法を自らにかけておりますので。真の姿を知っているのはヒューイ様とレブラント女王だけです」

「ええーっ!?」

今まで知らなかった事実を教えられ、ヒューイは仰天して大声を上げた。まさかそんな魔法を使っていたとは。どうりで召使たちにレニーの顔が綺麗だと言っても賛同されないはずだ。皆困ったような顔で言葉を濁していたのは、そういうわけだったのか。

「ど、どうしてそんなもったいない真似を？」

呆然としてレニーに聞くと、驚くべき答えが戻ってきた。

「美貌など百害あって一利なし。私のような身の者が綺麗な顔をしていても、変な輩《やから》に目をつけられ、犯され、道具にされるだけです。私に必要なのは誰にも気に留められない容姿だったのです。だから十歳の頃、己に術を施しました。私には必要ありませんが、王子であるあなたには美しさは何よりの武器です。適材適所と申しましょうか。ああ、あなたに真の姿を見せるのは、愛しの君に素をさらけ出したいからですよ。あと私はレブラント女王に忠誠を誓っているので、偽りの姿は晒せないのです」

レニーのよく動く口を見つめ、いろいろ苦労してきたのだなと改めて感じた。レニーの身の上の悲劇はヒューイごときには計り知れない。自分がレニーの本当の顔を知っている限られた人間だというのは、嬉しいような恐ろしいような気がするが……。

「というわけでトネルはあなたの美しさ、気品、何ともいえない芳しい香りに気づいてしまったようです。あなたにこれまで手を出さなかったのは、ひとえに隣国の王子という一点ゆえでしょうね。ハインデル七世がトネルにあなたに危害を加えないよう約束させたのです。けれどそのハインデル七世が亡くなれば……」

レニーは眉を寄せ、ほっそりとした指を唇に当てる。

「ど、どうなる？」

これまで他人事《ひとごと》として聞いていた部分があったヒューイも、こと自分の身に降りかかる災いとなれば落ち着いて聞いていられない。身を乗り出して青ざめた顔をレニーに近づけた。

「おそらくあの外道王子は、国を継いだ後、同盟を破棄し、サントリムを侵略する気でしょう。そしてあなたのことは王宮深くに閉じ込め、慰み者とするに違いありません」

恐ろしい宣託をされ、ヒューイは硬直した。何かの間違いであってくれ。ヒューイは沈痛な面持ちで、己の身体を抱きしめた。自分があのトネルに蹂躙《じゅうりん》されるのも嫌だが、サントリムを侵略されるのはもっと嫌だ。サントリムはようやく国として安定してきて、これから成長を遂げるところなのだ。この大切な時に戦は困る。

「どうすればいいのだ……、お前には何か考えが？」

低くなった声で尋ねると、レニーはほうっとため息をこぼした。

「ハッサンが王位を継ぐ。それが我々にとって、一番いい道でしょうね。そのための手立てを何か考えねばなりますまい」

レニーにもまだ妙案は浮かんでいないらしい。どうやらトネルが善王になるという道は見いだせないようだ。

「それでなくとも、あの王子は我々を苦しめてきたというのに……」

レニーはぞっとするほど冷たい表情で、昨夜発した言葉をまた繰り返した。

「王子、やはりあの男、殺していいですか？」

今度ばかりは駄目とは言えなかった。

## ■2　兄弟

ヒューイの生まれた国サントリムとセントダイナ国は険しい山々と海で区切られている。特に山々は夏でも溶けない雪で覆われた荒山で、死の山とも呼ばれ、めったに人は足を踏み入れない。サントリムが魔女に支配されていた時代、無謀にもその山を越えて国境を越えた強者《つわもの》がいるそうだが、ほとんどの者は途中で息絶えたという。

たかだか山を境にしただけなのに、セントダイナはサントリムと違い穏やかな気候だ。サントリムは一年中寒さに震えている。セントダイナが大国になった理由は、やはり潤沢な土壌や資源にあると思う。起きた時の肌寒さを覚える頃、セントダイナには収穫期が訪れる。風が冷たくなり、木々の葉は赤や黄色に色づく。穀物庫には収穫された野菜や小麦が次次と献上され、この国の豊富な様子を垣間見ることになった。

ヒューイはその日、珍しく城外への外出を許可されて、支度に余念がなかった。半年に一度だけ、日用品や身の回りの品々を購入しに行くのを許されていた。外出できる人数は、ヒューイ以外は三名までと限られている。特にヒューイは成長期だったので、衣服はすぐに丈が合わなくなる。レニーとギール、それに召使のナンが一緒に市場に付き添うことになった。

「いい天気でよかった」

城の門をくぐり、愛馬の上から空を見渡し、ヒューイは微笑んだ。今日中に戻らなければならないという制約はあるが、やはり監視の目を逃れてひと時の自由を楽しむのはいい。

「ずぶ濡れのヒューイ様を見たいから、雨でも降らしますか？」

ヒューイの隣に馬を進めていたレニーがにやにやして言う。

「……お前、雨も降らせられるのか？」

天候さえ左右できる魔術があったのかとヒューイが小声で聞くと、冗談ですよとレニーが顔を引き攣らせる。

「急ぎましょう、買い物する時間がなくなる」

後ろにナンを乗せたギールが、急《せ》かすように後ろから声をかけてきた。

「そうですよ、王子。布を選ぶ時間がなくなります」

ナンもギールの背中から顔を出し、目を吊り上げる。ナンはせっかちな女性なので、こうしてよくヒューイを急かす。ヒューイたちには門限があり、大聖堂の鐘が七つ鳴るまでに城に戻らなければならないことになっている。のんきにお喋りするのはやめて、馬を走らせた。

城下町にも市場はあるが、アサッド川下流近くにある市場のほうが規模が大きいのでいつもそちらを利用している。馬で半時ほどかかるが、たくさんの店があるからいい。

市場につくと馬を宿舎に繋いで徒歩で店を覗いていった。野菜や果物、肉、魚といった食材の並んだ通りで必要なものを買い込み、荷袋に入れる。ヒューイたちには城から食材が提供されているが、問答無用で渡されるものより、やはり自分の目で買ったほうがいいとナンは言う。ナンの値切りっぷりはすさまじく、男たちは後ろで黙って見ているしかない。珍しい果物や香辛料を手に入れ、ナンは満足げだ。

食材を仕入れると、今度は布屋に行ってあれこれと布地や糸を選んだ。ヒューイだけでなく、従者や召使の分まで縫わねばならないので結構な量の布地を仕入れることになった。昔はヒューイは採寸するのを待つだけだったが、長い間ここで暮らしているうちにすっかり荷物持ちの要員と成り果てた。身分などこの国にいてはあまり意味がない。できるだけたくさんの物を一気に買い込みたいので、ヒューイも背負った布袋に詰められるだけ詰める。

その後はレニーとギールのために、書物を売る店と、剣を研いでくれる研ぎ屋に足を運んだ。レニーは分厚い書物を何冊も荷袋に詰め込むのだが、毎回ありえないほど荷袋には物が入るので、何か魔術を使っているのかもしれない。その魔術をヒューイの荷袋にも使ってくれれば重くないしたくさん物を買えて便利なのに、「何のことですか」としらを切って使ってくれない。

「疲れたので、休憩しましょう」

買い物を終えて、まだ時間があったので、皆で酒場に入った。自分の身分がばれてはいけないので、ヒューイはフードを深く被っている。酒場はたいそうな客の入りで、笑い声が扉の外まで聞こえるほどだった。ヒューイたちは酒とつまみを頼んで、奥の席に腰を下ろす。

「諜報活動に勤しんでまいります」

レニーが不穏な言葉を放って、すーっと人ごみの中に消えて行った。

ヒューイはぱりっと焼けた腸詰を頬張り、南ナラニカナ地方で採れた葡萄酒を飲んだ。どちらもすごく美味しい。召使たちが作る食事も好きだが、こういった場所で食べるのもとてもいい。

「……本当に、皆どうなってしまったんでしょう」

酒が進むにつれ、話題は召使や従者たちの無気力症の話になった。ヒューイだけではなく、ギールやナンも仲間が次々と心を失っていくのを憂えている。

「どう考えてもおかしいです。ダイキリは前はよく笑う子だったんですよ、それが急にあの態度……。何があったのか聞いても、何もないとしか答えてくれないし、一体どうなってしまったのでしょう」

ナンはダイキリとは一番の仲良しだったので、感情がなくなったダイキリを見ているのがつらそうだ。

「何か呪術でもかけられたのではないかとレニー殿に聞きましたが、そうではないとのこと……。解《げ》せませんな」

ギールも葡萄酒を飲み干し、眉を寄せている。呪術ではないとすれば、病気だろうか？　心の病という可能性もないではないが、ある日突然無気力症になる者ばかりなので、そうとは考えにくい。

「きっとトネル王子の仕業《しわざ》です。そうに決まってます」

酒が入っているせいか、ふだんは慎ましく控えているナンが、怒った声で胸の内を明かした。ナンの呟きにギールは反論せず、黙って渋い顔をしている。ギールもそう思っている証拠だ。トネルは自分の配下も気に入らなければすぐに消し去るから、ヒューイの従者ならなおお気楽に首をはねるかもしれない。ヒューイの従者たちを無気力にさせるくらいひどいことをしたのではないかと、ナンは疑っている。

「でも、実際にどうやったのか分からない。証拠もないのにそんなことを言ったら、どんな報復が待っているか。ここだけの話にしておこう」

ヒューイは二人を宥めるように小声で告げた。ヒューイ自身も似たような疑惑を抱いているが、それを行うには一体どんな技を持っていれば出来るのか見当もつかなかった。レニーのような魔術師がやるならまだしも、力技しかないトネルにヒューイの従者たちを無気力症にする術があるとは思えない。アフリ族には妖しげな薬があると聞くが、まさか人の心を無気力にする薬でもあるのだろうか？

「以前、聞きましたが、前任のアルルカンの従者のうち半分はセントダイナに来た当初に秘密裏に殺されていたそうです。サントリムの人間は信用がおけないという理由で。そういう意味では十年経過したが、まだ我々の中に死者は出ていない。それを好運に思うべきかもしれませんね」

ギールが伏し目がちにヒューイの前任者について語った。そんな話があったのに、よくヒューイの供として皆ついてきたものだ。

「もう十年経ったのですね……」

ナンが目を細め、いたわしげにヒューイを見つめる。

「サントリムにいれば今頃ヒューイ様は、婚儀の話でも出ていた頃でしょうに。おいたわしや……。ヒューイ様ならどんな美姫でも迎えられたはずですわ」

「そうか、ヒューイ様はもうそんな年頃か」

ナンとギールにしみじみした口調で見つめられ、ヒューイは赤面して葡萄酒を呷《あお》った。

「結婚とかいいよ、セントダイナに来た時点で諦めているし……」

ヒューイの国では男子は十八歳頃が適齢期だ。アルルカンのように老いても独り身というのは寂しくもあるが、自分の立場を考えれば仕方ない。ヒューイはサントリムとセントダイナが平和に暮らすための人柱のようなものだ。魔術も使えない息子なのだから、これくらいの役に立たねば母に申し訳が立たない。

とはいえ女性の豊満な肉体くらい知ってみたい、と思わないでもない。

「何を湿っぽい話をしているのです？」

こそこそと話していると、いつの間にかヒューイの隣の席にレニーが座っていた。確かについ先ほどまで隣に気配はなかったのだが、何食わぬ顔で胡麻入りのパンをちぎって、スープに浸して食べている。

「結婚は湿っぽい話じゃないぞ」

ギールは突然現れたレニーに驚くでもなく答えている。ナンは少しびっくりしたようで、目をぱちくりとさせていた。

「ヒューイ様の婚儀の話が湿っぽくなくてなんだというのです？　王子、まさかあなた結婚したいなどと思ってやしませんね？　結婚は人生の墓場、終極に迎えるものですよ。人生を縛られ、感情を縛られ、つがった相手の奴隷として生きていく契約です。まさに葬儀にも似た儀式だ。私の可愛い王子、女なんてくだらない。夢見るのはおやめなさい。トネル王子を見れば分かる。男にとって女とは消耗品ですよ。子どもを産むための道具ですよ。黙って産み続ける女性はほんの一握り、多くはあれを買え、これを買え、髪形を変えればすぐ褒めろ、どこそこへ連れて行け、気を許すと永遠に搾取《さくしゅ》し続ける雌鶏ばかりですよ」

レニーは聞くに堪《た》えないことを延々としゃべっている。傍で聞いているナンが顰めっ面で今にもパンを投げつけそうだ。

「レニー、俺はまだ若いんだ。夢を砕くようなことを言わないでくれ。結婚とかは諦めているけれど、夢くらい見させて欲しい」

口を挟まなければまだまだ続きそうなレニーの女性語りを、ヒューイは哀れっぽい声で止めた。レニーは言いたいことがもう少しありそうだったが、素直に口を閉じた。

「それより何か面白い話でも聞けたのか?」

ギールが身を乗り出してレニーに囁く。

「そうですね。民衆の間ではやはりハッサン王子のほうが人気のようですね。トネル王子は……おや、あれは」

話の途中でレニーが酒場の入り口に目をやる。扉を開けて入ってきたのは、黒ずくめの男性だった。頭にターバンを巻き、目元だけを見せて顔の大半は口布で覆っている。すらりとした体に薄汚れた黒いマントを羽織り、足元は黒革のブーツだ。

男は人目を避けるようにして酒場の隅に行き、窓際のテーブルで酒を呷っていた痩せた老人と何か話している。

「知り合いか?」

ヒューイが男を見ないようにして聞くと、レニーがパンをちぎって微笑む。

黒ずくめの男は二言三言老人と会話すると、懐に持っていた小さな麻袋をとりだした。そっと老人の手に握らせる。老人の浮かれた様子を見ると、おそらく金だろう。代わりに何か手のひらくらいの大きさの小さな袋を受け取っている。

人ごみに紛れて黒ずくめの男が酒場から出て行った。レニーは飲んでいたグラスを置く。

「ちょっと追いかけます」

レニーがすーっと立ち去ろうとしたので、ヒューイも急いで葡萄酒を飲み干した。黒ずくめの男の正体が誰だかは知らないが、レニーが気にする男だ。ヒューイも気になった。

「俺も行くよ」

「それじゃ俺も」

「私を置いていかないでください」

ヒューイの後からギールとナンがついてくる。四人で酒場を出ることになり、喧噪《けんそう》の空間から飛び出した。酒場を出ると辺りはすっかり宵闇で、黒ずくめの男の匂いさえ残っていない。ほんの先ほど出て行ったばかりなのに、ずいぶんと足の速い男だ。

「レニー、どちらに行ったか分かるのか？　そもそも彼の正体は？」

ヒューイが尋ねると、レニーは諦めたように首を振った。

「おそらく……いや、気のせいかもしれません。それよりも…」

レニーが呟いた瞬間、大聖堂の鐘の音が鳴り始めた。

「いけない、もう六つの鐘が鳴っている」

ギールが慌てた様子で言って、ヒューイたちを急き立てた。門限に遅れたら大変だ。ヒューイたちは急いで宿舎に繋いでおいた馬を引きとり、城に戻った。荷物が多いので馬たちは大変だったろうが、休息を十分とったのでヒューイたちの期待に応えて門限に間に合うよう走ってくれた。

城に戻ってあかつきの塔まで荷物を運ぶと、ヒューイは改めてレニーにさっきの黒ずくめの男は誰かと聞いた。

「多分ですが、ハッサン王子ではないかと」

レニーの返事に驚きを隠せず、ヒューイは目を見開いた。あれだけ姿を覆い隠していてはハッサンだと気づかなかった。

「ハッサンが何故変装して酒場へ？」

あの様子を思い出せば、ハッサンが人目を忍んで何かしているとしか思えない。ヒューイが不穏な声を出すと、レニーは書物を抱えて階段を上がっていく。

「そこまではまだ分かりませんが、暗躍なさっているのは確かでしょう。どうです、王子。明日はご機嫌伺いでハッサンの住む東の棟に行き、昨夜何をしていたかを聞いてみては」

レニーの後を追いかけて階段を上っていたヒューイは、「えっ」と顔を歪めた。

「直接聞けって言うのか？　嫌だよ、お前のお得意の力でこそこそ調べてくれよ」

あの酒場で変装までして何をしていたんだ、などと表立って聞きたくない。トネルほど乱暴者ではないが、ハッサンは第二王子だ。不興を買ったら、どんな報復が待っているか分からない。

「王子、仮にもあなたはサントリムの王子なのですから、ここで一発セントダイナの第二王子とも渡り合えるという気概を見せてください。何、ハッサンは腹が立っても、いきなり殴るような真似はしませんよ。彼は理性のある男なので、暴力で解決することはありません。ただし彼は頭の悪い人間が嫌いなので、いかにも出来る男として振る舞ってください」

「ええー…」

レニーに明るい声で言われ、ヒューイは顔を引き攣らせた。

ヒューイはこれまでトネルともハッサンとも距離があった。二人ともサントリムの王子にはまったく興味がなく、たまにハインデル七世の開く食事会に同席することがあっても、目下と思っているので声をかけてくることもなかった。彼らにとってヒューイは召使と大差ない存在なのだ。トネルのほうはここ最近急に接近してくるようになったが、ハッサンは依然としてヒューイに興味はない。実際数日前、兄弟喧嘩をおっぱじめた時も、ヒューイの存在は歯牙にもかけていない様子だった。そんなハッサンにいきなり昨夜のことを聞くのは、かなり勇気がいる行動だ。ヒューイとしては波風立てずに過ごしたいのに。

「ハッサン殿は最近薬草の調合に凝っているようですよ。この本でも手土産に持っていけば、門前払いは喰わないでしょう」

一番上のヒューイの部屋についたレニーは、抱えていた書物をテーブルに置き、その中から一冊の本を取り出して見せた。鞣革《なめしがわ》の装丁の本は、薬草の本らしい。

「とりあえず、今日中に私はこの本を記憶してしまいますから、ヒューイ様は下でナンの採寸につき合ってはいかがですか」

レニーは長椅子に寝そべると、薬草の本を開き、読み始める。部屋から出ていってくれという合図だ。

「レニー、ここは俺の部屋なんだが……」

我がもの顔でレニーが本を読みだしているのは、間違いなくヒューイの自室だ。最近あまりにレニーが居座りすぎて、誰の部屋だか分からない。おまけにすでにレニーは本の世界に没頭して、ヒューイの声はすっかり遮断されている。レニーはごろごろして本を読むのが癖なのだ。こうなると何を言っても聞こえないのは知っているので、ヒューイは仕方なく階下に行きナンを探した。暇つぶしにぶらぶらするしかない。

ヒューイがいる部屋の下の階には、召使たちが暮らす部屋と作業場がある。作業場では数人の召使がお針子をしている。その中にダイキリがいたので、ヒューイは酒場での話を思い出し、声をかけてみた。

「ダイキリ、ご苦労だね。ナンはいる？」

ナンの買ってきた布を裁断しているダイキリは、

ヒューイに声をかけられても手を止めることもなく、振り返ることもない。

「分かりません」

抑揚のない声でダイキリが答え、布を鋏《はさみ》で切る。視線は定まらず、声もうつろだが、布を切る手はよどみない。

「それ、何を作っているの？」

ダイキリの態度に怯えつつ再び問いかけると、布を切り離してダイキリがゆらゆらと頭を揺らす。

「申し訳ありません」

ダイキリはそう答え、次々と布を切っていく。ヒューイがダイキリに声をかけている間、ほかの召使たちも無言で布を縫っている。どの召使の目もうつろだが、動かしている手は機械のように正確だ。嚙み合わない会話にため息をこぼし、ヒューイはその場から離れようとした。ちょうどナンが部屋から出てきたところで、ヒューイの下がった眉を見て同情した顔になる。ナンは外出着からいつも着ているエプロンドレスに着替えてきたようだ。

「ヒューイ様、採寸してもよろしいですか？」

ナンに聞かれ、階段に向かいかけていたヒューイは作業場に戻って頷いた。作業場の大きなテーブルにはダイキリの切った布が並べられている。その傍でヒューイが衣服を脱ぎ始めると、ナンが衣服を受け取り綺麗に畳んでいく。腰履きだけになったヒューイに、ナンは取り出した巻尺で採寸を始めた。

「まぁ、また大きくなられて。少し大きめに縫ったほうがよろしいかもしれませんね」

ヒューイの腕の長さを測りながら、ナンが微笑んで言う。

「そうだね、トネル王子が変な気を起こさないくらい、がっしりした体つきになりたいもんだ」

ヒューイがわざと茶化したような発言をすると、ナンは笑ってくれたがダイキリは無言で作業を進めている。まるでヒューイの声は届いていないようだ。

「どうしてこんなふうになってしまったんだろうね」

心をなくしたようなダイキリの態度に嘆いて、ヒューイは採寸を終え、返された衣服に袖を通した。

「分かりません……。本当に恐ろしいことですわ」

ナンが顔を曇らせてダイキリを見つめる。

ヒューイは、ナンに淹《い》れてもらったお茶を飲みながら、機械のように作業を続けるダイキリを悲しげに見ていた。

就寝時間になって自室に戻ると、レニーはランプの明かりの下でまだ本を読み耽《ふけ》っていた。寝るよと一応断っておいてから、ベッドに入り横になる。

朝の光と共にヒューイが目覚めると、枕元に薬草の本が置かれていた。

「本当にハッサンに昨日のことを聞きに行かせるつもりか？」

運ばれてきた朝食を食べながら、ヒューイは憂鬱な気分で聞いた。レニーは昨夜寝ていないはずなのだが、涼しげな顔でヒューイのために調合したお茶を淹れている。

「もちろんです。王子、将来を見据えてハッサンと懇意になっておくのは必要ですよ。あなたがただで飯が食えて、召使たちから蝶よ花よと育てられているのは、王子という身分だからです。王子という立場であることを肝に銘じ、ハッサンと近しくなってきてください。あ、無論必要以上に仲良くなる必要はないですよ」

いくつかの葉を混ぜ合わせたお茶の入ったカップをヒューイの前に置くと、レニーが滾々《こんこん》と言い含めてくる。ヒューイも仕方なく覚悟を決め、ハッサンに会いに行くことにした。お茶は甘い匂いがするのに無味という不思議なものだ。

朝食を終えた後、いつも着ているシルクの上衣に着替え、ストールを首に巻きつけた。塔から出ると、レニーを伴って城の東の棟へ向かう。ヒューイはこの城の中でも、どこでも自由に歩けるわけではない。ヒューイが行けない場所に、騎士団の宿舎と宝物庫、武器庫がある。建物の中に至っては門番に行先を告げ、許可が出ないと入ることさえできない。

東の棟に続く東の門の前で「珍しい薬草の本があるので、ハッサンに贈りたい」とヒューイが言うと、「少々お待ちください」と衛兵の一人が中に消え、延々と待たされる羽目になった。頭上にあった雲が遠くの空に消えていくまで待っていた頃、ようやく衛兵が戻ってきた。

「ヒューイ様お一人で来るようにとのことです。剣はこの場でお預かりします」

衛兵の言葉に内心がっかりしつつ、ヒューイは表向きは笑顔で頷いた。腰の剣を衛兵に渡し、本だけ抱える。レニーはその場に待たせ、衛兵の後ろに従ってついていく。抱えている薬草の本は一応さらっと目を通したが、あまりに種類が多くて読み終わるのに三日はかかりそうだし、暗記するなどもってのほか。ハッサンに内容を聞かれないのを祈るのみだ。

石造りの階段を靴音を響かせて上り、衛兵の案内する場所へと従った。長い廊下を歩く途中、いい匂いがしてきたと思ったら、前方から先日会った鳥人が歩いてくるところだった。輝くばかりの金の髪を揺らして、見事なまでの白い羽を揺らしている。アンドレはヒューイに気づくとすれ違いざまにじろりと冷たい視線を寄越してきた。相変わらず好かれていないようだ。思い切りにっこりとして頭を下げ「ごきげんよう」と声をかけると、逆に戸惑った様子で身を引く。根は悪い人間ではない。

アンドレが遠く離れていった辺りで、仰々しい扉が待ち構えていた。扉の前では槍を構えた衛兵が二人立っている。ここまでヒューイを連れてきた衛兵が立ち去り、今度は扉の傍で槍を持った衛兵がヒューイを奥へと案内した。部屋は複雑な模様が織り込まれたタペストリーが飾られていて、どうやら控えの間であるらしかった。長椅子に座ってハッサンを待っていると、ヒューイが入ってきたのとは反対側にある扉が開かれ、ハッサンが現れた。

「来るがいい」

ハッサンは部屋には入らず、顎をしゃくってヒューイをさらに奥へと招いた。挨拶抜きか。気後れしながらヒューイはゆっくりと歩を進め、奥の部屋に足を踏み入れた。

奥の部屋には初めて入ったが、どうやらハッサンの趣味の部屋らしい。壁いっぱいに造られた本棚にはたくさんの書物が並んでいる。上にある本をとるための脚立にすら本が重ねられ、ハッサンの本好きが窺《うかが》えた。床には足の踏み場もないほど、見たことのない機械や何に使うか分からない物体が置かれていて、ここは知識の倉庫だと目を奪われた。とはいえ、物が多すぎて埃っぽい。ヒューイは軽く咳き込んだ。

ヒューイが咳き込んだので、ハッサンはしばらく開けてなかったような小窓の前に立ち、錠を外す。

「俺に贈り物と言ったかな。トネルだけではなく、俺もたぶらかすつもりか？」

ハッサンが窓を開けて皮肉げに笑う。窓の木枠に降り積もっていた埃が舞い散り、ヒューイは埃から逃れるため立っている場所をずらした。

「たぶらかすなど、滅相もありません。私はトネル王子のこともそのような気は毛頭なく……」

ハッサンの機嫌を損ねないために、ヒューイは目を伏せ、身を低くして否定した。ハッサンの目からは自分がトネルを誘惑しているように見えるのか。いい迷惑だ。

「そもそも女性も知らないのに、先に男性を知りたくないと申しますか……」

つい愚痴をこぼしてしまうと、ハッサンが歪めていた唇を元に戻し、面白そうな目でヒューイを見つめてきた。

「そうか、お前は囚われの身。俺とは立場が違うのだな。無礼を詫《わ》びよう」

ハッサンが近づいてきて、下げていたヒューイの顎を上向かせる。至近距離で目が合うと、ハッサンの氷のように冷たい眼差しにどぎまぎした。甘い香りがする。ハッサンは何か香水でもつけているのだろうか？

ハッサンは値踏みするようにヒューイを見据え、顎から手を離した。大国の王子であるトネルやハッサンは年頃になると、女性を宛がわれて閨《ねや》での手ほどきを受けたはずだ。

「トネルが好きそうな顔だ。従順な顔立ちをしている。男の味を知りたくなければ、なるべく近づかぬことだな」

ハッサンはヒューイから手を離し、持っていた本を奪い取ると、ぱらぱらとめくって見せる。すぐに興味を感じたのか、無言でページをめくり、窓際に歩き出した。ヒューイは黙ってその場に突っ立っていた。レニーは昨日のことを聞けと言うが、どのタイミングで聞き出すべきか。なるべく怒らせないように聞くにはどうすればいいかと頭を悩ませていた時、ふいにハッサンが口を開いた。

「……お前、昨日酒場にいたな」

ヒューイに背を向けたまま、ハッサンがおもむろに言う。どきりとしてヒューイが目を見開くと、ハッサンはゆっくりと振り返り、ヒューイの驚いた顔つきを眺める。

「やはり、ハッサン様でしたか」

ヒューイが返すと、ハッサンは本を閉じて、机の上に置いた。

「なかなかいい本だ。もらっておこう」

ハッサンはブーツの音を響かせてヒューイに近づき、そっと肩に手を回す。

「俺が何をしているかは、嗅《か》ぎまわらないことだ。お前がトネルの回し者でないならばな」

耳元でハッサンが囁き、もう帰れというように扉を指した。これではこちらが聞くどころではない。釘を刺されてすごすご引っ込むしかないではないか。

仕方なく部屋から出て行こうとしたヒューイだが、ハッサンの居丈高《いたけだか》な言い方が気に食わなくて、気を変えてハッサンの前に進み出た。

「――――昨夜の話をトネル王子にすれば、頭の足りない王子のことだ。あなたに不穏な動きありと行動を起こしてくるかもしれませんね」

我ながら大胆なと思いつつ、ヒューイはハッサンの目を見て脅しめいた発言をした。案の定ハッサンはギラリとした目でヒューイを見やり、殺気を漲らせる。

「ご心配なく、私は穏健主義ですので。兄弟の間に波風を立てるような真似はいたしませんよ。ですが、私はセントダイナの民ではない。あなたの言うことに文句も言わず従う必要はないんですよ」

少々腹が立ったので、逆らってみたのだが、言った瞬間しまったと思った。ハッサンの態度が先ほどまでとは違い、戦闘態勢に入っている。大国の王子に不遜な物言いをしたのだから当然と言えば当然なのだが、立ち去ろうとした腕を強く掴まれ、乱暴に引き寄せられた。

ハッサンが威嚇するように見下ろしてくる。トネルと違い冷静と言われているハッサンだが、やはり一国の王子であることに変わりはない。生意気な口をきくヒューイが面白くないのは当たり前だ。殴られるかなと内心ひやひやしてヒューイが見返すと、ハッサンは掴んだのと同じくらい唐突にヒューイを突き放した。

「なるほど。それも道理だ」

ふいに口元に笑みを浮かべてハッサンは腕を組んだ。怒られるかと思っていたので、ハッサンが冷静さを取り戻したのが分かって内心安堵した。

「存外面白い奴だな。従順に見えたが、そうでもないのか。……前々から聞いておきたかったことがある」

ハッサンは急に態度を軟化させ、重なっていたカップを二つ取り出し、水差しから何かの液体を注ぎ込んだ。一つをヒューイに手渡すので、戸惑いながら受け取った。

「茶だ。毒は入ってない」

にやりとしてハッサンが言う。匂いを嗅いでヒューイは無言で口を湿らした。柑橘系の匂いがする爽やかな口当たりのいいお茶だ。ハッサンの言葉を信じたわけではないが、ここでハッサンの出すお茶を飲まなければ信頼関係が成り立たないので、ヒューイはわざと飲み干した。

「ふ……。次は毒を入れるかもしれないから気をつけろよ」

ハッサンはヒューイの態度が気に入ったように、自分の分のお茶を口にした。

「――お前、魔術は使えるのか？」

濡れた唇を拭って、ハッサンが問いかけてきた。

「使えませんよ。使えないからこそ、私がこの国に来たのです」

ハッサンの聞きたいことが拍子抜けする質問だったので、ヒューイは軽い口調で答えた。

「そうか。……だがお前の国の者の中に、誰か魔術を使えるものがいるな？」

今度の質問は半分確信めいた問いかけだった。ヒューイの反応を確かめるためのものだ。白を切るつもりだったが、わずかに視線が動いてしまった。ハッサンはそれだけで何か確信したように唇の端を吊り上げた。

「そうだろうな。俺は以前北方に戦に出た際、シュケナヤージという金属を手に入れてな、魔術が近くで使われていると反応を示すものだ。あかつきの塔付近で使うと、たまにそれが反応する……」

どきりとしてヒューイは目を見開いた。そんな金属があったなんて、大変だ。ヒューイたちサントリムの人間は、魔術を使ってはいけない規則がある。もちろんこの国に来る際も、魔術を使えないものだけが来るという約束で来ているのだ。魔術を使えるのはレニーだけだが、その存在がばれたら一大事だ。

「誰が使っているのか拷問して聞き出してもいいが、一応貴殿は隣国の王子だからな」

ハッサンがヒューイの頬を撫でて微笑む。

「お互いに波風を立てる真似はやめておこうじゃな

いか。ヒューイ王子」

　ハッサンはヒューイが脅しめいた言葉を使ったので、その仕返しのように痛いところをついてくる。どうしてハッサンがこの事実を公にしないのか分からないが、今のところは黙っていてくれるらしい。

「俺は魔術をこの目で見たことはない。聞いた話では、手も触れずに火を起こせたり、軽い物なら宙に浮かせたりできるそうじゃないか。だがくだらん。どちらも魔術などなくとも出来ることだ。火など常にそこらにあるし、物を浮かせる必要などない、誰かに持たせればすむことだ。魔女アルジャーナだってたいした力は持っていなかったと聞く。嘘の予言をして人心をたぶらかしただけだ。俺から言わせてもらえれば、魔術なんかよりスパルナの飛べる能力のほうがよほど魅力的だ」

　ハッサンは魔術に対する興味は薄く、一刀両断で切り捨てる。確かにハッサンの言うとおり、大半の魔術はあってもなくても困らない程度の力しかない。中には魔術ではなく、研究の末に開発された最先端の学術であるのは、サントリムの魔術学校に通うものなら周知の事実だ。

　けれどヒューイはレニーを知っている。レニーの魔術は別格だ。レニーの能力を知られるのは都合が悪い。彼の底知れない能力を知られたら、きっと利用されるに決まっている。

「出過ぎた真似をしてしまい、申し訳ありません」

　ヒューイはこの場を収めるために低姿勢で謝った。

「ふん、もう行け」

　ハッサンが両手を広げて無表情になって告げる。ヒューイは黙って目を伏せたまま、そそくさと部屋を出て行った。

再び衛兵に連れられて城から出ると、ヒューイは待っていたレニーと合流した。

「ハッサン王子とあんなに喋ったのは初めてだ。おっかない人だよ、本当に。結局何をしていたかぜんぜん教えてくれなかったし、行くだけ無駄だったな。だから嫌だって言ったのに。次はお前が行ってくれよ」

塔に戻る道すがら、やっと緊張がほぐれてヒューイは自分の肩を軽く叩いて言った。

「いえいえ、王子。なかなかよく渡り合えていたじゃないですか。見直しましたよ」

隣を歩くレニーは上機嫌でヒューイを褒め称える。

ヒューイは顔を引き攣らせ、じろりとレニーを見た。まだ交わした会話の内容は何も言ってないのに、レニーはまるで聞いていたような口ぶりだ。

「ハッサン王子が窓を開けたので、耳のいい私にも会話が聞こえました。まさか魔力を感じとれる金属があったとはね。これからはうかつに使えなくなりましたな。まぁご心配なく。シュケナヤージとかいう代物については聞き及んでおりますから、逃れる策もあるでしょう。なかったら盗んでしまえばいいだけの話ですし」

「さらっと恐ろしいことを言うな」

小声で話すレニーに一応突っ込みを入れておく。レニーのことだから、止めても無駄なのは分かっているが、あの恐ろしいハッサンの手から何かを盗み取るなんて、害がこちらに及ぶからやめてほしい。

「ハッサン王子のひととなりもよく分かりました。上出来、上出来。それはともかく、お茶に毒が入っていたらどうするつもりですか。今度、解毒剤を作っておきますね。常備できるようにしておきますよ。さ、帰って日課の剣術でもなさってください」

レニーはもう用はすんだとばかりに、ヒューイの背中を押す。自分は何かやることがあるらしく、塔の最上階に戻って行ってしまった。そこはヒューイの部屋のはずだが、最近本当にレニーに乗っ取られている気がする。

仕方なくヒューイは塔から一番近い暗い奥庭でギールに剣術を習った。ここはあまり日当たりがよくなくて、花だか草だか分からないような植物しか生えてこないから陰気くさくて好きじゃない。

剣術の修業は、一応たしなみとしてこなしているが、自分に才能がないのも分かっている。ギールはもっと打ち込んで来いと言うが、木の棒で打ち合っている時はできても、剣を使うとたんに怯んで動けなくなる。避けるのはけっこう得意なのだが、相手を切りつけてしまうかもしれないというのがもう駄目だ。迷いが剣に如実に出るし、思い切り突くことも切ることもできない。自分程度の力ではギールに怪我を負わすはずがないと分かっていても、相手を傷つける恐ろしさを想像して動きが鈍る。

ギールはヒューイが優しすぎると指摘する。

こんなことでは仮に戦になって戦場に出たら、自分は逃げ回ることしかできなさそうだ。トネルやハッサンを見習わねばならないだろう。願わくば一生戦いの場に出ない人生を過ごしたいものだ。

日が暮れるまでギールと剣の稽古に励み、自室に戻ると大変なことになっていた。

「レニー……。何だろう、これは。模様替えするなら一言欲しかったかな」

ヒューイの部屋の窓はすべて頑丈な板が釘で打たれ、まったく光の射さない部屋になっていたのだ。

部屋の明かりはランプだけで、炎が吹き消されれば真っ暗闇だ。

「申し訳ありません。魔力が漏れないよう術を施すために、外気を遮断せねばならなかったので」

ちっとも申し訳ないと思っていなそうな顔でレニーが謝る。どうやら窓を全部つぶしたのは、それなりに理由があってのことだと分かったが、問題は何故ヒューイの部屋を改装したのかということだ。

「うわ、こりゃひどい」

ヒューイを送ったついでに部屋を覗いたギールは、同情した眼差しでヒューイを見る。

「何で俺の部屋をやるんだ。お前の部屋をやればいいだろう」

レニーの傍若無人な性格は分かっているつもりだったが、一応抗議しておかなければ示しがつかないので文句を言った。そもそもレニーには三階にちゃんと部屋があるのだ。使用人の部屋なので狭いが、そこを改装でも改築でもすればいい。ヒューイが厳しい顔つきで言うと、レニーはさも心外だと言わんばかりに目を見開いた。

「何をおっしゃいます、王子。王子はサントリムの王子として魔術を覚えなければならない身。毎日お教えしているのをよもやお忘れでは？　他人事のようにおっしゃいますが、もしあなたに魔力があると知れたら、国を謀《たばか》ったとしてどんな報復があるのやら」

「いやだから、俺は魔術が使えないんだからぁ……」

「あなたは大器晩成《たいきばんせい》なのですよ。今は使えなくてもやがて大きな力を発揮するでしょう。私の王子、すべて私に任せてください。私の部屋などに術をかける必要はありません。重要なのはここです。この部屋から魔力が漏れるのを阻止しなければなりません」

「だから……いや、もういい」

反論しても言いくるめられるのを悟り、ヒューイは脱力してうつむいた。レニーはいつかヒューイにも魔術が使えると言うが、そんな兆《きざ》しはこの十年、露ほども現れないのだ。さっさと諦めて、魔術を習う時間を学問の時間に割いたほうがよほど建設的に思える。しかしそんなことを言おうものならきっと、レニーは何時間でも「あなたはいつか出来る」とヒューイに言い聞かせるだろう。この十年、やるだけ無駄だと言っているのに、レニーはヒューイに魔術を教え続けている。

「分かっていただければけっこうです。大体私が、自分の部屋にもう何年も帰ってないのはご存知でしょう？　私は常に御身と共にありたいのです。王子、特に私はこの長椅子がお気に入りで」

ヒューイがしぶしぶ納得したのを見て、レニーはいけしゃあしゃあと本音を漏らす。やはりここで自分が魔術を使いたいだけなのだ。

「えっ、レニー。お前、寝る時もここなのか？」

ヒューイとレニーの会話を笑って聞いていたギールが、驚いた様子で聞いてくる。ギールはここ数年レニーがヒューイの部屋で寝泊まりしているのを知らなかったらしい。レニーは長椅子で眠っている。ヒューイからすれば硬くて肩が凝るのではないかと思うのだが、レニーにとってはちょうどいいそうだ。

「私は片時も離れず、王子の身をお守りしているのです」

レニーは胸を反らし、自慢げに告げた。おかげでヒューイは一人になる時間がない。

「そりゃ大変だ。王子、一人になりたい時はないんですか？　年頃なのだし」

ギールが顎を撫でて、ヒューイに思わせぶりな目つきで聞いた。色っぽい気配を感じてヒューイは思わず赤面した。

「俺が王子くらいの年頃の時は、女のことしか考えてなかったけどね。レニー、少しは気を遣ってやれよ。王子は楽しみのない身だ。今度、こっそり娼婦を呼びましょうか」

ギールに思いがけない提案をされて、つい前のめりになると、それを打ち砕くようにレニーがギールの足を踏んづけた。

「痛ぇっ」

レニーは軽く踏んだだけに見えたが、何か別の力でも働いたのか、ギールが飛び上がって足を抱えている。かなり痛そうだ。

「ギール、くだらないことを言って王子を惑わすのはやめなさい。女なんてくだらない。さぁ、あなたはとっとと部屋に帰って剣でも研いでいなさい」

レニーはギールを部屋から追い出し、扉を固く閉じる。そして扉に向かって何か呪文を唱えた。扉が閉まると、ここはいよいよ密閉された空間だと感じられた。夜、窓から家々に灯る明かりを見るのがヒューイの楽しみだったのに、それさえ奪われた。

「……昨夜の酒場といい、ハッサンとの会話といい……」

扉を閉めたレニーは、ぶつぶつ呟きながら部屋の中をうろつきまわる。ヒューイはがっかりしてランプの明かりが灯るテーブルにつくと、この国の歴史書をぱらぱらとめくる。ハインデル一世が国を一つにまとめた伝説の話が仰々しく書かれている。暇つぶしにページをめくっていると、部屋をうろついていたレニーが、急に向かいの席に腰を下ろしてきた。

「王子、正直に答えてください。まさかあなたは女性がお好きなのですか？　性的な意味で。若い女性と交わりたいとお思いで？　男より女がいいんですか？」

疑惑めいた眼差しでまくしたてられ、とっさに、読んでいる本を落としてしまった。

「……レニー、その質問はおかしくないか。なんで男と比べるんだ、俺は健全な若者だよ。若い女性がいいに決まってるだろ」

至極当然のことをわざわざ聞かれ、ヒューイは顔を引き攣らせた。レニーの口ぶりじゃ、まるで男が好きなほうが当然みたいな言い方だ。そんな馬鹿な話は一度もしたことがないのに。

「質問を変えますよ、私より若い女がいいんですか？　そんなわけありませんよね」

身を乗り出してレニーが呆れた質問をする。

「色恋なら断然若い女性がいいに決まってるだろ」

素直にヒューイが答えると、激しいショックを受けた様子でレニーが椅子から立ち上がった。顔面蒼白で、かなり動揺しているのが見て取れた。ヒューイが女性がいいと言ったくらいで、明日死ぬと宣告されたみたいな顔つきだ。

「そんな……王子、私の気持ちを踏みにじるなんて……」

レニーはよろよろと壁に辿りつくと、やおら腰に下げていたナイフを鞘《さや》から取り出した。刃がきらめき、ぎょっとしてヒューイは凍りついた。レニーは指先に刃を滑らせる。一筋の血が目に飛び込んできて、ヒューイは一瞬レニーが自害するのではと馬鹿な妄想をした。

レニーはつかつかとヒューイの前に歩み寄ると、指先の血を唇に押しつけてきた。レニーの血の味がして、びっくりして椅子から立ち上がって離れようとする。

不思議な出来事が起きた。

瞬きをした矢先、目の前のレニーの姿が変容したのだ。

「え…っ!?」

見間違いかと思い、ヒューイは目を擦《こす》って目の前に立っているレニーを凝視した。レニーは体つきが別人のようになっていた。服の上からも分かるくらい豊満な胸、たおやかな手足、細い腰――顔は確かにレニーなのだが、男の時のレニーと違い、ちゃんと女性に見える。綺麗な顔立ちのせいか、目じりが切れ上がった美人だ。扇情的なまでに赤い唇はふっくらとして誘っているようではないか。着ている物も胸元が大きく開いた身体の線が分かるドレスだし、一体どうなっているんだ。

「な、な、な……」

レニーが突然女性に変化したので、ヒューイは呆然としてしまい、二の句が継げなくなった。レニーは動揺する様子を気にも留めず、どんどん近づいてきて椅子に座っているヒューイに迫ってきた。

「王子、じゃあこれならどうです？」

レニーの声はいつもより女性っぽい高さがある。ほっそりとした指でヒューイの顎を撫で、胸の谷間を目の前に寄せる。芳しい匂いに頭がくらりとして、ヒューイはむっちりとした胸に釘付けになった。

「ど、どう……って」

「この姿なら私を選んでいただけますか？」

レニーは大胆にヒューイの上に跨《また》がってきた。柔らかい女性の太ももに身体が密着して、ヒューイは真っ赤になって硬直した。身体中の血液が下半身に集まる気がする。目の前の美女のことで頭がいっぱいになる。

「ねぇ……王子」

レニーが顔を近づけて赤い唇を寄せてきた。目の前の存在の正体を忘れて、ヒューイはふくよかな胸に触りたくてたまらない気持ちになった。レニーのさらさらした黒髪が頬にかかる。キスをされると分かっていたが、豊満な胸が押しつけられて、その心地よさにうっとりとして拒否しなかった。否、むしろ腰に手を回していた。

柔らかな胸が頭の芯を痺《しび》れさせる。唇が重なって、ぞくぞくして鼓動が波打った。初めてのキスの感覚は大きなものだった。唇を啄《ついば》まれるだけで、背筋にぞくりとした寒気にも似た甘い感覚が這い上がってくる。

女性の細い手が下腹部を撫でてきたとたん、ヒューイは自分の身体が変化しているのに気付いた。

「――――王子、ほらやっぱりあなたが選ぶのは私でしょう」

いつものレニーの声が聞こえてきて、ハッとしてヒューイは目を開けた。豊満な胸も芳しい匂いもいつの間にか消えていた。目の前にのしかかってくるのは男のレニーだ。

「わああっ!!」

現実に戻ったショックでヒューイは大声を上げて、後ろにひっくり返った。椅子が倒れ、ヒューイは床に放り出される。つい先ほどまで自分の上に跨っていたレニーは、とっくに立ち上がってヒューイを見下ろしている。

「レ、レニー、お前、い、今のは何だ!」

さっきまでいた絶世の美女が消えて、恥ずかしさにのたうちまわってヒューイは叫んだ。女性版レニーの色気にくらくらきて、あやうく騙《だま》されるところだった。

「変化《へんげ》の術ですよ。まぁ正しくは私が変化したというより、相手にまやかしの術を施しているだけですが……。しかし、王子。あれくらいで勃起させるとは、何とはしたない。それともそれほど私がお好きなので？」

レニーに下半身を指差され、ヒューイは慌てて起き上がって背中を向けた。敏感に反応してしまった己の身体が情けない。

「お、お前が女に化けるからだろ！　俺のせいじゃないっ」

気を静めようとレニーから離れて部屋をうろつきだすと、嬉々とした様子でレニーが追ってくる。

「王子、これで分かったでしょう。あなたは私が好きなんですよ。私じゃなきゃ駄目なんです。だって今私は本当は男のままだったんですよ。それでもそうなったということは」

「ちっとも分からないよ！　追いかけてくるなって！」

ヒューイの部屋は二部屋あるのでそちらに逃げても、レニーは背後から肩を抱いて迫ってくる。

「じゃあ王子、聞きますが私のことは好きでしょう？　無論嫌いじゃありませんよね」

大きな鏡のある寝室まで追いやられ、レニーに訳の分からない質問をされた。

「嫌いなわけないだろう。困った奴だが……」

鏡越しにレニーの機嫌のよい顔が見える。ヒューイは意味が分からず、いぶかしげな声を出した。

「ほらね。なら私でいいじゃないですか。若い女性がいいなら、たまに幻想を見せてあげますし」

「え……」

再びあの美女に会えるのだろうかと思い、ヒューイは期待に満ちた眼差しで振り返った。レニーはその反応は気に入らなかったらしく、ヒューイの耳を摘み上げる。

「あなたは分かってないようですが、あなたと実際キスしたのは男の私ですよ。つまりあなたは女性ではなく私がいいのです。真に欲しているのは私なのです」

レニーに力強く断言され、ヒューイはそんなはずないと首を振った。

「ち、違う、俺がくらっときたのはあのふんわりした胸……」

「いいえ、あなたが深層意識で求めているのは私です。私、この私」

ヒューイの言葉を強引に遮って、レニーが両頬を手で包み込む。今度は男のレニーにキスされそうになって、慌ててじたばたした。男のレニーとはキスする気になれない。

「王子、王子！」

レニーと必死の攻防を繰り広げていると、扉からナンの声と激しく扉を叩く音がする。ヒューイはレニーと一時停戦して、扉に駆け寄った。

「どうした？」

「ああ、王子。今トネル王子の使いが…。トネル王子のお呼びだそうです。なんでもハッサン王子のところに行った理由を聞きたいと」

ナンの慌てたそぶりを見て、ヒューイはレニーと顔を見合わせた。ハッサンに会いに行ったのが、もうばれている。

「仕方ありませんね、王子。トネルにしつこく聞きまわされるのは避けておきたい。これを飲んでください」

レニーは黒箪笥の小さな箱を開け、中から黒い粒の入った包みを取り出した。

「何だ、これは」

見たことのない薬にヒューイは首をかしげた。

「この場をしのぐための薬です」

レニーに厳《おごそ》かな顔で言われ、あまり疑うこともなく口に入れた。ひどく苦い薬で、飲んだ瞬間吐き出したくなった。

「ナン、王子は病気だから呼び出しに応じられないと言いなさい。疑うようなら、上がってきて見ろと」

レニーに言われて、ナンは心配げな様子で階段を下がっていった。病気の振りをしなければならないのかと思い、寝間着に着替えようとしたヒューイは、突然激しい嘔吐感に襲われて口を押さえた。

「な、何だ、これ…っ、う…っ」

迫りくる吐き気に青ざめ、ヒューイはうろたえた。すぐさまレニーにベッドに連れて行かれ、吐くための壺を用意される。その時にはもう気分の悪さを我慢できず、げーげー壺の中に胃に残っている物を吐き出していた。

「レ、レニー…ッ、お、お前ぇ、俺を殺す気か…ッ」

咳き込みながら壺の中に胃液を吐き出し、ヒューイは怒って従者を睨みつけた。この男は何を飲ませたのか。

「しっかり、王子。何、朝にはけろりと治っているからご安心を」

ベッドに伏せたヒューイの背中を撫で、平然とレニーが告げる。レニーの渡す薬を躊躇《ためらい》なく飲んでしまった自分にも責任はある。

「おや。来たようだ」

扉を叩く音を聞き、レニーが寝室から去っていく。入り口で誰かと会話する声が聞こえ、トネルの従者がレニーに連れられ入ってきた。その頃にはもうヒューイはぐったりした様子で、壺を抱えて吐き続ける状態だった。

「これはまぁ……何としたことか。あの……大丈夫なので？」

トネルの従者は、げーげー言っているヒューイを見て、啞然としている。

「はい、夜になると原因不明の吐き気に襲われて困っているところです。ハッサン王子には薬草の本をお借りしていたので、お返しに上がったのです。この病気を解明するための手掛かりがないかと思いまして。今調合中なので、まだ効くかどうかは分かりません。王子……、本当に心配です」

レニーは主人を案じるように悲痛な面持《おもも》ちで従者に説明している。レニーの殊勝な態度を見て、まさかこうさせた張本人とは思いつくまい。ヒューイは涙をこぼしながら、咳き込んだ。

「申し訳ない、とても…う…っ、このような状態でトネル王子の…げほっ、前に顔を…、うぐっ」

ヒューイは演技ではなく本心から苦しみ、胃の中が空っぽになるまで壺に吐いた。ヒューイの吐いたものの臭いで、トネルの従者は気分が悪くなっている。

「分かりました。ヒューイ殿の状態、しかとトネル王子にお伝えします」

従者は一礼して、同情めいた眼差しをヒューイに注いで部屋から立ち去った。従者がいなくなってもヒューイは気持ち悪さから逃れられず、ベッドの上でのた打ち回った。

「レニー……、覚えていろよ…っ」

胸元をかきむしりながら、ヒューイは美麗な顔立ちの男を睨みつけた。

「私は王子のことなら、何でも覚えていますよ」

にっこり笑って答えるレニーに脱力して、ヒューイは毛布を頭まで被った。

## ■3　再会

　レニーが飲ませた薬のせいで、一晩中大変だった。翌日ヒューイの顔を見たギールとナンが、あまりにげっそりしているので本気で心配してくれたくらいだ。レニーの言葉通り一晩経てば嘘のように吐き気は治まり、朝からもりもりと朝食を平らげることができた。

「それにしてもレニー、お前は俺を何だと思っているんだ。せめて申し訳なさそうな顔くらい出来ないのか。むしろちょっと嬉しそうだったように見えるのは気のせいか？」

　朝食後、レニーと魔術の勉強をしながら、ヒューイは文句を言い続けた。

「王子。あなたの苦しみは私の苦しみ。悶え苦しむあなたを見て、喜んでいたなんて心外です。私の愛を疑っているのですか？　命じられればあなたの汚物だって喜んで食べますよ」

「それはやめてくれ。ちょっと引く。いや、かなり引く」

　レニーとくだらない言い合いを続けるのはやめて、呪文を唱えて持っていた杖で目の前の卵をコンと叩く。卵には何の変化もなく、テーブルの上で同じ形を維持している。卵を孵化《ふか》させる呪文を唱えたのだが、効いている様子はない。ちなみにヒューイの杖は、サントリムの険しい高山に生息する貴重なジンチョウという獣の角を削って作っている。ジンチョウは絶滅寸前の獣で、その角には魔力が宿るそうだ。まったくの無駄遣いでジンチョウに申し訳ない。

「割って食べてもいいか？」

何度呪文を唱えても変化しない卵に業《ごう》を煮やし、ヒューイはレニーに尋ねた。レニーはヒューイの杖を奪い、呪文を唱えて杖で卵を撫でる。とたんに卵の殻に亀裂が走り、中から濡れた羽の雛が孵った。

「どうぞ、お食べください」

レニーに杖を渡され、ヒューイは口元を歪めた。卵の状態ならゆでて食べられるが、生まれてきてしまった雛を食べる気にはなれない。仕方なく、ぴーぴー鳴き始めた雛を抱えて親鳥のいる庭の一角へ返しに行くことにした。塔の周囲には野菜や穀物を植えている場所がある。その隣にジャンピーという鳥を飼っている。ジャンピーは尾の短い飛べない鳥で、毎日卵を産んでくれる。ジャンピーの卵に甘い蜜を垂らして食べるのがヒューイは好きなのだ。

塔から下りて雛を親鳥の元に戻していると、数人の声がしてヒューイは振り返った。塔に向かってやってきたのはトネルとその従者たちだ。

「ヒューイ。病気と聞いていたが、もう大丈夫なのか？　ずいぶんやつれた顔をしているが」

トネルが親しげに近づいてきて、ヒューイは内心焦ったが、心配無用だった。昨夜胃が空になるくらい吐き続けたので、形相《ぎょうそう》が変わっていたらしい。珍しくトネルが案じるような顔をしている。

「はい、おかげさまで薬草が効いてきたらしく……」

ヒューイは肩を落として、もっともらしい言葉を吐いた。

「お前が病気と聞いて見舞いに来たぞ。精がつくものを運んできた」

トネルの登場で、ヒューイの従者や召使たちが並んで膝を折る。トネルは付き添いの従者に持たせていた値の張る果物や食材をヒューイの召使たちに手渡していた。今日は白い虎はいないので安心だ。

「ありがとうございます。トネル王子の優しさ、痛み入ります」

豪勢な贈り物に疑問を抱きつつ、ヒューイは礼を述べた。トネルはヒューイの肩に馴れ馴れしく手を回し、思わせぶりな視線をくれる。

「どうだろう、この塔はいろいろ不便な造りだ。俺の棟に来れば、手厚く看護してやるぞ。高名な医師が揃っている。お前の病気などすぐに治る」

このまま拉致《らち》されそうな勢いでトネルに言われ、ヒューイは足を踏ん張って懸命に辞退した。

「いえ、もう快復に向かっておりますのでご心配なく。おや、あそこに騎士団の方々が。トネル様をお呼びではないですか?」

トネルから身を離そうとしていた時に、あざみ騎士団のケントリカがやってくるのが目に入った。身体が異様に大きいのですぐ分かる。

「王子、そろそろ会議の時間です! お急ぎを!」

ケントリカは離れた場所から大声を上げてトネルを呼ぶ。トネルは面倒くさそうに舌打ちしたが、ヒューイは心の中でケントリカに礼を言った。

「父王が臥せっているから会議が長引いて困る。俺の婚儀の話もあるしな」

何か言いたげな顔でトネルがヒューイを見つめた。トネルは十八歳の時にドーラン国との和睦を兼ねて花嫁を迎えたことがあるのだが、三年で病気の末亡くなった。線の細いか弱そうな女性だったので、トネルとは相性が合わなかったのだろうとレニーは言う。真実は分からないが、トネルが「子も産まぬ役立たずの女だった」と文句を言っていたのを聞いたことがある。そのことが原因でセントダイナとドーラン国は少しぎくしゃくした関係だ。

トネルはまだ二十八歳なので新しい花嫁を迎える話が出ている。海の向こうのケッセーナという国の姫君だ。一カ月後にセントダイナの建国三百年を祝いに、同盟国の代行がやってくる。ケッセーナの姫君もその中の一人なのだが、要するにお祝いするついでにお見合いをしようという魂胆だ。

「話が進みますようお祈り申し上げております」

ヒューイは心底そう願っているという表情でトネルに笑いかけた。トネルは面白くなさそうに顔を歪め、くるりと背を向けてケントリカのほうに行ってしまった。早く嫁をもらって自分にちょっかいをかけるのはやめてほしい。

「王子、贈り物ですか？」

トネルが去って行った後にレニーが現れ、置いていった食材を眺める。レニーはすべての食材を検分して、ナンに何か指示している。

「ああ、食べ物に罪はないから戴くとしよう。それより建国祭にはサントリムから誰が来るのだろう？」

トネルの見合い相手には興味はないが、サントリムからやってくる使者には大いに興味がある。自分の国がどうなっているか知るめったにない機会だし、何よりも母国の人と話したい。それが知り合いであるなら、なお嬉しいことだ。

「今年は三百年という大掛かりな祝いですから、おそらく王族の誰かが来るでしょう。楽しみですね」

レニーも珍しく素直に喜んでいる。

「そうそう、忘れておりました。王子、これを常に身につけておいてください」

レニーが思い出したように懐からお守り袋を取り出した。手のひらで隠せるほどの小さな袋に、首にかける紐がついている。

「解毒剤です。たいていの毒はこの薬で吐き出せるでしょう。いざという時のために首からかけておいてくださいね」

お守り袋を渡されて、ヒューイは礼を言って首からかけた。服の下にしまえば誰にも見られることはない。レニーはおそらく、ハッサンの出したお茶を簡単に飲んでしまったことで心配してお守り代わりに寄越したのだろう。これを使う日がこないことを祈り、ヒューイは服の上からお守り袋を撫でた。

昼食の時間になるとレニーが何を思ったか、散歩に出ようと誘ってきた。散歩と言っても塔の周囲と中庭の薔薇園くらいしか行ける場所がない。それでも気分転換にはなるだろうと思い、レニーと一緒に薔薇を見に行った。

白い薔薇でアーチが作られている場所に行くと、黒百合騎士団の団長の虎海と薔薇騎士団の団長であるギョクセンが歩いているのが見えた。寡黙な虎海とおしゃべりなギョクセンは正反対に思えるが、親しげに話している。

「おや、ヒューイ殿。ご機嫌麗しゅう」

ギョクセンがヒューイに気づいて笑顔で声をかけてくる。ギョクセンは初めて会った時から、常に変わらず気さくに声をかけてくる。虎海は反対に、いつも黙って目礼するだけで、一度も会話を交わしたことがない。

「こんにちは。会議はもう終わったのですか。建国祭について話していたのでしょうか。町は賑やかでしょうね、きっと」

なかなか外出できない身なので、ヒューイはギョクセンに会うとすぐ外の話を聞きたがる癖がついてしまった。騎士団の中で一番彼がいろいろ語ってくれるからだ。

「ええ、そりゃあもう賑やかですよ。港から毎日積み荷が上がって、市場も祭りの準備を始めています。そうそう、サントリムからはレブラント女王がお越しになるとか。まだ内緒ですけどね。久しぶりに母君にお会いできるかもしれませんよ」

「えっ！　そ、それは本当ですか」

ギョクセンの情報に目を輝かせ、ヒューイは頬を紅潮させた。女王である母自らセントダイナにやってくるなんて、驚きだ。立場上、軽々と隣国へ足を運ぶわけにはいかないので、まさに青天《せいてん》の霹靂《へきれき》。予想もしていなかったので、心が浮き立った。

「ギョクセン……」

虎海が咎めるようにギョクセンを見る。そんな重要な話をしていいのかと言いたげだ。

「まぁまぁ、彼は自由のない身。たまにはいいだろう。女王直々に来るのは、ハインデル七世の病状が思わしくないという理由もあるでしょうが、やはりヒューイ殿にお会いしたいからでしょう。次はいつ会えるか分からないのですから、なるべく長い時間一緒に過ごせるように手配しますよ」

ギョクセンは太っ腹な発言をしてヒューイを興奮させた。母と会えるのはあと二十年は先と思っていたので、思いがけない朗報に浮き浮きした。

「では失礼。祭りの準備が忙しいもので」

ギョクセンが笑顔で去って行き、虎海もそれに続く。ヒューイは薔薇のアーチをくぐりながら、早く建国祭が来ないものかと待ち遠しい気分になった。

「浮かれるのはけっこうですが、ハインデル七世が崩御されたら祭りどころではありませんよ」

浮かれているヒューイを見て、レニーが釘を差す。一転して暗い気分になり、ヒューイは恨みがましくレニーを睨んだ。

「滅多なことを言うものではないよ……」

小声で叱責したが、トネルの王位継承権に関する発言もあるし、ありえないことでもない。ハインデル七世が元気になるよう今日からお祈りをして眠りにつくしかない。どうか無事に母と会えますように。ヒューイは切実に願った。

「ところでレニー。お前、わざわざ散歩に誘ったのは、この話を聞かせるためだったのか？」

他の者の誘いなら偶然と思うところだが、レニーに連れてこられるとすべて仕組まれたものに感じられる。レニーはギョクセンから良い知らせをもらえると分かって、この薔薇園に連れてきたのではないか。

「王子の私への厚い信頼、思い込みの深さを感じさせる言葉をありがとうございます。そのように度を越えた目で見ていると、私がただの水を渡しただけで薬と勘違いしてしまいますよ。薬なら構いませんが毒だったら大変。思い込みはもろ刃の剣です。どうかありのままの姿を見てくださいますように」

「違うって言いたいのか？　またまたぁ」

とぼけた振りをするレニーを肘で突き、ヒューイは噴水のあるほうに足を向けた。ふと前方を見やると、トネルらしき一行がやってくるのが見える。顔を合わせたくないヒューイは、レニーと一緒に隠れる場所を探した。幸い肥料を蓄えておく大きな瓶があり、ヒューイとレニーはそこに身を潜めた。二人分の身体を隠すには少々足りないが、レニーが魔術を使って姿を隠してくれた。こんな場所で魔術を使って大丈夫かと心配だったものの、一度身を潜めたからにはばれるわけにはいかない。トネルのことだ、ヒューイたちが隠れていたと知ったら鬼の首をとったように責め立てるに違いない。

瓶の後ろに身を縮めてトネルが通り過ぎるのを待

った。トネルはお付きの者に罵詈雑言《ばりぞうごん》を浴びせている。どうやら会議で何かあったらしい。機嫌の悪いトネルはすぐ周囲の人間に当たり散らすからお付きの者は生傷が絶えない。

「クソ、ハッサンの野郎……ッ、目障りだ、何か手を打たないと…」

トネルは道沿いの薔薇に乱暴に剣を振り回している。薔薇の花びらが舞い、葉や枝が切り落とされる。丹精込めて育てている庭師が見たら卒倒しそうだ。

「トネル様、落ち着いてください。ケッセーナの姫との婚儀がまとまったら、王位は確実にトネル様のものですよ。ケッセーナという後ろ盾があれば、騎士団長たちもトネル王子に王位を継承するのが妥当と口を揃えて言うでしょう。騎士団長たちが意見を揃えれば、皇后といえど、反対はできますまい」

トネルの心を落ち着かせようと、従者が猫なで声で言い募る。トネルはその意見に気をよくしたように、やっと剣をしまった。どうやら会議でメルレーン皇后がトネルに対して何か物申したらしい。皇后は穏健派なので、もしかしたらハッサンに王位を継がせたいのかもしれない。

「そうだな、面倒だが姫への贈り物でも用意しておくか…。女など閨に引きずり込めばすぐすむものを」

「トネル様、相手は姫君でございます。乱暴な真似は慎みますよう……。相手は蝶よ花よと育てられた初心《うぶ》な生娘ですよ。ドーランの姫君の二の舞はならぬよう……」

トネルとお付きの者がすぐ目の前を歩いていく。鼓動が聞かれそうで、ヒューイは緊張しながら瓶の後ろに隠れていた。レニーの魔術でばれないと思っていても、トネルがひょいと覗き込めば見えてしまう距離だ。つい息を止めてしまう。

「ああ、あれは本当に鬱陶しく泣き続ける女だったな。分かっている、次はちゃんと優しくしてやるさ」

トネルとお付きの者の声は大きくなったり小さくなったりして、だんだん遠ざかっていく。ヒューイはトネルたちの姿が見えなくなったところで、溜めていた息をやっと吐き出した。

「ふあぁー…。ばれなくてよかったな」

強張っていた身体から力を抜き、レニーに囁く。するとレニーは人差し指を立てて、無言で顎をくいっと動かす。後方から今度はハッサンが歩いてくるのが見えた。ハッサンの前で瓶の後ろからのこのこ出ていくのは気が進まない。何故こんなところにこそこそと隠れていたのかと問い詰められたら、一大事だ。

仕方なくハッサンが通り過ぎるのを待とうと思い、ヒューイはレニーと共に再び身体を縮めた。ハッサンは鳥人のアンドレと一緒に歩いていた。そういえば薬草の本を持っていった時も、アンドレとすれ違った。この二人は仲がいいのだろうか。

「言っておくが、俺はお前が好きなわけではない」

ハッサンと並んで歩くアンドレは羽を揺らしながらそっけない口調で話している。まるでヒューイの疑問に答えるような台詞《せりふ》を吐いたので、内心どきっとした。アンドレは白いローブのような服を着ていて、後ろがどうなっているのか知りたくなった。

「だがあの男……、お前の兄は問題がありすぎる。あいつに王位に就かれては、のちのち厄介なことが多すぎる。ただそれだけだ」

アンドレは潜めた声でハッサンに告げている。ヒューイは固唾《かたず》を飲んで二人の会話を見守った。これはもしかしてアンドレがハッサンの側につくという意味か。

「好かれる必要はない。俺は正直な奴は好きだが」

アンドレの答えにハッサンは満足げに微笑んで立ち止まった。すぐ傍で動かなくなったので、ひょっとして隠れているのがばれたのかと思い、冷や汗が流れる。身を寄せ合っているレニーは涼しげな顔でハッサンとアンドレの会話を聞いている。

「賢明な答えをありがとう」

ハッサンはアンドレに手を差し出し、握手を求めているようだ。アンドレはその手を軽く払いのけ、どんどん先を歩いていく。ハッサンもすぐにその後ろを追って歩き出したのだが、数歩足を動かした時点で、何かに気づいたように立ち止まった。その視線がヒューイたちの隠れている瓶に注がれる。

(気づかれたか？)

ハッサンの視線を感じて身体が硬直したが、近づいてくる様子はなく、少しすると背を向けて去って行った。ハッサンの背中が消えて、安堵のあまり力が抜けて地面に尻餅をついた。

「気づかれたかと思って、心臓が口から飛び出しそうだったよ」

ほーっと息をこぼしてヒューイがレニーにもたれかかると、考え込むようなそぶりでレニーはハッサンが消えて行った方角を見ている。

「気づかれたかもしれません」

レニーは目を細めて怖い発言をする。ヒューイはぎょっとしてレニーの腕にすがりついた。

「も、もしかしてシュケナヤージとかいう金属を持っていたのか？」

そういえばハッサンは魔術を使うと反応するという金属を持っていたはずだ。ヒューイが青ざめて聞くと、レニーは首を振る。

「いえ、あれは大きくて身に隠せるものでは……。

ハッサンは鋭い勘の持ち主のようだ。私の魔術は完璧でしたが、ハッサンは何かがいると気づいたのです。王子、あなたも見習ってください。どうもヒューイ様は隣国で囚われの身というのもあって、日々平穏に暮らせればいいという怠惰な性格になってしまわれたような……。殺伐《さつばつ》とした環境で育ったハッサンを見なさい、あの隙のなさ。それに比べて、あなたは隙だらけですよ。今日だってすでに五十回くらい殺されてもおかしくないほど、だるだるですよ」

レニーは人の気配がないのを見て、瓶から身を離し急に説教モードになった。レニーに続いて顔を出したヒューイは、土で汚れた膝を手で払いのけ、明るく笑った。

「お前が甘やかして育てたからだろ」

レニーをやり込めるつもりで発した言葉だが、予想以上にレニーを怯《ひる》ませたらしい。あるいは心当たりがあったのか。顎に手を当て、苦悶の表情で何事かぶつぶつ呟いている。

「それよりこの場を早く立ち去ろう。ハッサンが戻ってきたら大変だ」

ハッサンの追及を受けたくなくて、ヒューイはレニーの背中を押してこの場を移動した。それにしても自分たちの知らないところで着々と事態は進行しているようだ。トネルが騎士団長たちに自分の味方になれと迫ったように、ハッサンもなるべく多くの味方をつけようとしているのだろうか。トネルと違い、ハッサンはすでに鳥人の約束を手に入れたらしい。

ふと、奇妙な考えが頭を過ぎる。ハッサンが王位に就いたほうが望ましいと思っていたが、もし戦争になるとしたら、ハッサンという相手は手強いのではないか。

（まぁ同盟を結んでいるのだし、こうして自分が囚われの身でいるのだから、戦争など起きないか）

浮かんだ考えを打ち消して、ヒューイは周囲に気を配りつつ塔への道を戻った。途中、誰にも会わなかったのが、むしろ気持ち悪いくらいだった。

日が経つにつれ、城にはさまざまな食材を積んだ荷車が出入りするようになった。豊富な食料や資源を見るたび、セントダイナの豊かさを感じる。サントリムに平和な時代が来たといっても、まだまだセントダイナに太刀打ちできないほど人々の生活水準は低いと聞く。

レブラント女王が招待を受けてセントダイナを訪れるという知らせがサントリムから正式に届いて、ヒューイの心は浮き立った。建国記念の式典の直前に来るそうなので、おそらく二日くらいしか滞在しないだろうが、それでも十年ぶりに母と会えるのはヒューイを興奮させた。手紙などは時折書いているものの、すべて検閲された代物だ。直に会って話せる機会はこの先もめったにない。貴重な逢瀬なのだ。

「ハインデル七世の病状は落ち着いているようです。このままなら式典に顔も出せるとか。王位争いは一時休戦ということですかね」

剣の稽古の合間にギールがこっそり教えてくれた。ギールはハインデル七世の看護をしている召使と仲良くなって、時々情報を得ている。レニーが崩御などと口にしたので懸念していたが、今のところは大丈夫そうだ。

レニーといえば、最近は前にもましてヒューイに魔術を教え込んでいる。いくらやっても無駄だと言うのに、ちゃんと呪文を覚えたかどうか試験まである有様だ。一応ヒューイはあらゆる呪文を暗記しているし、魔術の手順も覚えている。けれど結果は一度も出た例しがないので、覚えるだけ虚しいのが難点だ。

「そもそもさ、なんで無から有が生み出せるんだ?」

目の前の紙を浮かしてみろと言われ、ヒューイは杖をくるくる回して紙を撫でた。当然のことながら紙はテーブルの上から動かない。朝からずっとヒューイの部屋で魔術の勉強をしているが、無為な時間が過ぎるだけだ。

「王子。根本的なことが分かっていなかったとは……。無から有など生まれません。我々は魔術を使っているのですよ。術です。世界には王子の目に見えない生物が存在するのです。我々は術を唱えて、彼らの力を借りる。その結果、その紙が浮かぶというわけです」

レニーが指をぱちんと鳴らす。とたんに紙がふわふわと浮き上がり形を変えた。

「精霊の力を借りて? でもレニー、お前あんまり術を唱えないよな」

杖をテーブルに放り、ヒューイは疑問を投げかけた。

「私は言葉を使わなくても意思の疎通ができますから。王子が術を唱えるのは彼らにも分かりやすい言葉で頼むためですよ」

「うーん、でもなぁ…。俺の言葉伝わってないみたいだし、術を使わなくてもこうやって手で持てばいいだけの話じゃないか」

ヒューイはテーブルに落ちた紙を、手で持ってひらひらとさせる。ヒューイは魔術が使えないからだけではなく、あまりそういった力に重きを置いていていない。レニーが何でもできるのでレニーがいればいいやと思ってしまうし、実際自分で動いたほうが手っ取り早いという気がする。魔術などあってもなくても同じではないだろうか。むしろ魔術に頼る気持ちを持つほうが、精神的に劣ってしまうのではないか。セントダイナの強大な力を見るにつけ、魔術に頼らないほうが強くなれるように思えて仕方ない。

「お前がいるんだし、もう俺は魔術の勉強するのをやめにしないか？」

　何気ない口調でヒューイが言うと、レニーは急に表情を消して見つめてきた。レニーは整った顔立ちをしているので、表情がなくなるとてきめんに怖い顔に見える。

「王子、私がいつまでもあなたと一緒にいるとお思いですか」

　突然思いがけない発言をされ、ヒューイはびっくりして目を見開いた。

「いるんだろ？　いなくちゃ困るじゃないか」

　反射的に答えて、ヒューイは不安になってきた。レニーは幼い頃から傍にいたし、このセントダイナにも率先してついてきてくれた。だからヒューイは死ぬまでレニーが傍にいると思い込んでいた。それ以外の選択肢があるなんて考えたこともない。

「王子、何が起こるか分からないのがこの世の常。私が明日死ぬことだってあり得るし、あなたが一人になる可能性だってあるのです。王子という身分なのですから、いつも最悪の状況を考えて行動してください」

　真面目な顔でレニーに言われ、ヒューイは自分が安穏と暮らしていたのを自覚して、肩を落とした。今日の延長線上に明日があると思っていたから、そんな可能性は考えたこともなかった。特に一人になるなんて、想像したこともない。自分がいかに従者に頼っていたか思い知らされた気がして気分が消沈した。

「でも基本的には、いつも一緒だよな？」

確認のため、顔を上げてヒューイが聞くと、レニーは珍しく顔を引き攣らせた。

「まぁ……そうですが……」

「よかった」

レニーの答えに安堵して、ヒューイはからりと笑った。その態度にレニーは不安を抱いたのか、額を押さえてため息を吐く。

「私の言っていることが分かっているのですか？　王子、そりゃあ私はあなたに煙たがられようと足蹴にされようと、死ぬまでお傍にいるつもりですよ。だが不測の事態が訪れた時は、己の身で道を切り開かねばなりません。何で笑っているのですか。やはり甘やかしすぎたのか……。王子可愛いで育てすぎたか…」

ヒューイがにこにこしているせいか、レニーは頼りないと思ったらしく不安が増幅しているようだ。いつもこちらをやり込めてくるくせに、今日はヒューイの態度に押されている。

「分かっているよ、レニー。俺もやる時はやるよ」

安心させるようにレニーの腕を叩く。レニーはうろんげな目でヒューイを見たが、気をとり直したように魔術の勉強を再開させた。

午後には、城内が慌ただしくなっているのが伝わってきた。衛兵の数が急に増え、黒百合騎士団のマントを羽織った騎士たちがそこかしこを歩き回る。城から使いの者が来て、ケッセーナの姫がもうすぐ到着すると知らせてきた。

「挨拶は明日でいいかな。今日は長旅で疲れているだろうから」

レニーと話し合い、使いの者に明日ご挨拶に伺いますと伝えてもらった。ケッセーナはここよりずっと温暖な気候だ。どんな姫君だろうとヒューイは会うのを楽しみにした。

「ケッセーナの姫君と色恋沙汰になっては困りますから、王子の顔に魔術を施しておきましょうか？微妙に鼻がでかくなる魔術などいかがです？」

真剣な顔でレニーに聞かれたので、急いで嫌だと拒否しておいた。


ケッセーナの姫君一行はたいそうな人数で来ていたのもあって、昨夜は城のほうが騒がしかった。馬の嘶《いなな》く声や人々の慌ただしい声、海を渡って運んできた荷が次から次へと城へ運び込まれる。ヒューイは自分の部屋の窓がすべて封印されてしまったので、塔の屋上に上がって見物していた。遠目からではっきりしないが、おそらくお付きの者が囲っている黒髪の女性がケッセーナの姫だろう。残念ながら顔は分からないものの、白い馬に一人で乗っているところから見て、か弱い姫君とは思えない。

ケッセーナは鉄で動く大きな船をいくつも持っていると聞く。領地を広げるセントダイナが海にまで支配を及ぼせば、近隣諸国には脅威だ。ケッセーナの姫との見合い話は、サントリムにも届いているだろう。母がどう思っているか聞きたいものだ。

挨拶に行こうと思った折に、昼食会に招かれ、ヒューイは身だしなみを整えてレニーと一緒に城内にある大広間に赴いた。大広間に入る前から廊下には音楽が聞こえてきている。どうやら今日は楽団が場を盛り上げているらしい。堅苦しい席を想像していたが、珍しく立食形式の昼食会で、テーブルの上に料理が山盛りに置かれて、それを使用人が取りに行くというやり方をしていた。立食形式は初めてで勝手が分からず戸惑ったが、これが好きなものだけ食べるというケッセーナ式らしい。立食と言っても、長椅子がいくつも置かれていて、高貴な身分の者はほとんど座っている。ケッセーナの姫も赤い天鵞絨《ビロード》の長椅子にゆったりと腰かけてトネルと喋っていた。

宴の間にはケッセーナから来た使用人が数人と、頭の禿げあがった中年男性がいる。中年男性は宰相だそうで、セントダイナの文官たちと何やら込み入った話をしていた。他にもセントダイナの貴族の若者たちが十名ほど来ていて、宴の間は賑やかだった。ケッセーナの姫は若い男に囲まれている。もちろん長椅子に一緒に腰かけているのはトネルだ。

「姫、紹介しよう。サントリムの第三王子だ。我が国の大切な客人だ」

トネルがよそゆきの顔で、入ってきたヒューイを見つけて声をかける。ヒューイは姫君の前で足を揃え、手を胸の辺りに添えて微笑んだ。サントリムの王家では対等な関係の国の相手の前では、決して頭は下げないのが決まりだ。

「お初にお目にかかります。ヒューイです」

ヒューイが挨拶すると、ケッセーナの姫が扇をぱたりと閉じてヒューイを見据えた。ケッセーナの姫は健康的な小麦色の肌をした、目の大きい勝ち気そうな女性だった。長い黒髪を腰まで伸ばし、胸の谷間を強調するようなドレスを着ている。ヒューイの生まれた国は寒い地方というのもあるが、女性は基本的に肌を隠している。セントダイナでも踊り子でもない限り、高貴な人間は肌を露出しない。だからケッセーナの姫のドレスは、ヒューイには刺激的だった。表向き表情は変えずにいたが、胸の谷間に視線が吸い込まれそうになる。

「ユカリナよ。よろしくね」

ユカリナと名乗った姫は、まるで庶民のように気さくに話しかけてくる。ケッセーナの王族と会ったのは初めてだが、ヒューイの知っている王族にはこういったタイプはいない。

「フフ。固い挨拶はけっこうよ。私、サントリムの人と会うのは初めて。サントリムの民は魔法を使えるんですって？　あなた、何かして見せてよ」

ユカリナは気さくではあるが、当たり前のように人に命じる姿は身分が上の者特有のものだった。ヒューイは苦笑して、ユカリナを見返す。

「申し訳ありません。私は魔術がまったく使えないもので……。サントリムにいらっしゃることがありましたら、魔術が使える者に披露させるのですが」

「あら、そうなの。つまらないわねぇ」

ユカリナはがっかりした顔で扇を広げ、お付きの女性に何か囁く。すぐに女性は飲み物を取りに静かに移動した。ユカリナの使用人は皆肌が小麦色だ。

「そういえばトネル様、白い虎を飼っているんですって？　ぜひ見たいわ、連れてきてちょうだいよ」

ユカリナは大胆にもトネルに獣の登場をねだっている。勝ち気そうな姫君だとは思っていたが、豪胆にもほどがある。白い虎を請われることなどないトネルは、すぐに目を輝かせ、ユカリナの願いを聞き入れた。

「仰せのままに。ユカリナ殿とは気が合いそうだ」

トネルはにやりと笑って従者に白い虎を連れてくるよう指示する。従者の顔が青ざめたのを見てヒューイは心から同情した。

「レニー、俺たちは場所を移動しておかないか」

ユカリナの周囲に人が群がっているのを見て、ヒューイはこっそりレニーに囁いた。一応顔合わせはしたのだし、これだけたくさん人がいれば自分たちが隅にいてもあの姫は気にしないだろう。

「そうですね。白い虎が暴れ出しても安全な場所に避難しておきましょう」

レニーも賛成し、二人でテーブルの食事をとる振りをしながら大広間の隅に移動することにした。王子の身分で自ら食事を取り寄せる者などいなかったのか、テーブルの傍に立った際、ケッセーナの使用人にこの料理は何の材料を使っているんだと聞かれてしまった。それに適当に答えているうちに入り口のほうでざわめきが起こる。トネルの白い虎がやってきたのだ。

鎖を必死の形相で摑んでいる数人の使用人が、嫌がる白い虎を大広間に引きずり込む。ケッセーナの人たちの驚きの声と、貴族の若者たちと使用人の怯える声が混ざり合う。白い虎は涎《よだれ》を垂らし、息も荒く唸り声を上げて四本の足を床に踏んばる。今日はご機嫌斜めらしく、引きずる使用人たちはどの顔も強張っている。

「おお、来たか。姫、私の愛する獣です」

トネルが嬉々として立ち上がり、鎖で繋がれた白い虎に近づいた。大広間にいた人は皆、壁と仲良しになっていたので、トネルの独壇場だ。トネルは持っていた骨付き肉を白い虎に投げる。とたんに白い虎はそれに食いつき、硬い骨をまるでクッキーでも食べるみたいに砕いて飲み込んだ。

「まぁ、すごいわ！　本当に、このような獣が飼えるのですか!?　毛並のよいこと、触ってみたいわ！」

恐れを知らぬユカリナは白い虎の登場に興奮して

腰を浮かす。傍にいたお付きの人が慌てて「危のうございます」と止めたが、姫の耳には届いていない。

「極上の毛並ですよ。触ってみますか？」

トネルは大胆にも白い虎の首輪に手をかけ、ユカリナに誘いをかけた。ユカリナは扇をお付きの女性に持たせ、興奮した様子で白い虎に近づく。白い虎はくぐもった声を上げ、身体を揺らした。

「王子、嫌な気を感じます。もっと奥へ」

ユカリナが白い虎に近づくのを固唾を呑んで見守っていたヒューイは、レニーに耳打ちされて、目が覚めたように人々の奥へと位置を変えた。嫌な気とは何だ、と聞こうとしたその時、テラスから黒い塊が飛び込んできた。一瞬何が起こったか分からなかったのだが、ヒューイより先に白い虎が反応して、胴震いするような咆哮《ほうこう》を上げた。その声に驚いたトネルが首輪にかけていた手を弛《ゆる》ませた。

「わぁっ!!」

大広間の中にいた人全員が、突然の状況に叫び声を放った。トネルの手を離れ、鎖をつけた状態で白い虎が駆け回ったのだ。テラスから入り込んだ黒い塊は、黒い鳥だった。白い虎は鳥を餌と認知し、仕留めるために大広間をすごい勢いで走り回った。テーブルがひっくり返り、皿が落ちる音が響き渡る。人々の悲鳴と、逃げ惑う動きで、大広間は騒然となった。ヒューイもレニーと逃げ惑い、安全な場所を求めてテラスに出ようとした。

「ラル！　やめろ！　おい誰かラルを捕まえろ！」

トネルはこの状態に呆然とし、白い虎を捕まえようと躍起になった。白い虎は主人の制止を物ともせず、ひたすら黒い鳥を追いかけて鋭い爪を光らせている。黒い鳥のほうも白い虎に追われ、混乱しているのがよく分かった。壁や窓に激突して、何度かくるくると回転して床に落ちかけている。おそらく外に出たいのだろう。

「きゃあああ！」

悲劇はすぐ訪れた。黒い鳥を狙っていた白い虎が、ケッセーナの使用人を飛び越えて跳躍した際、鋭い爪がむき出しの肌をえぐったのだ。鮮血が床に飛び散り、白い虎はその匂いに気づいて急に視線をケッセーナの使用人に向けた。

ぐるぐると白い虎が喉を鳴らす。白い虎は明らかに血の匂いに誘われ、怯えて腰を抜かす使用人にゆっくりと近寄る。

「ひいい…っ」

「マラカン！　トネル様、彼女を助けて！」

床に這いつくばっている使用人の名前はマラカンというらしい。ユカリナが使用人を助けようとトネルに懇願する。トネルは青ざめた顔で腰の剣を抜いたが、白い虎を殺したくないのはその表情からも見て取れた。

その時、空気をかすめる音がして、テラスから一本の矢が飛び込んできた。

矢は白い虎の左目に突き刺さり、悲痛な獣の声が大広間に響いた。白い虎は痛みに気が狂ったように暴れ出す。白い虎は手近にいたユカリナに襲い掛かった。さすがにそれを見過ごすことは出来なかったのだろう。トネルは構えていた剣を白い虎の腹部に突き刺した。

「ああ…あ…」

間一髪で助かったユカリナは呆然とした様子で床に倒れている。トネルの剣の腕は確かだった。一撃で白い虎はぐったりと床に横たわり、血を流している。

「おお、トネル殿……」

ユカリナを助けたトネルに、ケッセーナの宰相が礼を言いに駆け寄ろうとしたが、その表情を見て躊躇して足を止めた。ヒューイもトネルに視線を向けた。トネルは己が殺した白い虎を見下ろし、怒りの形相になっている。

襲われたユカリナはまだ口もきけない状態で、殺された白い虎を見ていた。さすがに白い虎に襲われる経験は初めてだったのだろう。先ほどまでの傲慢な態度が嘘のようにか弱い目をしている。

「――大変な事態になったようですね。姫君の一大事かと思い、出過ぎた真似をして申し訳ありません」

凍りついた空気を破ったのは、テラスから入ってきたハッサンだった。ハッサンは持っていた弓を長椅子の上に置き、凶悪な顔をするトネルを通り越し、床に倒れたままのユカリナに手を差し出した。ユカリナが我に返ったように手を取ると、ハッサンは優しく抱き起こして長椅子に誘導した。

「ハッサン……」

矢を射たのが弟と知り、トネルが逆上したようにこめかみを引き攣らせる。自分が白い虎に手をかけたのは、ハッサンが余計な真似をしたせいだと思い込んだようだ。しかしトネルが怒鳴りつける前に、ユカリナが紅潮した頬でハッサンを褒め称えた。

「矢を放ったのはあなたですの？　第二王子のハッサン様ですわね。危ないところをありがとうございました。私、もう駄目かと思いましたわ」

ユカリナはハッサンの腕に手をかけ、全身で喜びを表す。それにつられるように周囲にいたケッセーナのお付きの者や宰相が口々に礼を言った。白い虎の爪で怪我を負ったお付きの女性が、傍にいる者に助けられ、ハッサンに手を合わせる。

「礼なら兄に。獰猛《どうもう》な獣を殺したのは兄ですから。私は前々からこのような獣を飼うのは危険であると言っていたのですがね」

ハッサンが口元に笑みを浮かべたまま、トネルに目を向ける。トネルは怒鳴りかけた口を無理やり閉じ、憎々しげにハッサンを睨んだ。その視線をハッサンは真っ向から受けた。ハッサンは唇の端は吊り上げているが、目は笑っていなかった。二人の間に流れる緊迫した空気をセントダイナの人間は読み取っていたが、ケッセーナの人々は感じていなかった。彼らは白い虎を倒した興奮で、兄弟の間に流れる冷たい空気に気づいていないようだ。

「ええ、ええ、トネル様のおかげですわ。本当にありがとうございます。トネル様はお強いのですね、一撃であのような…」

ユカリナはトネルにも熱っぽい目を向け、上擦った声で褒める。トネルはユカリナに礼を言われ、どうにか憎悪に強張った表情を和らげるのに成功したようだ。

「いいえ、姫に万が一のことがあってはなりませんから……」

低い声でトネルは呟き、血を流す白い虎を見下ろした。その目の中に獣に対する憐みの色が見えて、少しだけ驚いた。トネルにもそういった感情があったらしい。

「さぁ、誰か白い虎を外へ。姫、ここは血が流れた不浄の場です。場所を移しましょう」

ハッサンがにこやかに告げて、妙な雰囲気になった人々の心を切り替えようとする。その場にいた者は皆ハッサンの提案に賛成して、口々に先ほどの一幕を語りながら大広間から出ていく。ヒューイはレニーと目配せをし合い、さりげなく白い虎のほうに近づいた。

　白い虎はすでに絶命していた。口から血と泡と涎が垂れている。いつの間にか大広間に入ってきた黒い鳥がいなくなっている。白い虎が殺された時点で、テラスから出て行ったのかもしれない。

「レニー。どう思う？」

　ヒューイは小声でレニーに耳打ちした。二人の確執を知っているヒューイからすれば、この出来事が偶然とは思えない。ハッサンが弓を持っていたところで白い虎が暴れ出すなんて、仕組まれた一幕にしか思えないが、それは穿《うが》ちすぎだろうか？

「私も同意見ですよ」

　ヒューイは自分の考えを口にしなかったのだが、レニーは見抜いていると言わんばかりに頷いた。レニーもこれは偶然ではなく、ハッサンの仕組んだことと思っているようだ。ハッサンは白い虎に部下を殺されて憤っていた。公の場で白い虎を始末する機会を窺っていたのかもしれない。しかも実際殺したのはトネルなのだ。ハッサンがしたことは目を射抜いたことだけ。トネルからすればユカリナを助けようとしたハッサンを責めることもできず、やり場のない怒りが増幅しているはずだ。白い虎を見たいと言い出したのもユカリナであって、ハッサンではない。

「白い虎は大広間に来た時からいつもと違っておりました。トネルの制止を聞かなかったし、興奮していた。何かしたのかもしれませんね」

　大広間から出ていく途中、レニーがヒューイにだけ聞こえるように囁いた。白い虎に細工でもしたのか。不穏な気配は漂っているが、ヒューイからすれば目障りだった白い虎が死んでくれて助かった。いつかがぶりとやられそうで怖かったのだ。

「王子、見てごらんなさい」

レニーに肘を突かれて人々の輪の中心を見ると、ユカリナがハッサンと楽しげに笑いながら廊下を歩いているのが見えた。トネルはいつの間にか姿を消し、輪の中心はハッサンになっている。

「災いの種になりそうですね」

レニーが二人の若い男女を見て、低く呟く。ヒューイは嫌な予感に身震いしてレニーを見返した。

## ■4　惨劇の夜

白い虎が殺害されてから数日、城内には不穏な空気が流れていた。トネルの不機嫌さと反比例するように、ハッサンとユカリナが庭を歩く姿を見かけた。ユカリナはすっかりハッサンが気に入ったらしく、自ら積極的にハッサンに声をかけているそうだ。自分の花嫁候補としてケッセーナから呼び寄せたのに、弟に奪われるなんてトネルからすればこれ以上ない屈辱だ。仮にハッサンがユカリナと結婚すれば、王位はハッサンのものになるかもしれない。その事実に気づき、トネルは焦っていることだろう。白い虎もいなくなった今、トネルの心を癒す者はいない。

トネルの住む南の棟では、日夜従者たちがひどい目に遭っているという情報が洩れてきた。

数日後には他国からの重鎮も祝いのためにやってくる。このぎすぎすした状態で大丈夫だろうかとヒューイは不安を抱いた。

兄弟の確執は気になるものの、何夜か眠れば久しぶりに母と会える。ヒューイはそれだけを楽しみに日々を過ごしていた。

その日、ヒューイはいつものように魔術の勉強を終え、庭でギールと剣の稽古をしていた。城から使いの者が来て、レニーを名指しで呼んだ。

「お前は頭がいいと聞いたぞ。サントリムの書物で読めない文字があるから、説明するようにとメルレーン皇后からのご命令だ」

レニーは呼び出しを受けて気が進まない様子だったが、皇后の呼び出しとあっては断れず、しぶしぶ使いの者と一緒に城の中へ向かった。サントリムの古語で書かれた本かもしれない。ヒューイも勉強しているが、似たような文字が多くてなかなか覚えられずにいる。

レニーを見送って再び剣の稽古に励んでいたヒューイは、また城からの使いがやってきて眉を顰めた。

「トネル王子のお呼びです。今日はお付きの者は女性にするようにとのお達しです」

トネルの従者は顔に青痣《あおあざ》が残っていた。従者に無体を働いているという噂は本当らしい。ヒューイは迷った末にナンを伴ってトネルのもとに向かうことにした。レニーがいれば、ひそかに女性に化けてついてくるのだろうが、あいにくと皇后の用事で不在だ。わざわざ女性と指定されたのが引っ掛かるが、呼ばれたからには断るわけにもいかない。

「トネル王子は何のご用ですか？」

南の棟に向かう途中、従者に尋ねてみたが「分かりかねます」という返事しか戻ってこない。トネルのところに行く際は常にレニーと一緒だったので、少し不安だ。ヒューイの不安が移ったのか、ナンも心配そうにしている。ナンは若いというほどの年齢ではないし、トネルの好むような見目良い女性ではない。まさか乱暴はしないと思うが、もし仮にナンを娼婦のように扱うのであれば、身体を張ってでも阻止しなければならない。

「ナン、危ない目には遭わせないから大丈夫だよ」

ヒューイは顔を曇らせているナンに安心させるように、そっと囁いた。

「私が心配しているのは私のことではございません」

ナンは小声でヒューイに告げ、こちらの心配は杞憂であると伝えてきた。ということはナンは自分の身を案じているのか。か弱い女性にまで心配されるほど自分は頼りないのかと思い、がっくりした。

南の棟に入り、石造りの階段を上る。日が差し込み、城内は明るく照らし出されている。長い廊下を何度か折れて再び階段を上り、書物が並んだ小部屋に通された。そこで待つようにと従者に言われ、奥の部屋をぐるりと見回す。

(何の用だろう)

不安が高まり、気分が落ち着かない。ヒューイはとりあえず大きなテーブルの前にあった椅子に腰を下ろした。ナンにも座るよう言ったが、立って待っているという。ヒューイはしばらく座って待っていたが手持無沙汰で、立ち上がって書物の並ぶ本棚を見た。ハッサンの部屋の本と違い、どれも手垢がまったくついていない綺麗な本ばかりだ。唯一武道の指南書だけめくった跡があったが、基本的にトネルは本が好きではないのだろう。


「待たせたな」

本を眺めているとトネルの声がして、奥の扉が開いた。

「何のご用でしょうか」

本を戻してヒューイが聞くと、トネルは口元に笑みを浮かべて奥へと手招く。機嫌が悪いと聞いていたが、見た感じいつもより愛想がいいくらいだ。

「実はお前に聞きたいことがあってな。入ってくれ。ああ、召使はそこで待っていろ」

ヒューイと一緒についてこようとしたナンが、トネルに止められその場に留まる。不満げなナンをトネルの部屋から出てきた従者が手で制した。トネルと二人きりという状況に尻込みしたが、何も用を聞かずに帰るわけにもいかない。ヒューイは用心しつつ、トネルの招く部屋に入った。背後で扉が音を立てて閉まり、より一層不安を掻き立てる。

「入るがいい。俺のコレクションでも見せよう。お前は連れて行ったことがなかったな」

トネルは楽しげな口調で、ヒューイをさらに奥の部屋に連れて行く。がらんとした部屋だった。壁に大きな一枚の絵が飾られているだけで、何も家具は置かれていない。トネルはその部屋も出て、今度は細い廊下を案内する。

突き当りに黒々とした不気味な扉があった。何とはなしにぞくりとするものを感じて、ヒューイは足を止めた。

「どうした。俺が珍しく見せてやろうと言っているのだ。遠慮するな」

立ち止まったヒューイに気づき、トネルが振り返ってにこやかに誘う。入りたくなかったが、この場で帰る言い訳も思いつかない。ふとヒューイは腰の剣に気づき、違和感を覚えながら再び歩き出した。

そういえばいつも城内に入る前にヒューイの剣を預かるのに、今日に限ってトネルの部下はヒューイから剣を取り上げなかった。

(トネルが変な真似をするようだったら、この剣を使ってでも逃げるべきだろうか)

頭の中で最悪の事態を思い描き、ヒューイは眉根を寄せた。外交問題になることは避けたかった。もしヒューイがトネルに怪我でも負わせたら、大変な騒ぎになるだろう。たとえトネルに非があろうとも、立場の弱い自分が罪を被る羽目になる。

(トネルは何を考えているんだ?)

何か企んでいるのは確かなのだが、トネルの腹の内が読めなくてヒューイは周囲に目を配りつつ黒い扉の奥に入った。

「どうだ、すごいだろう」

トネルが興奮した様子で部屋を見せる。ヒューイは入った瞬間、ぎょっとして足をすくませた。室内にはいろいろな器具が置かれていた。それらが普通の器具ではないのはすぐに分かった。鋭利な刃物がついた木馬や、血の跡がついた絞首台、壁には曲線を描く剣が並び、とげとげのついた鞭が飾られている。木のベッドの上には、シーツがかかっていたが、明らかに血の色が染み込んでいる。

トネルに被虐趣味があるというのは聞いたことはあった。ここは多分彼の欲望を満たす部屋なのだろう。室内に漂う得体の知れないひんやりした空気が、ここでの惨状を物語っている。

「これは……あの…」

ヒューイは上手い言葉が出てこなくて、冷汗を垂らしながらぐるりと部屋を見渡した。黒光りする器具たちは、確かにすごいコレクションだ。

「ヒューイ、俺は前々からお前に聞きたいことがあったのだ」

壁にかかっていた鞭を手に取り、トネルが床をぴしりと叩く。ヒューイは自分が叩かれたみたいにびくりとして、ドアの前から動かなかった。いざとなったらすぐ逃げられるように。

「はぁ……。何でしょうか」

窓のない部屋を観察しながらヒューイは上擦った声で言った。

「お前、本当は魔法を使えるのか？」

トネルの質問は既視感を覚えるものだ。そんな力がないからセントダイナに連れてこられたのに、皆はヒューイを疑っているらしい。

「残念ながら私にはそのような力はなく……」

いつも繰り返している言葉を使うと、トネルが鼻を鳴らした。

「そうか、それではよほどいい薬を持っているのだな。それを分けてもらいたい」

　トネルが鈴を鳴らす。トネルの言っている意味が分からず、ヒューイは首をかしげて戸惑った。鈴の音の後に、ヒューイの背後の扉が重々しい音を立てて開いた。振り返ったヒューイは、入ってきた男と羽交い絞めにされている女性を見て目を見開いた。

「王子……っ」

　男の腕の中にいるのはナンだった。男はトネルの従者なのだろう。光る剣先をナンの首に押し当て、無理やり部屋の中に引きずり込む。

「ナン！　トネル王子、これはどういうことですか！　ナンを離してください！」

　抱え込まれているナンを助けようと、ヒューイは声を荒らげた。トネルは激昂するヒューイを気に留めた様子もなく、鞭を弄っている。

「さて、その女には手伝ってもらわねばならない。やれ」

　トネルが軽く顎をしゃくる。まさか首を斬る気かとヒューイは青ざめ駆け寄ろうとしたが、その前にもう一人の従者が立ちはだかり、ナンの顎を押さえた。

「さぁ、飲め」

　従者は持っていた丸い粒を強引にナンの口に押し込む。ナンは抵抗したが、鼻を摘み上げられ、丸い粒を飲み干してしまった。

「げほ…っ、ごほ…っ」

　丸い粒を飲んだのを確認して、従者はナンを解放した。ヒューイは慌ててナンに駆け寄り、床に崩れるナンを抱き起こした。

「一体何を…っ⁉」

　ヒューイがトネルに向かって叫んだ時だ。ナンが突然のた打ち回って暴れ出し、喉を掻き毟《むし》った。聞いたこともないような悲痛な声がナンの唇から漏れる。

「毒を飲んだ。さぁ、早く助けないと死ぬぞ」

トネルは冷酷な目でヒューイたちを見下ろしている。驚いてヒューイは悶え苦しむナンを見た。ナンの顔はみるみるうちに青ざめ、息をするのさえ苦しそうだ。死にそうな声を出し、身体を痙攣させて悶え苦しんでいる。ヒューイはとっさに首に手をかけ、お守り袋を取り出した。その中に入っていた薬を一錠、ナンの口の中に押し込む。

「ナン、しっかりしろ！」

ヒューイが真っ青になってナンを抱きしめると、いつの間にか傍にいたトネルがヒューイの手からお守り袋を奪い取った。

「なるほど、これが解毒剤だったのか」

お守り袋の中身を確認して、トネルが口笛を吹く。

「トネル王子…ッ、これは…っ」

ヒューイは怒りに肩を震わせ、トネルを睨み付けた。腕の中のナンは少しの間苦しげな声を漏らしていたが、急に身を折って、吐き始めた。ナンは胃が空っぽになるくらい、げーげーと吐き続ける。だがそれが治まった頃、薬が効いてきたのか徐々に土気色だった顔に赤みが差してきた。ナンはぐったりとした様子で床に横たわる。

「ほう、すごいな。たいした威力だ。これは戴いておこう」

ナンの回復する様を眺めていたトネルは、満足げに笑ってお守り袋を懐にしまった。

「どういうことです!? この仕打ち、ただでは済みませんよ！」

まさか解毒剤欲しさにこのような真似をしたのか。ヒューイは頭に血が上って、腰の剣に手をかけて立ち上がった。とたんに従者がトネルの前に立ちはだかり、剣を構えてヒューイを制する。

「たかが下女に毒を飲ませたくらいで、そう騒ぐな。俺に剣を向ける気か？　いいだろう、かかってこい」

トネルは楽しそうに笑って前に立つ従者を押しのけ、ヒューイに近づいてきた。トネルは剣を持たず、鞭を振り下ろす。

「う…っ」

空気をかすめる音の後に、ヒューイの頬に赤いみみずばれが走った。鞭を避けたつもりだったが、トネルの鞭は確実にヒューイを傷つける。

「これは喧嘩だ。そうだろう？」

トネルは軽やかな声で言って、なおも鞭を振るう。喧嘩と言われカッときて、ヒューイは剣を抜いてトネルに飛びかかった。けれどヒューイの剣の隙間を縫って、トネルの鞭は激しく肉体を傷つけてくる。よく見れば鞭の先に鎌のような刃がついていて、それがヒューイの身体をかすめるたびに切り裂いていくのだ。

「どうした。それだけか？」

必死にトネルの繰り出す鞭を払いのけるが、自分が劣っているのは確かだった。ヒューイが剣で切りかかってもトネルは難なくかわすだけで、息ひとつ乱れていない。一方ヒューイはたいして動いていないのに、汗びっしょりだった。トネルの鞭はヒューイの衣服を切り裂き、肌まで傷つけていく。大きく剣を振り被った際に、トネルの鞭がヒューイの手首を叩きつけ、あっと思った時には手から剣が落ちていた。床に転がる剣をトネルは足で隅に蹴りつけ、ヒューイの胸倉を摑む。

「衣服が破れてしまった。これはまずいな」

トネルは息を荒げるヒューイを床に押し倒すと、

鞭を放り投げ、腰にかけていた剣を抜きとった。刃がきらめき、息を飲んだ。トネルはヒューイの首筋に剣を差し込み、一気に下に抜いた。ヒューイのローブが破れ、白い肌が露出する。

「ほう。女みたいに綺麗な肌だ……これなら男でもそそる」

トネルは目を細めて、ヒューイの胸に手を這わせた。身の危険を感じてトネルを押しのけて逃げ出そうとしたヒューイは、手首を鞭で素早く縛り上げられ、悲鳴を上げた。手首にとげとげが食い込み、痛みが走る。

「トネル王子…ッ」

逆らうようにヒューイが怒鳴ると、トネルは気にした様子もなくヒューイの両方の手首を鞭でまとめ、ぐるぐる巻きにする。両方の手首から血が滲み出てきた。

「破れた衣服で帰っては何事があったかと思われるだろう。ヒューイ殿。代わりの衣服を授けよう」

トネルが指を鳴らし、黙って立っていた従者の一人が部屋を出ていく。もう一人の従者はヒューイに近づき、腕を固定した鞭を摑んで引き上げた。ヒューイの悲鳴が上がる。

「うう……。何をするつもりですか…。事と次第によっては黙っていませんよ。今日のことは、皇后にも伝えます」

ヒューイは無理やり立たされて罪人のように縛り上げられたまま、トネルを睨み付けた。両方の手首からはじんじんとした痛みが起きている。トネルは苦痛に顔を歪ませるヒューイを楽しげに見て、ベッドを指差す。

「それは大変だ。では誰にも何も言えないようにしなくては」

ぞっとするような笑顔で囁き、トネルが壁に足を進める。従者は慣れた様子でヒューイをベッドに引きずり、台の上に乗せた。腕を縛っていた鞭が、ベッドの上部にある杭に固定される。

「やめろ！」

ヒューイが暴れると従者は押さえつけるようにして圧し掛かってきた。次に足首に鎖が巻きつけられ、後部の杭に固定される。左右の足を次々とくくりつけられ、ヒューイはベッドから身動きが取れない状態にされた。屈辱的な格好にヒューイは頭が真っ白になり、口の中がからからになった。懸命に暴れて拘束を逃れようとするが、足首を縛りつける鎖は、余計に締め付けるだけだ。手首は少し動かすだけで引き裂くような痛みを与えるし、恐怖と痛みで思考が上手く働かない。床に倒れているナンは気を失って起き上がる気配すらない。ヒューイは自分の身に起きていることが信じられず、呆然とするしかなかった。

「そう騒ぐな。ひどい真似はしない。どれ、まずはこのぼろ布をとってやろう」

嬉々とした様子でトネルは鋏を取り出し、近づいてきた。足首に冷たい刃先が押し当てられ、ぞっとして身体が硬直する。トネルはこういった行為に慣れていて、どうすれば相手が怯えるか心得ている。ヒューイは鋏で肌を傷つけられるのではないかという恐れを抱き、全身から血の気が引いた。

「王子にはこんなぼろ服似合わないからな」

トネルは優しげといっていいほどの声で告げ、ヒューイのズボンを切り裂いていった。布を切る音と共に、下腹部が外気にさらされる。ヒューイはズボンを切り裂かれた時には、怒鳴るのをやめていた。経験したことのない真の恐怖というものを初めて味わい、声が出せなくなっていた。トネルは王子で、自分も同じ身分なのだから本当にひどい真似はしないはず、と必死に思い込もうとしていた。この部屋の陰湿な空気に呑まれていたのだろうか。トネルが衣服を取り払っていくのを震えながら見ていた。

「どうした、怯えているのか。可哀想に。ひどい真似はしないと言っただろう」

トネルはヒューイを全裸の状態にして、優しく頭を撫でてきた。一糸まとわぬ姿をトネルに見せるのは、自尊心を砕かせた。だがそれ以外にも、奇妙な感情が生まれてきていた。トネルの優しい声にすがりたくなる自分がいるのだ。何でもするからひどいことはしないで、とあと少しで言い出しそうになっている。情けなくてみっともないと分かっているのに、自分を今支配しているトネルに、奴隷のようにすがりつきたくなっているのだ。


(俺はどうなってしまったんだ。しっかりしろ)

ヒューイは早鐘のように打つ鼓動を鎮めようと唇を噛みしめた。いつもならレニーが助けてくれるのに。今日に限って何故自分はナンと一緒に来てしまったのだろうと後悔ばかりが頭を過ぎった。

「魔法が使えないのは本当らしいな。少しでもお前を疑って悪かったよ。俺がお前を気に入っているのは分かっているだろう？」

棚から何かをとってきたトネルは、唇を舐めながら顔を近づけてきた。心音がうるさくて、どうにかなりそうだ。手首の痛みを忘れるくらい、これから起こる仕打ちを想像して失禁しそうになる。トネルは小瓶を持っていた。それをヒューイの鼻先に持ってくる。

「これはアフリ族に伝わる媚薬だそうだ。どんな女もこれの前には獣に成り果てた。お前は男だが、こ

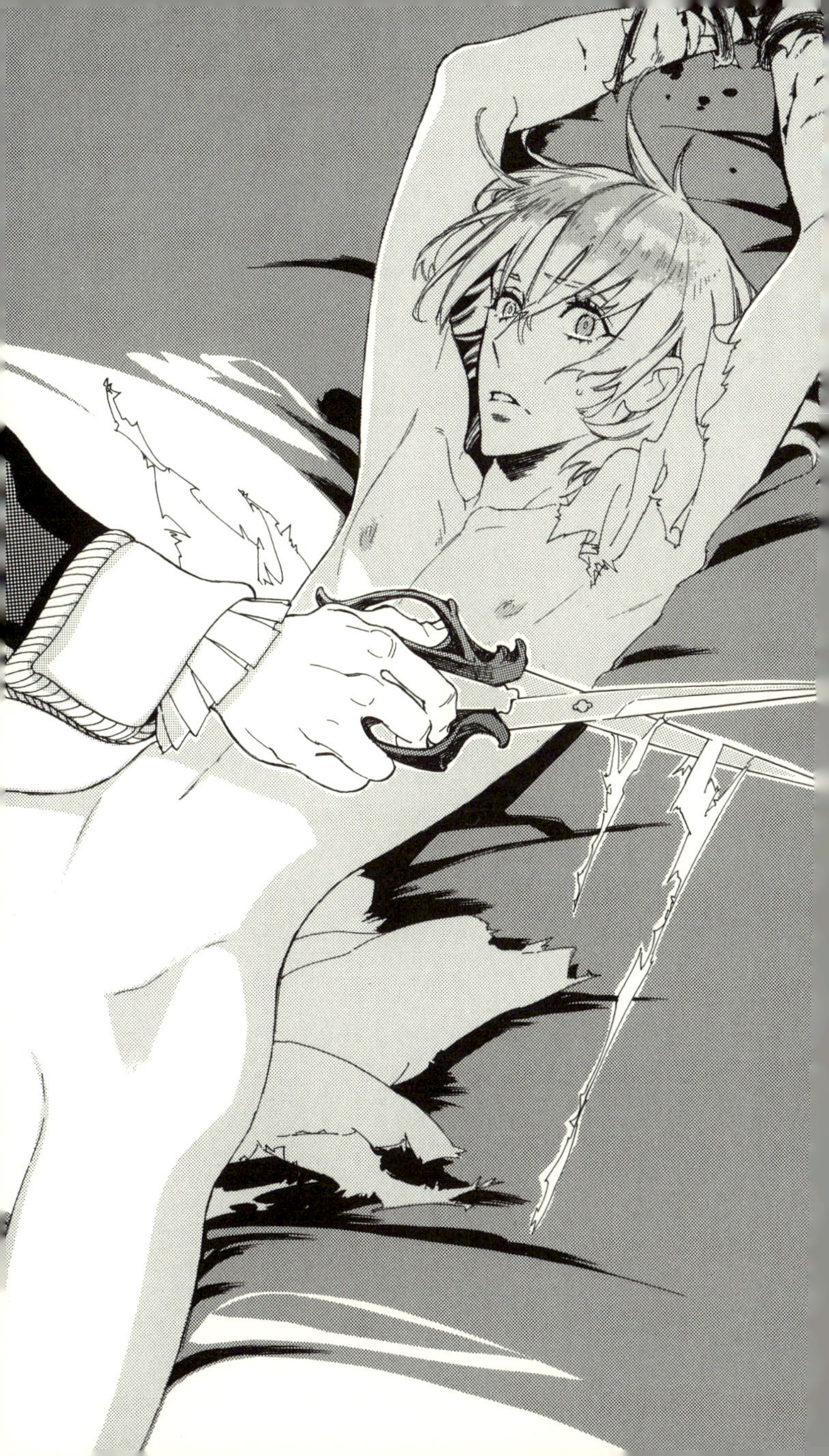

れがあれば楽しめるだろう。朝までじっくり犯してやるよ」

トネルが小瓶を掲げ、ほくそ笑む。媚薬、と聞き、身体から力が抜けた。正直に言って、安堵したのだ。トネルに殺されるのではないかという恐怖を抱いていたので、そういった薬ならまだマシだと思ってしまった。

「この快感の前には、お前は自分を失うだろう。俺の奴隷になって、俺に逆らう気はなくなる」

トネルはうっとりとした声で言いながら、薬を指にとった。従者がヒューイの腰の下に枕を差し込んだ。腰が浮き、その隙間にトネルが指を差し込む。

ぬるりとする感触が尻のはざまに感じられた。ヒューイは戸惑って腰を蠢《うごめ》かした。トネルの指は薬を塗り込むように尻の穴から内部に入ってくる。

「な、にを……?」

意味が分からずヒューイが呻《うめ》くと、トネルはおかしそうに肩を揺らした。

「そうか、お前は閨の経験がないのだったな。男同士のやり方も知らぬか」

トネルは尻の中に薬を次々と足して、下卑た声で笑う。尻からぬるっとした液体が垂れてきて、気持ち悪いことこの上なかった。ヒューイが嫌がって腰をひねると、からかうようにトネルが笑う。

「心配するな、女じゃないから孕むこともない」

屈辱的な台詞を吐かれ、ヒューイはこれから自分がどんな扱いを受けるのか具体的に理解した。何とか逃げ出そうと必死になって腕を動かしたが、鎖は余計に肌を締めつけるだけだった。

トネルが興奮した目つきで肌を撫でる。

絶望的な気分になった時だ。——慌ただしい足音が聞こえて、衛兵が入ってきた。

「トネル様、皇后がお呼びです。すぐ来るようにとの仰せで……」

衛兵は緊張した面持ちでトネルに報告している。

「今、手が離せない。後で行くと伝えろ」

トネルは衛兵の報告に苛立った顔を見せる。けれど衛兵は引き下がる様子もなく、強張った表情でトネルに耳打ちする。

「何……っ？」

衛兵から耳打ちされたトネルは目を見開き、仕方なさそうに舌打ちをした。どうやらすぐに行かなければならない用があるらしい。固唾を呑んでトネルの様子を見ていたヒューイは一条の光を見出して、どうかこのままトネルが部屋から出て行ってくれるようにと祈った。

「仕方ない、こいつを可愛がるのは後だ」

トネルは慌ただしく身支度をして、従者を一人連れて部屋を出て行った。トネルがいなくなり、心底安堵してヒューイはぐったりとした。情けないが涙がこぼれて、四肢に力が入らなかった。一時の恐怖が去り、思い出したように手首の痛さが甦る。

その時、不思議な出来事が起きた。

トネルが出て行ってすぐ、どこからか室内に煙が入ってきたのだ。白い煙は生き物のように渦を巻いて室内に満ちていく。ヒューイを見張っていた衛兵は何故か煙には気づかず、直立不動のままだ。

（ひょっとして、レニーか!?）

この煙はもしやレニーの仕業ではないかと期待に胸を膨らませていると、急に衛兵が眩暈《めまい》を起こしたように頭を振った。衛兵はしきりに目を擦っている。

「う、う……」

衛兵はふらふらと身体を揺らしたかと思うと、床に派手な音を立てて倒れた。ヒューイは心臓が飛び出しそうになって、硬直していた。

「何の音だ？」

ドアの外で立っていた衛兵が、物音に気づいて室内に入ってくる。当然倒れている衛兵に気づいて、急いで駆け寄るが、それも数歩で煙にやられたみたいに膝から崩れていった。衛兵は折り重なるようにして倒れ込む。

衛兵たちがぴくりとも動かずに倒れている傍で、煙が徐々に集まりだした。煙は一つに固まり、徐々に形を作っていく。それが人の姿になるのに時間はかからなかった。

「レニー!!」

煙からレニーに変化したのを確認して、ヒューイは涙目で叫んだ。レニーは咳き込みながら喉を押さえ、ヒューイの傍に足を向ける。

「おやまぁ、なんとひどい姿に成り果てて。猿の分際で私の王子を穢《けが》そうとしたとは論外、万死に値しますね」

レニーは全裸のヒューイを見て、こめかみを引き攣らせて吐き捨てる。レニーが来てくれたからもう大丈夫だ。ヒューイは助けに来てくれた従者に感謝して、拘束された手足を動かした。鎖がうるさく鳴る。歓喜のあまり、痛みが吹っ飛んでいた。

「少々お待ちを」

レニーは懐から瓶を取り出し、蓋を外した。そして中の液体をヒューイを縛りつけている鎖に数滴垂らす。とたんにじゅっと音を立てて煙が起こり、鎖が腐食して崩れた。

「ありがとう、レニー」

ヒューイは自由になった腕を動かし、急いでベッドから下りた。床に素足をつけると、力が入らなくてかくかくする。けれど一刻も早く逃げなければならない。こうしているうちにもトネルが戻ってきたら大変だ。レニーが渡してくれた衣服を急いで着てヒューイはナンを助け起こした。ヒューイの手首は血で真っ赤で、見かねたレニーが白い布を巻きつけた。

「急ぎましょうか。見つかったら危険な状況です」

レニーがナンを抱え、ヒューイを促す。歩くたびに力が抜ける足を厭《いと》いながら、ヒューイはレニーの後についていった。扉の外には誰もいない。レニーは様子を窺いながら、別の部屋を抜け、長い廊下を音を立てずに走った。階段を下りたところに衛兵が数人いて、槍を構えて警備している。不安げな目でヒューイがレニーを見ると、何かの呪文を唱えながら懐に手を入れる。

レニーが取り出したのは、数本の編み込んだ藁だった。何をするのかと思いつつレニーの背後に隠れる。レニーは長い呪文を唱えている間に、藁に次々と火をつけていった。藁に火が移り赤々と燃えていくのを見ていたヒューイは、次の瞬間、レニーの息がふっとかかり藁の火が消えるのを目撃した。とたんにそれと連動するみたいに衛兵たちがばたばたと倒れていく。

「行きましょう」

レニーに囁かれ、心臓が口から飛び出しそうになりつつも走った。衛兵の傍をすり抜ける際に見てしまったのだが、衛兵たちは事切れていた。口から血が流れ、目をひん剝いている。何も殺すことはなかったのではないか、と喉まで出かかったが、自分を助けるために危険な道を渡っているレニーには言えなかった。

南の棟の入り口までどうにか辿りつけたが、ここでレニーが困ったように顔を歪めた。

入り口には二人の衛兵が真面目な顔で立っている。

「新入りか……。王子、息を止めてください。外に出て、私がいいと言うまでずっとですよ。出来ますか？」

壁に身を潜めたレニーが、耳打ちしてくる。ヒューイがこくりと頷くと、レニーはナンを廊下に下ろして呪文を唱えながら歩き出す。数歩レニーの後を素直についていったヒューイだが、意識を失ったナンを放置したままなのに気づき、急いでレニーの衣服の袖を掴んだ。

（ナンはどうするんだ!?）

ヒューイが目配せで必死にナンを示すと、レニーはこともなげに答えた。

「ナンは置いていきます」

レニーの残酷といってもいい答えに、ヒューイは真っ青になった。毒を飲まされて瀕死の状態になったナンを置いて自分たちだけ助かるのなんて嫌だった。ナンがこんなふうになったのは、ヒューイの責任でもあるのだ。

「駄目だ、置いていけない」

ヒューイがレニーの腕を逆の方向に引っ張って言うと、厳しい形相で首を振られる。

「ナンは浅く息をしている。この呪文は呼吸を止めた者だけわずかな間、身を隠せる呪文です。ナンは諦めてください。ナンがここで倒れているのを知れば、衛兵を引きつけられる。その隙に外へ出るのが可能なのです。彼女はあなたの召使です。あなたのために死ぬ覚悟くらいあるでしょう」

冷酷なレニーの発言にヒューイは顔を強張らせた。レニーのように召使だからといって簡単に切り捨てることはできなかった。十年一緒にいた仲間だ。それにナンがここまで逃れてきたのを知れば、トンネルは衛兵が倒れているのは彼女の仕業だと勘違いする可能性だってある。魔術を使ったと思うかも。今度こそ殺されない保証はどこにもない。

「駄目だ、レニー」

ヒューイは意固地になってレニーの腕をきつく摑んだ。このままではレニーがナンを切り捨てると悟り、ヒューイはとっさにナンに駆け寄り、背中に担いだ。そして躊躇するレニーの前を通り過ぎ、決意を込めた眼差しで見つめる。

「俺が上手くやるから、お前は身を隠して外に出るんだ」

反論しかけるレニーに背中を向け、ヒューイはだるい足取りで棟の入り口に向かった。すぐに衛兵が気づき、ヒューイに敬礼する。

「その召使はいかがされたのですか？　それにお召し物が違うような……」

ヒューイが背負っている召使を見て、衛兵がいぶかしげな声を出す。衛兵はヒューイの腕に巻かれた白い布から血が染みているのにも気づいていたが、そちらに関しては何も聞かなかった。ヒューイは衛兵の間をすり抜けるようにして通っていくレニーを確認しつつ、笑顔で答えた。

「具合が悪くなったんだ。トネル王子の用はすんだ。もうあかつきの塔へ戻るよ。トネル王子には、よろしく伝えてくれ」

だるさを気づかれないようにとヒューイは務めて明るい声で告げた。衛兵は不思議そうな顔をしていたが、ナンを背負ったヒューイを通してくれた。トネルが、出ていったヒューイを知ったらどうやって抜け出したのかと疑惑を持つはずだが、今はそんなことに構っていられなかった。ナンを置き去りにして、衛兵たちを殺したのがナンの仕業だと思われてはまずい。ヒューイは一歩外に踏み出し、乱れた息遣いをして城から離れた。

レニーはずっと呪文を口ずさんでいたが、誰もいないあかつきの塔の傍まで来ると、ようやく呪文を止めた。その顔は怒っているようにも悲しんでいるようにも見える。

「怒っているかい」

レニーがナンを背負うのを交代してくれたので、ヒューイは素直に受け渡した。どっと汗が出て、ぺたりと芝生に膝をついてしまう。やっと安全な場所に戻ったという安堵感だけではなく、身体が熱くてたまらなくなっていた。

「今後について少々不安に思っていただけです。立てますか」

レニーに聞かれ、ヒューイは紅潮した頬で頷いた。先ほどから下腹部が異様に熱を持っている。早く部屋に戻って水を浴びたい。特に身体の奥がじんじんと疼《うず》いて、歩くのも困難なほどだ。

「王子！　これは一体……っ」

塔の階段のところでギールに会ったので、ナンの介抱を頼んだ。毒を飲まされたという話をするとギールの目つきがぞっとするほど怖くなった。

「ナンのことは頼みました。王子、お部屋へ」

ヒューイはレニーに背中を押され、自分の部屋に向かった。階段を上っている途中でついしゃがみ込んでしまうと、レニーが肩を貸してくれる。

「何をされたのですか？」

密着するレニーの体温が気になりながら、ヒューイはレニーに聞かれ、トネルにされた行為を告げた。レニーは悪口を言うと思いきや、無言でヒューイに肩を貸している。

階段を上がっているせいだろうか。熱っぽい息が口からこぼれる。恥ずかしい話だが、衣服の下で下腹部が張りつめているのが分かった。目が潤《うる》んで、膝が震える。

「王子、服を脱いでください。下だけで結構ですよ」

部屋に戻るなり、レニーが手首の怪我に薬を塗り、事務的な口調で命じる。寝室に下ろされて、ヒューイは赤くなって衣服を脱ぎ始めた。下腹部を露《あらわ》にして、レニーを見る。腰のモノが屹立《きつりつ》しているのを知られたくないが、どう隠しても見える状態だ。ヒューイは観念して隠すのをやめた。レニーは気にした様子もなく水を張ったたらいを運んできて、傍の椅子の上に置く。柔らかい布が水に浸される。手首の血は止まっていて、痛みはあまり感じなくなっていた。多分すべての感覚が下半身の熱に向けられているせいだろう。

「お尻を向けてもらえますか」

レニーに促され、四つん這いになって尻を向ける形になった。レニーは濡れた布をヒューイの尻のはざまに滑らせる。冷たい感触に、この熱が冷めてくれるのを期待したが、奥のほうまで薬を塗られたせいか一向に治まる気配がない。

「緊急事態ですので、お許しくださいよ」

レニーは尻の周囲を綺麗にした後、細い棒に綿を巻きつけて呟いた。何をするのかと思い肩越しに見ていると、その棒を尻に突っ込もうとする。

「や、やめろ、それは怖い」

ヒューイは生理的な恐怖を感じて身を引いた。レニーは事もなげにヒューイを見て、逃げる腰を抱えてくる。

「こんな細い棒、たいして痛くありませんよ。媚薬をとらなければ、疼きは治まりません。観念してじっとしていてください。傷つけたくありませんから」

平然とした顔でレニーは布を巻いた棒の先をヒューイの尻に押し込んできた。トネルにほぐされたせいか、棒は案外簡単に中に入ってくる。だが硬い直立の棒が入ってくる感覚はとても恐ろしく、ヒューイは「ぎゃあ！」と悲鳴を上げた。実際はそれほどの痛みはなかったとしても、棒が入ってくるだけで恐怖が倍増したのだ。

「情けない声を出さないでください。仮にも一国の王子なのですから。暴れると直腸を傷つける恐れがあります」

苛立った声でレニーに叱咤《しった》されたが、我慢出来るものと出来ないものがある。ヒューイは渾身《こんしん》の力でレニーから身体を離し、涙目で拝み込んだ。

「頼むからそんな恐ろしいものを拷問以外で俺に入れないでくれ。この通りだよ。他に治まる方法はないのか？　何度か出したら治まるんじゃないか？」

情けない姿で手を合わせるヒューイを見て、レニーはため息をこぼして棒をテーブルに置いた。

「アフリ族に伝わる媚薬は強力だと聞きます。中の薬を取り除くのが一番いいのですが……。あとは精液を注ぎ込む方法がありますよ。本来はこういった目的で使うものですからね。棒が嫌なら、私の精液を注ぎ入れましょうか」

レニーに淡々と教えられ、ヒューイは硬直して考え込んだ。レニーが言っているのは、今日トネルが自分にしようとしたことをレニーがやるということに他ならない。棒とレニー。どちらがいいのか。束の間考えた末、ヒューイは膝を抱えて小声で言った。

「うん、レニー。お前がやってくれよ……」

棒は怖いが、幼い頃から知っているレニーなら怖さは半減すると思った。するとそんな返事は予想していなかったのか、レニーが息を呑んで瞬きをする。

「私でいいので？」

珍しく動揺した様子でレニーが聞き返してきた。

「棒よりお前のほうが怖くないよ」

ヒューイが頷くと、レニーはしばし目を伏せ、口元に笑みを湛えた。動揺したのは一瞬だけで、レニーはすぐにその気になった。レニーは唇の端を吊り上げたままベッドに乗り上げてくる。

「可愛い私の王子」

レニーの長い指がヒューイの頬を撫でる。レニーはひどく上機嫌でヒューイをベッドに横たえると、優しく太ももを撫でてきた。ふと思いついて、ヒューイは目を輝かせた。

「ねぇレニー。この前の美女に化けてくれないか？」

レニーの性器を入れられるにしても、少し前に変化した美女ならきっともっと気分が高まって楽になると思ったのだ。ところがこれはレニーの気に障ったらしく、急に冷ややかな目つきになってヒューイの鼻をつまんできた。息が出来なくて、急いでレニーの手を払いのけた。

「憎たらしい王子。それ以上言うと、意地悪しますよ」

レニーはヒューイの片方の足を持ち上げ、そっけない口調になる。何の前触れもなくレニーの長い指が尻の奥に入ってきて、ヒューイはぶるりと腰を震わせた。

「わ、あ…、あ…っ」

レニーの指は容赦なく根元まで入り、奥をぐるりと撫でていく。それまでも熱いと感じていた内壁が、指で弄られたことにより余計に火照《ほて》る。指先でぐいぐいと内部を押され、ヒューイは鼓動が速くなった。

「レニー…ッ」

「媚薬のせいですかね、ずいぶん柔らかい。これならすぐ入れても大丈夫そうです。ここをこうされると……気持ちいいでしょう？」

レニーが耳元で囁きながら、奥を指で擦る。とたんに堪えきれないくらい甘い衝撃が走って、ヒューイは息を詰まらせた。

「は…っ、は、ぁ…っ。そこ、何……？」

レニーの指が増やされ、内部をぐるぐる動く。ヒューイは乱れた息遣いでシーツに頬を押しつけた。レニーが奥を指で弄るたびに、体温が上がっていくのが分かる。

「男の気持ちいい場所ですよ」

耳朶に唇を寄せるようにしてレニーが囁く。いつの間にかレニーに覆い被さられて、身体が密着している。レニーの指は出たり入ったりを繰り返して、ゆっくりと引き抜かれた。

「王子、うつぶせになって。腰を上げてください」

レニーに体勢を変えられ、ヒューイは言われるままにシーツに肘をついて腰を上げた。背後で布が擦れる音がして振り返ろうとしたが、レニーに目隠しをされる。

「見ないほうがよろしいかと。ゆっくり入れますから、息を吸って」

レニーの手で目を覆われながら、ヒューイは重なってきた身体にわずかに身を固くした。それでもレニーが相手だったので、言われた通り呼吸をする。

（わ……）

尻のはざまにぴたりと熱が押し当てられる。レニーの性器は屹立している。どんなモノなのかと見たかったが、レニーは目を覆ったままだ。そうこうするうちに息を吐いた段階で急に硬度を持った熱がぐっと押し込まれてきた。

「う、わぁ……、あ…っ、ひ…ッ」

最初は驚いて声を上げたのだが、大きなモノがぐいぐい入ってきて、つい悲鳴に似た声が飛び出る。想像以上に大きくて、痺れる熱さを感じたのだ。もしかして棒のほうが楽だったかもと思うくらい、質量のあるものが、ずんずん奥まで押し入ってくる。

「や、やっぱりやめ…」

尻の穴を目いっぱい広げられる感覚があり、怖くなってヒューイは前のめりになった。やめてくれと言いたかったのだが、レニーはそれを阻止するようにヒューイの腰を抱え、一気に奥まで性器を入れてくる。強烈な痛みを覚えて、ヒューイは仰け反った。

「ぎゃ…っ」

根元まで性器を押し込められ、あられもない声が上がる。ヒューイは汗びっしょりになって、シーツの上に両手をついた。するとレニーがようやく手を離してくれた。ヒューイは目がちかちかして太ももを震わせる。

「い、痛いじゃないか……!! すごく大きいぞ!? これなら棒のほうがマシだった!」

思わず怒って文句を言うと、後ろから覆いかぶさっていたレニーが肩の辺りにさらりと髪を垂らしてくる。

「申し訳ありませんね。誰もがあなたのように可愛らしい一物を持っているわけではないんですよ。あなたの状態を見て、こちらはずっと興奮していたんですから」

耳元で話すレニーの声はいつもと違い、少し上擦っている。思ってもみなかったことを言われ、うろたえる。事務的にヒューイを介抱しているように見えたレニーが、実はいつもと違っていたというのか。ヒューイははぁはぁと息を乱し、首を後ろに捻じ曲げた。レニーと目が合う。レニーの目が潤んでいるように見えて、どきりとした。とたんに繋がっている部分が熱を伝えてくる。

「あ…っ」

軽くレニーが腰を動かしただけで、痛みがすっかり消え、たとえようもない甘さに襲われた。経験したことのない痺れる感覚だ。奥がじんじんと疼いて、勝手に声が漏れる。

「あ…っ、や…っ、ぁ…っ」

レニーは動いていないのだが、ヒューイが震えると繋がっている奥まで変な感じになる。レニーの熱がどくどくいっていて、それがたまらなく気持ちいい。

「可愛い王子……。気持ちいいんですね」

レニーの手が優しく髪を撫でた。次には小刻みに腰を動かされて、ヒューイは腰を震わせた。

「ひゃ…っ、あ…っ、あっ、あっ」

レニーが動かすたびに、甘ったるい声が口から漏れる。気持ち良くて我慢出来ない。舌足らずな甲高い声。自分で出しているとは思えないくらいだ。

「レニー……、ひ…っ、ん、うあ…っ」

断続的に奥を揺さぶられ、気づいた時には前から白く濁った液体が吐き出されていた。

「く…、出したのですか……？　達するときは締めつけるんですね……」

レニーが色っぽい声を上げ、ヒューイのうなじを撫でる。ヒューイは精液を出したせいで、はぁはぁと激しく呼吸を繰り返すことしか出来ずにいた。自分でも何だか分からないうちに射精してしまった。シーツに白い染みを作っている。こんなふうに身体の奥を擦られることで射精することができるなんて知らなかった。

「ひあ…っ、あ…ぅ…っ、はぁ…っ、はぁ…っ」

ヒューイの息が整うのを待たずに、レニーが再び腰を揺さぶってきた。一度達したばかりなのに、レニーが腰を動かすとすぐにまた感度が高まる。ヒューイはぼうっとしてきて、汗ばんだ身体をシーツに押しつけた。

「可愛いお尻だ……。王子、こんなにすべすべした肌だから、トネル王子に目をつけられるんですよ」

レニーは腰を穿ちながら、ヒューイの尻を強く揉む。ひどく卑猥《ひわい》な目に遭っている気がして、ヒューイは息を喘《あえ》がせた。だんだん身体全体が蕩けてきて、レニーが突くたびに声が甘くなる。

「あ…っ、はぁ…っ、ひ、あ…っ、あ…っ」

レニーに突き上げられ、気持ち良くて身体を跳ね上げる。そのうちレニーの動きが激しくなると、声も悲鳴に似たものに変わってきた。

「やぁ…っ、あ…っ、あ…ッ、ひ、ぃ、あ…っ」

レニーは息を荒らげ、ヒューイの腰をしっかりと抱えて奥を容赦なく突いてくる。その動きが頂点に達した頃、レニーが掠《かす》れた声を上げた。

「出しますよ…っ、王子」

レニーの上擦った声の後に、内部で大きく性器が膨れ上がった。次の瞬間、内部にどろっとした温かな液体が広がる。

「ひ…っ、は…っ、ひ…っ」

内部に液体を注ぎ込まれる感覚は初めてで、ヒューイは引き攣れた声で身悶えた。精液が中に染み渡ってくる。すると不思議なことに、強烈な疼きを放っていた奥が心地よい甘さに変化していく。

「あ、あ、あ…、う…」

ヒューイはびくびくと腰を震わせ、熱い息を吐き出した。レニーは内部にたっぷりと精液を注ぎ込むと、まだ硬度のある性器をゆっくりと引き抜いた。

「はぁ…っ、はぁ…っ、はぁ…っ」

ヒューイは一つになった身体をベッドに投げ出した。たかだか性器を入れられただけなのに呼吸が荒くなり、眩暈はするし頭もぼうっとする。おまけに全身から汗が出てシーツを濡らすほどだ。

「はぁ…、はぁ…」

レニーは膝立ちになると、やおら着ていた衣服を脱ぎ始めた。しゅるりと布がベッドの下に落ちていく。ヒューイは獣染みた息をしながら裸になるレニーを見上げた。レニーの裸を初めて見た。意外とたくましい身体をしているし、何よりも先ほどまで自分の中にあった性器の大きさに驚いた。濡れて妖しく光っている男の象徴は、腹につきそうなほど反り返っている。

「王子……」

レニーはぺろりと唇を舐めると、仰向けになったヒューイの足を再び抱え込んできた。

「え…、わ、あ…っ、あ…っ」

レニーは素早くヒューイの足を広げると、再び反り返ったモノをヒューイの尻の奥に埋め込んできた。先ほどまで入っていたせいか、それとも奥が濡れていたせいか、レニーの性器はずぶずぶと難なく入ってくる。再び奥に熱い楔《くさび》を打ち込まれ、ヒューイは仰け反って喘いだ。

「も、もういいんじゃない…のか…？」

一度精液を注ぎ込んだのだからもういいと思ったのだが、レニーは一度で終わるつもりはないようだった。上から圧し掛かってくるレニーの目は見たことがないくらい興奮している。いつもすました顔をしているくせに、こんな獣みたいな顔もできるのかとびっくりした。

「王子、口を開けて」

繋がった状態で覆い被さってきたレニーが、逆らうのを許さないような声で告げる。素直に口を開けたヒューイにレニーは深く齧り付いてきた。

「ん、んん…っ、んぁ…っ」

レニーは深くヒューイの唇を吸い、上唇を齧り、舌に舌をぶつけてくる。レニーに口づけられているのを不思議に思いつつ、抗えない心地よさにヒューイはうっとりして身を任せた。

「んう…っ、う…っ」

息苦しくなるほどレニーに唇を犯される。レニーは口づけを交わしながら器用にヒューイの上衣を脱がしていく。

「ひゃ…っ」

いつの間にかはだけていた上半身をレニーの手が撫でまくる。その指先がヒューイの桜色の乳首を摘み上げ、ぐりぐりとする。それが異様に気持ち良くて、ヒューイは目尻から生理的な涙をこぼした。

「王子…、……あなたの中は最高に気持ちいいですよ、はぁ…、は…」

ヒューイの頤《おとがい》に舌を這わせながらレニーが囁く。レニーも気持ちいいのか。そう思ったとたん、繋がった部分が熱くなってヒューイは腰を震わせた。自分も気持ちいい。レニーの性器が中で息づいているのが、信じられないくらい感じる。

「ひぁ…っ、あ…っ、乳首…っ、や、ぁ…っ」

レニーの指先で絶え間なく乳首を弄られ、耐えきれなくなってヒューイは紅潮した頬をぶるぶるとさせた。胸から甘い痺れが腰に伝わってくる。今まで意識して触ったこともない場所なのに。レニーの指で引っ張られて、屹立した性器から蜜があふれだす。

「乳首……気持ちいいのですか？　舐めてあげますよ」

レニーが興奮した目つきでヒューイを見つめ、やおら右の乳首に舌を這わせた。舌先でねろりと絡みつかれ、それだけで達してしまいそうなほど感じた。銜《くわ》え込んだレニーの性器を思わず締めつけたくらいだ。

「ひぃ、あ…っ、あ…っ、やぁ…っ、あ…っ!!」

乳首を刺激されながら軽く腰をトンと突かれると、自分でも驚くような大きな声が飛び出た。とても声が我慢できない。理性が吹っ飛んで、だらしなく嬌声がこぼれる。

「やぁ…っ、やぁ…っ、あー…っ!!」

ヒューイの様子を見てレニーが続けざまに腰を揺さぶる。それだけでもう高みに追い立てられ、ヒューイは腰を震わせて精液を吐き出した。

「ひ…っ、は…っ、ひ…っ」

揺れている性器の先端から液体がどろどろと垂れていく。レニーははしたなく射精し続けるヒューイをうっとりとして見ている。

「可愛い王子……。あなたの気が済むまでつきあいますよ。ほら、もっと感じて」

ヒューイの息が整わないうちから、レニーが乳首を甘く嚙んでくる。じんとした刺激にヒューイは掠れた声を上げ、汗ばんだ身体をシーツに押しつけた。

「あ、あ、あ…、レニー…っ」

際限なく欲情する身体に怖ささえ覚えて、ヒューイはレニーの黒髪をまさぐった。

「ん…、いやらしい乳首だ…、ほら、こんなふうに濡れて光っている」

レニーは舌先で乳首を味わい、舌で激しく叩きつける。もう片方の乳首は指で擦られ、ヒューイは絶え間なく喘ぎをこぼす羽目になった。

「王子……、王子……」

腰を律動させて、レニーが囁く。レニーの手が乳首だけでなく、鎖骨や腹部、下腹部の生え際、足の付け根を撫でていく。どこを触られても気持ちよくなってしまって、ヒューイは自分がどこで何をしているのかさえ分からなくなっていた。

「あ…っ、あ…っ、や、ぁ…っ」

レニーに揺さぶられ、繋がった部分がどろどろに溶けていくようだった。他人と身体をつなげることがこんなに気持ちいいなんて知らなかった。

終わることのない欲望に、ヒューイはまっさかさまに落ちていった。


事後、深い眠りに落ち、気づいたら朝を迎えていた。朝が来ても暗い部屋のベッドには自分しか眠っていない。

だるい身体を起こすと、あらぬ場所に違和感を覚えた。鈍痛といえばいいのか、ベッドから下りて歩き出すと腰が重い。昨日レニーと交わったことを思い出し、何とはなしに赤くなる。レニーにああいった欲望があるとは知らなかった。昨日の彼はいつもの彼と違って見えて、これだけ長くいても知らない面があるのだと不思議に感じていた。薬のせいか、手首の痛みはかなり引いていた。血が出た場所はかさぶたが出来ている。

「王子、おはようございます」

用意されていた水を張った桶に手を入れて顔を洗っていると、ノックの音がしてレニーが朝食を運んできた。レニーに続いてギールもやってくる。ギールの顔は浮かない。

「お身体の調子はいかがですか。トネルに与えられた忌まわしい薬のほうは消えましたか」

　意味ありげな目つきでレニーに見られ、ヒューイは内心動揺しながら「ああ」と頷いた。ギールの前で変なことを言いださないか心配だ。できるなら昨日の行為は二人だけの秘めごとにしてほしい。

「ナンの具合は？」

　テーブルについたヒューイの前に、パンと皿に盛られた野菜、オレンジを絞ったもの、ジャンピーの卵が置かれる。ヒューイがパンを千切りながら聞くと、ギールが憎々しげな表情になって、今は安静にしていると教えてくれた。

「トネルの野郎……、許せない。ナンが死んでいたら、刺し違えてでも……」

　ギールは物騒な目つきで拳を握る。ナンが回復に向かっていると聞いて安堵した。レニーに渡された解毒剤は効いているようだ。

「王子、午後にはトネルがやってくるでしょう。いかがいたしますか。まぁしらを切りとおすしかないんですがね」

「そうだ、昨日のことは皇后に直訴して……」

　ジャンピーの卵の殻を剝いていたヒューイは、思い出して腰を浮かした。トネルに意見できるのはメルレーン皇后しかいないのだ。早く現状を訴えなければと思っていた。

「申し訳ありません。皇后は午後まで手が空かないと思います」

　レニーは板を打ち付けた窓に寄り添って、悪びれない様子で言った。

「どういう意味だ？」

　ヒューイが首をかしげると、レニーが肩をすくめる。

「トネルを南の棟から遠ざけるために、魔術を使ってハインデル七世の呼吸を止めたので」

あまりにさらりと言われたので、ヒューイは最初何を言っているのか分からなかった。ハインデル七世の呼吸を止める――下手すれば死んでしまうじゃないか！　冗談だろうと言いかけたヒューイは、レニーが平然と見つめ返してくるのを見て、愕然とする。

まさか、この国の王を殺したのだろうか……!?

「滅相もない、まだ殺していませんよ。ちょっと呼吸を止めて危篤状態にしただけです。午後には安定した状態に戻るでしょう」

ヒューイが問いただす前にレニーは先回りして告げる。

「お、お前……」

真っ青になってヒューイが背筋を震わせると、レニーは首をコキコキと鳴らして眉間のしわを揉む。

「しょうがなかったのですよ。私のいない間に王子が南の棟に連れて行かれたとあっては、私も手段を選んでいられなかったもので。トネルの前で魔術を使ってあなたを連れ出すわけにはいかないでしょう。何が起きたか分からない、そうしらを切りとおすためにはトネルがいては困る。さすがに父王が危篤との知らせを受ければ、トネルもあの場を離れぬわけにはいかない。私としては御身の大事より重要なものはありませんでしたので」

殊勝な顔でレニーは言うが、自分のために他国の王を死の危険にさらしたのはやりすぎだと思う。万が一死んでいたら大事だった。

「レニー、お前さんそんなすごい魔術が使えるのか」

ギールはレニーが魔術を使えるのは知っているが、レニー自身がたいした魔術は使えないと言い張っていたので、国王を危篤にしたと知り驚愕している。

「お前がいれば戦争しても勝てるじゃないか」

武人であるギールはすぐにそんな想像を働かせたらしい。それに対してレニーは腕組みをして、緩く首を振った。

「私がした魔術は寝ている国王の顔に濡れた布を被せただけ。病人であるハインデル七世にしか効きません」

レニーに種明かしをされ、ギールはがっかりしている。ヒューイもレニーが大魔術でも使ってハインデル七世の心の臓を止めたのかと思っていたので、意外と簡単な魔術だったことに肩の力を抜いた。とはいえ何重にも守られている国王の寝室でそんな大それた真似をしたのだから大したものだ。

「ともかく午後には、トネルは殺された衛兵のことを知るでしょうし、尋問されるのは当然でしょう。トネル王子に疑惑を持たせてしまいました。彼は我々が魔術を使ったと思うはずだ。さて、どのようにして丸く収めますか」

レニーは顎を撫でて悩ましげに呟く。

「それからもう一つ。トネルは王子から解毒剤を奪った。それをいつ、どうやって使う気なのか気になります」

続いてレニーの口から発せられた言葉に、ヒューイもどきりとした。そうだ。昨日あんな真似をしたのは、一体何故だったのだろう。トネルはまるでヒューイが解毒剤を持っているのを知っているかのような態度だった。奪っていった薬の使い道は何か？　単に万が一の時を考えて奪っていったとは思えない。

「逃げ出せたのは、トネル王子の配下の者で助けてくれた方がいた……という筋書きでよろしいですかね」

レニーは自分たちにもっとも被害が及ばない設定

を考え始めている。

「トネルの配下が殺されるかもしれないぞ」

ジャンピーの卵を食べながらヒューイは小声で言う。

「王子の配下が死ぬよりマシかと思ったのですが？」

レニーは呆れた視線を投げてよこす。その通りなのでヒューイは黙ってジャンピーの卵を咀嚼した。誰にも死んでほしくはないが、一国の王子としてはどちらの命が大切かといえば歴然としている。諸悪の根源であるトネルに制裁が加えられればいいのに。

「ではそのように……」

レニーが言葉の途中で顔を顰めて、ドアのほうを見る。すぐに足音とノックの音が重なり、ダイキリが無表情のまま入ってきた。

「王子、トネル王子がいらしています」

まだ午後ではないのに、予定より早くトネルは殴り込みにきたらしい。ヒューイはレニーと顔を合わせ、ため息をこぼし椅子から立ち上がった。まだパンを食べ終わっていないのだが、仕方ない。

塔の階段を下りて一階まで行くと、トネルは苛立たしげな態度で室内を歩き回っていた。塔の一階は会議を行ったり、雨の日は剣の稽古をしたりする場だ。食材や武具が置かれているだけのがらんとした部屋なのだが、そこに珍しくトネルが入ってきている。あかつきの塔は以前魔女が住んでいたということもあって、セントダイナの民から忌み嫌われる場所だ。塔に足を踏み入れると呪われる、とまことしやかに言う者もあって、トネルのような王族は絶対に入ってこない。そのトネルがここまで入ってきたのは驚くべき状況だ。

「貴様、どうやって抜け出た!?」

トネルは階段を下りてきたヒューイを見るなり、

声高に叫んだ。今にも剣を抜いて切りかかってきそうなくらい、形相が一変している。鎖で繋いでいたと思っていたヒューイがまんまと逃げ出したので相当立腹したのだろう。

「トネル王子、昨日のあなたのしでかした行為、とても許しがたいものです。今後一切あなたからの誘いはお断りいたします。皇后にもそのようにお話させていただきます」

か弱い子羊と思われては困るので、ヒューイは真っ向からトネルを見返して堂々と言い切った。トネル王子の誘いを断りきれるのかどうかは分からないが、皇后に話せば少しは譲歩してくれるだろう。もうあんな目に遭うのはごめんだ。いくら人質のような状態でいるからといって、何をしても許されると思ってほしくない。あくまで友好な関係を築くため――当初はそういう話だったはずだ。

「そんなことはどうでもいい!! どうやって抜け出したんだ! どんな手を使って衛兵を殺した!」

トネルはいきり立った様子で、壁にかけてあった盾を蹴り上げて派手な音をさせる。

「……私を逃がしてくれたのは、トネル王子の部下の方です」

ヒューイは沈痛な面持ちで語り始めた。

「彼らは私を逃がしてくれたのち、トネル王子に知られたら罰せられると分かって、自ら命を絶ったのです」

苦しげな声でヒューイが言うと、虚を突かれたようにトネルが怯む。背後でレニーが上手いこといいますね、と小声で突っ込んできた。

「お話がそれだけならもうお引き取りください。ここにいると、王子の身であるあなたに呪いがかかるやもしれません」

ヒューイが身を翻して階段を上り始めると、怒ったようにトネルは駆け寄ってきた。けれどあかつきの塔の謂《いわ》れが頭を過ぎったのか、階段に足をかけたところで立ち止まり、悔しそうに身を引く。傲慢な男だが一応呪い云々《うんぬん》という言い伝えは気になるらしい。

「フン……、そうほざいていられるのも今の内だ。俺が王になった暁には、お前は奴隷にしてくれるわ」

トネルは床に唾を吐き捨て、足音も荒く去って行った。消えるトネルを階段の上のほうから見下ろし、ヒューイは顔を顰めた。とうとう隠すのもやめて本音を漏らしていった。ハインデル七世が亡くなったら自分は奴隷か。最悪すぎて言葉も出ない。

「やれやれ……厄介な男だ」

隣に寄り添っていたレニーが低い声で呟いた。トネルに対する憎悪を思わせる暗い光を瞳に宿し、レニーは静かに階段を上っていった。


トネルが帰っていった後、すぐに城の使いがやってきて、しばらく塔から出るなと言い渡された。謹慎処分を言い渡す書状には皇后の印も押されていて、釈明を申し出たが通らなかった。書状によれば城内に不穏な動きがあるとのことで、疑惑を持たれないためにもしばらく塔から出ないでほしいそうだ。

おそらくトネルが手を回したのだろうが、その早さには脱帽する。こちらは完全に出遅れた。仕方なくヒューイたちは塔から出ずに、おとなしく日々を過ごしていた。ご丁寧に城の衛兵が塔の敷地の周囲で見張りをしていて、大人しくするしかないという状態だったとも言える。

建国祝いまであと五日ほどで、ヒューイの母親であるレブラント女王がサントリムを出発したという知らせが届いている。ナンの具合もだいぶよくなり、簡単な仕事ならできるようになっていた。不穏な気配を感じつつも、母ともうすぐ会えるという喜びで、謹慎処分も苦にならなかった。さすがにレブラント女王が到着したら会わせてくれるだろう。

「母に会うのは十年ぶりだ。次いつ会えるか分からないから、いろいろ話しておきたいな」

建国式で着る服に袖を通しながら、ヒューイは鏡に映る自分の姿を見た。自分の成長を母は喜んでくれるだろうか。がっかりされたくないから、少しでも勇ましく見える服にしてほしい。

「ここのリボンはいらないんじゃないかな。幼く見えるし……」

鏡越しにナンと話し合い、服の手直しを頼んだ。ヒューイの部屋は、窓をふさいであるため昼でもめっきり暗いので、ナンはランプの明かりを元に確認している。

脱いだ服をナンが持って部屋を出て行った後、ヒューイはレニーと魔術の勉強をした。レニーとは媚薬が効いていた際に同衾《どうきん》したが、あれ以来特に色っぽい雰囲気になることもない。ヒューイは時々レニーの匂いを嗅ぐと意識してしまうのだが、レニーのほうが至って平然としているので以前の通りに戻った。ヒューイ自身も深く考えてはいけない問題だと分かっているので、別のことを考えて過ごしている。

「王子、良い知らせです」

魔術の勉強を終えたヒューイに、レニーが微笑みながら一枚の紙を手渡してきた。城からのお達しで、建国祝いの間、レブラント女王はこのあかつきの塔に寝泊まりすると書いている。

「二日間、一緒にいられるんだね」

ヒューイは目を輝かせて甲高い声を上げた。

「まぁ表向きには悪い知らせなんですがね。一国の女王を呪われた塔に泊めるのですから。けれど城に寝泊まりするよりははるかに安全で我々にとって都合がいい。女王は魔術を使えるので、城の者も警戒して、離れているこの塔に追いやったのかもしれません」

「それじゃ母の分のベッドを運び入れよう。レニー、お前は母がいる間は自分の部屋に帰れよ。ずっと一緒だと知られたら恥ずかしいよ」

嬉々として滞在中のあれこれを語っていると、レニーの存在が煙ったたく思えてきた。母に一人でもがんばっているところを見せたいのに、お付きが四六時中一緒じゃないと駄目なんて少々恥ずかしい。


「王子、付け焼刃のかっこつけですか。その調子じゃレブラント女王の前で威張って見せるんじゃないでしょうね。あなたはどう見ても甘えん坊の、のほほんとしたぼんぼん面なんですから、今更リボンを一つ外したところで大して変わりゃしませんよ。百戦錬磨のレブラント女王に見抜けないわけありません。素直に子どもらしさを全面的に押し出して、女王に甘えたほうがいいと思いますけどね」

レニーは小馬鹿にした口調でヒューイの自尊心を粉々に砕いていく。そんなことは自分でも分かっているが、少しでも男らしくなったと思われたいのが人情ではないか。

レニーとはその後もあれこれと言い合いを続け、とりあえず夜は自分の部屋に帰ってくれるということで落ち着いた。母も窓がないこの部屋を見たらさぞ驚くだろう。数日板を外していいかとヒューイが聞くと、とんでもないとレニーに却下された。

待ち遠しい日々が過ぎ去り、城内は祭りのために慌ただしくなっていく。城に運び込まれる酒や食材は大量で、城中の者が浮き浮きしているようだ。一時危篤状態だったハインデル七世も病状が安定しているらしい。トネルが何を企んでいるのか分からず不気味だが、ヒューイの心は母に会えるという一点に集中していて、他のことは気にならなかった。

気候も穏やかになり、塔から見渡す空が遠くまで青一色に染まった日、セントダイナ国にレブラント女王が到着した。

山を越えてやってきたサントリム一行は、多くの馬と一緒だった。毛並のいい駿馬《しゅんめ》が数頭、建国祝いの贈り物として差し出されたらしい。サントリムの馬は寒さに強く、引き締まった肉体を持っていると評判だ。山越えは馬車では無理なのでレブラント女王も自ら馬に乗り険しい山々を越えてきた。雪の残る山道を行くレブラント女王の馬上姿は、さぞかし雄々しいことだろう。

すぐにでも会いに行きたかったが、今日は建国祝いの日なのでヒューイにも王族としての仕事がある。朝から支度に大忙しだ。正装して久しぶりにレニーを連れて城に入る。謹慎処分が解けて初めての外出だ。塔の中にいるのも飽きた頃だったのでちょうどいい。

城は建国祝いの飾り付けがあちこちにあって華やかな雰囲気だ。誰もが着飾っていて、祭りを楽しんでいる。招かれた王族の者は、三階のバルコニーに集められていた。大きなバルコニーでは、ハインデル七世を中心にこの国の王族の者が左右に分かれ腰を下ろしている。このバルコニーからは、詰めかけた民の姿が一望できるのだ。いつもは入城に許可がいるが、今日ばかりは誰でも城に入っていいことになっている。

ヒューイたち他国の者はバルコニーの右と左の端に一列に並べられ、式典に参加していた。バルコニーの下にはセントダイナの民が多く集まり、お付きの人の手を借りて手を振るハインデル七世に万歳を繰り返している。レニーがうっかり殺さなくて本当によかったと思う。

ヒューイは国王が民に向けて手を振っている間に、レブラント女王との再会を果たした。十年ぶりに見る母は、一体どんな魔術を使ったのかまったく衰えない美貌を誇っていた。本来なら抱き合って再会を喜びたいところだが、式の最中に私語は禁物なので、母と目を見かわすだけに留めておいた。

「大きくなりましたね」

賓客用の椅子に腰を下ろし、母と並んだ時、そっと手を握られ優しく囁かれた。それだけでヒューイは有頂天になり、何度も頷いて母の手を握り返した。

式典は粛々と進み、ラッパの音が鳴り響き、民の前で選ばれた踊り子たちが踊りを披露する。式典のための獅子が引きずり出され、黒百合騎士団の虎海が見事に槍で止めを刺す。民の間から歓声が起き、虎海は国王にお辞儀をした。虎海には国王から褒美が渡される。式典が始まり一時間ほどした頃、国王は体調が悪くなりバルコニーを後にした。そこからは代わりにメルレーン皇后が式典を取り仕切ることになった。

民のために獅子の肉が振る舞われ、酒が大量に運ばれる。セントダイナを称える歌や楽が次々と披露され、場は大いに盛り上がった。

　式典が一通り終わると、王族たちは城の大広間に戻り、そこから晩餐会が始まる。仰々しい声で次々と王族の名が読み上げられ、贈り物に対する謝辞がメルレーン皇后の口からこぼれた。サントリムは最後に読み上げられた。母が気分を害していないか不安になったが、にこにことしてセントダイナの王族たちを見ている。ホッとした。

　晩餐会には騎士団の団長と副団長も招かれていた。それから鳥人のアンドレも。見たことのない部族の長らしき人たちも見える。セントダイナにはさまざまな部族がいるから、初めて見る者も多かった。

　見目麗しい踊り子たちが場を盛り上げるために技巧に長《た》けた踊りを見せる。珍しい楽器を使った音楽が大広間に響き渡り、列席者たちからも拍手が起こった。

　晩餐会は夜遅くまで続き、贅を尽くした料理が卓上に尽きることなく運び込まれた。ヒューイは知らされていなかったのだが、料理と一緒にサントリムからの贈り物が卓上に飾られていた。氷の彫刻だった。サントリムの職人が削ったという美しい鳥と花が見事な彫刻となって人々の目を驚かせている。ヒューイはこの熱気で溶けないか心配だったのだが、レブラント女王はそんな不安は露も見せていない。きっと何か溶けない細工が施してあるのだろう。

　氷の彫刻を褒め称えたトネルが立ち上がり、大きく手を打った。すぐに扉の外から召使たちが大きな樽を二つ持ってくる。

「我がセントダイナの建国祝いのために遠路はるばるありがとうございます。次は我ら兄弟から、祝いの酒を振る舞いましょう」

　トネルは上機嫌で指示し、召使たちに樽から注いだ酒を配らせる。ヒューイは何となく嫌な予感を覚え、そっとレブラント女王に耳打ちした。

「母上、飲むふりをしてください」

レブラント女王はヒューイの耳打ちにまったくの無反応で、聞こえているかどうか不安になった。そうこうするうちに赤い色で満たされたグラスが目の前に置かれ、ヒューイは周囲をきょろきょろとした。レニーはこの場にいない。

(あの解毒剤の使い道……。まさかこの酒に入っているのでは)

自然と顔が強張り、上座で酒のうんちくを語っているトネルを窺ってしまう。トネルは赤い液体が入ったグラスを掲げ、すべての人に酒が回ったのを見て乾杯する。

「セントダイナに栄えあれ」

トネルの乾杯の合図の後に、皆がグラスに口をつける。ヒューイは飲むふりをして横目でちらりとレブラント女王を見た。レブラント女王は喉を動かさずにグラスを傾け、そっと卓上にグラスを戻した。白い布で口元を拭う。顔色一つ変えなかったが、レブラント女王にはきちんと伝わっていたらしい。さすが母だと思いつつ酒を飲んでいる面々を見る。特に気分が悪くなっている者もいないし、皆口々に美味い酒だと褒めている。

自分の思い過ごしだったかと肩の荷を下ろしていると、いつの間にか手元に透明な液体のグラスが運び込まれていた。泡が浮かんでいるから発泡酒だろう。

「この酒は飲む者に幸せを運び込むとか。ユカリナ姫、どうぞ一緒に」

酔った顔をしたトネルが発泡酒の入ったグラスを高く掲げ、隣に座っているユカリナに言う。ユカリナは社交辞令で微笑み返し、グラスを触れ合わせた。

二人が一緒に酒に口をつける。

　微笑みを絶やさずに二人を眺めていた周囲の席の者たちは、次の瞬間、凍りついた。

「ぐぅ…っ、げ…っ」

　ほぼ同時にトネルとユカリナが喉を掻きむしって苦しみだしたのだ。それまでさざめいていた場は一瞬にして静まり返り、悶絶して苦しむ二人に皆の視線が吸い込まれた。

「く、苦し…っ、毒が…っ」

　トネルの顔色が一気に赤から土気色に変わる。ついで席についていた人々の悲鳴が沸き起こり、同時に「馬鹿な！」というハッサンの声が聞こえてきた。

「トネル王子！　誰か水を！　吐かせるんだ!!」

　一番トネルの近くに座っていたギョクセンが瞬時にトネルの傍に行き、悶え苦しむトネルの口に手を突っ込む。

「ユカリナ姫！　しっかり!!」

　ユカリナの侍女たちも姫の一大事に駆け寄って、毒物を吐かせようとする。ヒューイは事の成り行きを唖然として見ていた。多くの者は自分も毒を飲んだのではないかと怯え、気分が悪くなって従者や召使に介抱されている。ハッサンを見ると、顔を強張らせてトネルを凝視している。珍しく血の気が引いた様子で、七転八倒するトネルとユカリナをなすべもなく棒立ちになって見ている。

「王子、この薬を！」

　トネルの従者が薬を運んできて水と共にトネルの口に注ぎ入れた。ぞくりとするものを感じて、ヒューイは足を震わせた。トネルが飲んでいるのは、おそらくヒューイから奪った解毒剤だ。トネルはこの時のためにあらかじめ解毒剤を入手しておいたのだ。

だが、あれは一人分しかなかったはず――――。

「姫様！　姫様ぁ!!」

　ユカリナにも同じような薬が渡されたが、結果は明らかだった。しばらくすると頬に赤みが戻ってきたトネルと違い、ユカリナは徐々に痙攣し始め、やがて身じろぎひとつしなくなった。

「な、何ということだ…っ」

　ケッセーナの宰相が激怒して声を震わせる。医師が駆けつけユカリナとトネルを診ているが、もう無理だろう。メルレーン皇后に至ってはショックのあまり、倒れかけている。

「この酒を持ってきたのは誰だ!?　仕入れ先から詳しく調べろ!!」

　あざみ騎士団の団長であるケントリカが憤った声で指示する。とたんにトネルの傍にいた従者が、青ざめた顔で口を開いた。

「葡萄酒はトネル様で、発泡酒はハッサン様です……」

　従者の小さな声と共に、その場にいた者全員が一斉にハッサンを見た。ヒューイも例にもれずそうしてしまったが、内心では失神しそうなほど動揺していた。ハッサンは強張った顔つきで、血が出るほど唇を噛んでいる。

「確かにこの酒は俺の仕入れたもの……、だが断じて毒など入れておらん！　神に誓って!!」

　ハッサンは身の潔白を証明するために叫んだが、誰もがどう判断していいか分からず疑惑と戸惑いの視線を注いでいた。無理もない。トネルとハッサンの兄弟仲の悪さは諸外国にも知れ渡っている。暗殺を企んだと思われても無理はないのだ。

　ヒューイだけがこの場で真実を知っている。トネルはハッサンを陥れるために、自らの命も危険にさらして、この暗殺劇を仕組んだのだ。誰も死にかけたトネルを疑わない。解毒剤がなければ死んでいた事態だ。トネルはナンを使って、自分が生き返る確信を得てこの茶番を起こしたというのに。

ヒューイは罠にかけられたハッサンの汚名を晴らすために、事実を明かそうとした。だが一歩踏み出した時点で、ヒューイの腕を摑む者がいた。振り返るといつの間にかレブラント女王がヒューイより前に出て、まるで発言を阻止するかのように立ちふさがった。レブラント女王は小さく首を振り、威圧的な目つきでヒューイを見る。ヒューイは戸惑いながら口を閉ざし、レブラント女王の背中に留まった。

「このような事態です。ひとまず王族の方々はそれぞれの部屋にお戻りください。追って状況を説明いたします」

ギョクセンが事態を収拾するために、ざわめいている人々に声をかける。その声に安堵した様子で他国から招かれた者たちが大広間を出て行ったので、ヒューイもレブラント女王と一緒に、倒れているトネルとユカリナに背を向けた。

レブラント女王は大広間の外の廊下で待っていた従者と共に、あかつきの塔に足を運ぶ。ヒューイはレブラント女王について歩きながら、拭えぬもやもやとした疑惑に胸を騒がせていた。

## ■5　封印を解く

従者を階下に休ませ、ヒューイとレブラント女王は最上階の部屋に上がった。扉を開けるとすでにレニーがいて、レブラント女王に膝をつく。

「お久しゅうございます。ご主人様。大広間での一見、しかと確認いたしました」

レニーは持っていた鏡を取り出して、レブラント女王に差し出す。レブラント女王はそれを受け取り、部屋をぐるりと見渡してヒューイに笑いかけた。

「ええ、ここなら誰に聞かれる心配もない。よく防御してあります。ヒューイ、こちらへ」

レブラント女王は小さい頃見たのと同じ優しい笑みを浮かべてヒューイを手招く。おずおずとレブラント女王に近づいたヒューイは、母の腕にしっかりと抱きしめられ、ようやく再会の抱擁をした。

「母上……っ」

会った時からこうしたかったのを我慢していたので、懐かしい匂いを嗅いで鼻の奥がつんとなった。子どもに戻ったようだ。母の温かい胸に抱かれ、これまでの様々な苦しみが洗い流される気持ちだった。十年、声を聞くことすら叶わなかった母が、目の前にいて、ヒューイをしっかりと抱きしめてくれる。

「大きくなりましたね。もう立派な男ですよ」

レブラント女王の手が優しくヒューイの髪を撫でる。ヒューイは会えなかったこの十年の間に起きたことをまくしたて、自分がどれほどサントリムを想っているかを話した。同時にサントリムが今どのような状況かをあれこれ聞き出す。積もる話をしばらく続けた後、最近のセントダイナの状勢に話は移った。兄弟の確執のことに加え、つい先日トネルに解毒剤を奪われた顚末を語る。そして、先ほどの毒殺がトネルの企みではないかと打ち明けた。

「よく分かりました。どれ、見てみましょう」

レブラント女王は長椅子に腰を下ろし、レニーから渡された鏡を覗き込んだ。ヒューイも隣に座って眺めたが、鏡はレブラント女王の美しい面を映し出すだけだ。けれどレブラント女王とレニーには別の世界が見えるらしい。レブラント女王が急に身を折って笑い出した。

「くく……ほほほ、ああ愉快。第二王子がまるで罪人のよう」

おかしそうに笑い始めたレブラント女王の第一声に、ヒューイは聞き間違いかと思って硬直した。今、何と言ったのだろう？

「まったくです。私も笑いが止まりませんでしたよ。トネル王子の身を捨てた茶番劇には」

レニーもレブラント女王に同調して笑っている。空恐ろしいものを感じてヒューイは無言で二人を見ていた。この場では自分だけが違う思惑を持っているらしく、レニーもレブラント女王も同じ気持ちで笑い合っている。

「ヒューイ、お前は優しすぎるようね。母は冷や冷やしましたよ。あの場で何を喋ろうとしたのです。お前はもっと物事の先の先まで読まねばなりません。持っている手札を簡単に捨ててしまうとは呆れたこと。最大限の使い道を吟味しなさい」

レブラント女王に冷ややかに言われ、ヒューイはどぎまぎして口をぱくぱくした。

「で、でもハッサン王子は無実なのに……」

「それこそ馬鹿げたこと。セントダイナの王子二人が互いを潰し合っているのですよ。面白いではないですか。やらせておけばいいのです」

ヒューイの言葉を遮ってレブラント女王が平然と告げる。己の甘さを痛感して、ヒューイはつい下を向いた。今までレニーを腹黒いと思っていたが、ひょっとして母のほうが上かもしれない。あるいは自分が甘すぎるのか。

レブラント女王は鏡をレニーに返し、長椅子からすっと立ち上がった。振り返って長椅子に腰を下ろしたままのヒューイを見る眼差しは、母ではなく女王のものだった。

「ヒューイ！」

背筋がぴしっと伸びるような声でレブラント女王がヒューイの名を呼ぶ。

「はい」

ヒューイが立ち上がって答えると、レブラント女王が持っていた扇を閉じて、その先をヒューイに向けた。レブラント女王の唇が不気味に吊り上り、急に見知らぬ人に見えた。空気が凍りつき、レブラント女王が魔術でも使ったのかと思わせるくらい鼓動が激しく波打って苦しくなる。何か嫌な気配がする。白い虎が部屋の隅にでもいるみたいに、生命を危うくされる感覚だ。

そして、想像もしていなかった言葉がレブラント女王の口から発せられた。

「女王としての命令です。――トネル王子を暗殺しなさい」

ヒューイは驚愕して言葉を失った。

――トネル王子、暗殺。

ヒューイは突っ立ったまま、敬愛する母の顔を見ていた。優しい母の口から漏れたとは思えないような恐ろしい言葉が、今耳に入ってきた。トネルを殺

す――およそ母親が子どもにするとは思えない身の毛もよだつような命令だ。ヒューイは今更ながら目の前にいる女性はサントリムに君臨する女王なのだと思い知った。

「し、しかし母上……」

ヒューイはからからに乾いた唇を舐めて、どうにか発言を撤回してもらえないかと考えを巡らせた。セントダイナという大きな国の第一王子を殺すなんて、今の自分に出来るとは到底思えない。腕力でも度胸でも勝っているところが見つからないし、いくらトネルが知能派ではないとしても、ヒューイよりよほど姦計に長けている。自分にせめて魔術でも使えたら、道は模索できるかもしれないが、現時点でトネルを殺すなんて今の自分には無謀の一言だ。

「ほほほ、情けない顔をして。私がやわなお前に直接手を下せなど、言うはずがないではありませんか。ヒューイ、何のためにお前には国一番の魔術師がついていると思っているのです」

ヒューイの絶望的な表情を眺め、レブラント女王が扇を開いてゆらゆらと揺らした。レブラント女王に言われて傍にいたレニーに顔を向けると、すでに心得ていたような目つきで唇の端を吊り上げる。

「お前はレニーに命じればいいのです。トネル王子を殺して来いと。レニーはお前の命令なら必ず聞くでしょう。この男はお前のために命を投げ出すことも厭わぬ。お前は王子として、レニーに死んで来いと命じればいいのです」

レブラント女王のレニーを道具としてしか見ていない発言にヒューイは慄《おのの》き、当の本人の表情を窺った。ヒューイの心配をよそに、レニーは怒るでもなく当然といった態度だ。長年一緒にいるから、レニーが無表情でも本当は怒っていたり、腹を立てていたりすればすぐ分かる。今のレニーは心底レブラント女王の言葉を受け入れている。レニーはレブラント女王に誓いを立てた身だと分かっているが、自分が思う以上に一種強固な絆があるのだと知った。

「さぁ、ヒューイ。王子として、仕事をこなしなさい」

レブラント女王に迫られ、ヒューイは背筋を震わせてレニーを見つめた。

レブラント女王が滞在していた二日の間、セントダイナは激しく動揺していた。

トネル王子の見合いの相手として海を渡ってきたケッセーナの姫が毒殺されたのだ。おまけに第一王子であるトネルもまだ病状が悪く寝たきりになっている。毒を入れた疑いのある第二王子のハッサンは牢に入れられ、騎士団の者が見張っている。ユカリナ姫の死の情報はセントダイナの民にもすぐに広まり、ケッセーナと戦争になるのではと言う者さえいた。現にケッセーナの宰相は怒り狂っていて、しかるべき処置を採らなければ今すぐ帰国して報復すると息巻いている。この状態でケッセーナの一団が帰ったら、戦争になるだろう。事態を収拾するためメルレーン皇后はすぐさまハッサンに重い罰を与えなければならなかった。ハッサンは無実だと訴えているが、現状、誰も聞く者はいない。

不測の事態に、招かれた王族たちはそれぞれの国へ戻ることと相成った。レブラント女王も翌日にはお付きの者と一緒にサントリムへ帰っていった。城内はざわついている。三騎士団のマントをあちこちで見かけるし、国全体が浮き足立っている。

ヒューイはそのざわつきに同調するみたいに昨夜から思い悩んでいた。もちろん理由はレブラント女王に命じられたトネル暗殺の件だ。結局ヒューイはレブラント女王の前で、レニーに暗殺を命じることが出来なかった。人ひとり殺すという大役に、躊躇していた。トネルは憎いが、レニーに殺させるという行為に足を踏み出せずにいた。自分は安穏とした場所にいて、レニーに汚いことを命じていいのか。レブラント女王からすれば一笑に付されることを真剣に悩んでいたのだ。

レブラント女王はセントダイナを揺るがすつもりだ。メルレーン皇后は老いて先は短いし、ハインデル七世は病状の身だ。二人の王子が潰し合いをしている今、便乗して邪魔なトネルを殺害しろと言っている。このままトネルが国を継げば、どのみちセントダイナはサントリムを侵略すると思っているのだろう。だとしたら今は絶好の機会だ。

「まだ回復していない、今が楽なのですがねぇ」

悩み続けるヒューイの隣に立って、レニーはわざとらしく耳打ちしてくる。考える時間がないのはヒューイも分かっている。一応レニーはヒューイを立てて勝手な暗殺は控えているようだが、それもいつまで待っているか分からない。

レブラント女王の命令を受け、レニーに暗殺を指示することが出来ずにいたヒューイを庇ってくれたのもレニーだ。レブラント女王は躊躇するヒューイに少しがっかりしているようだった。王子として資質なしと思ったのかもしれない。レニーが「少し時間を与えてあげたらよろしいかと」と言わなければ、自分の口でレニーに暗殺を命じたかもしれない。

「無駄な時間は一秒もないのです。王子としてそれを肝に銘じなさい」

別れ際にレブラント女王はそう告げてヒューイを戒めた。あれほど会いたかった母なのに、去っていくレブラント女王の背中を見て安堵している自分が変だった。

「優しさで国は統治できませんよ。まぁあなたに国王の大役が回ってくることはそうそうないでしょうが、少々母君の冷徹さを見習うべきでは」

情けなく思い悩むヒューイを見て、レニーは耳の痛い発言をする。自分でも分かっている。レブラント女王を冷たいと思う自分が甘ちゃんで、駄目王子だということは。

それでもレニーに手を汚させるのは、何か違うと思ってしまうのだ。

「王子、ハッサン王子の処罰が決定しましたよ」

ユカリナ姫が死んで三日目の朝、城内でハッサンの処罰が公表された。ハッサンはユカリナ姫を殺害した罪に問われ、ヨーロピア島行きが決定していた。ヨーロピア島は、セントダイナから北方にある小さな島で、ほとんど人の手が入っていない無人島だ。極悪人が水も与えられずに放置される島で、極刑に近いものだった。さすがにメルレーン皇后もハッサンを死刑にするのは嫌だったのだろう。考えられる限り重い刑を与えたのは、ケッセーナを慮《おもんぱか》ってのことに違いない。ケッセーナはこれを受けて、一応怒りを納めて国内に戻っていった。まだ予断は許せないが、一応の闘いの回避といってもいい。仮に戦いになったとしたら、強大なセントダイナのほうが強いのではないかと思うのだが、ケッセーナの海軍力は計り知れないもので、港を占拠されたら流通が滞ってセントダイナには大打撃だそうだ。

城内にはこれは仕組まれた罠だと声を荒らげる者もいた。ハッサン派の者たちは、違和感を拭えないようだ。聡明なハッサンがわざわざ式典の最中に皆が飲む酒に毒を入れるはずがないというのが彼らの主張だ。ヒューイももっともだと思う。けれど、では誰がやったのかという話になると、議論は進まなかった。酒を運んできた召使は事件の後、首を吊って死んでしまったのだ。本当に自殺だったのか怪しいとヒューイは思っているが、真相は闇の中に消えた。トネルは上手いことハッサンに疑惑が向けられるよう手はずを整えた。これでトネルが元気だったら、トネルの仕業と疑う者も多かったろうが、解毒剤を飲んだのが遅くて、トネルは死の淵をさまよっている。意識が戻ったのもつい昨日なのだ。

真相を知っている自分が黙っているほかない、というのはかなり苦痛だった。無実の罪で護送されるハッサンにも同情する。ハッサンの苦しむ様子を見て、いっそ言おうかと思ったこともあるのだが、解毒剤が自分のものだったと証明することもできないし、どうせばらしたところでトネルはしらを切るに決まっている。この国で発言権が低いヒューイの言葉になど誰も耳を貸しはすまい。

「王子、そろそろご決断を」

答えの出ないヒューイに焦れたように、ハッサンの処罰が決まった日の朝食の席でレニーが迫ってきた。

ヒューイはジャンピーの卵の殻を剝きながら、自分がどうしたいのかを考え続けた。自分の心と向き合って、分かったことが一つある。

自分はトネルを殺したくないから暗殺命令を出さないわけではない。トネルが死んでも多分それほど悲しまないのはよく分かっている。自分はレニーに罪を被せたくないのだ。レニーなら暗殺くらい簡単にやってのけるだろう。それでも自分はレニーに汚い仕事を命じたくなかった。

ここで暗殺を命じたら、自分はきっと生涯レニーに、こういった命令をし続けるに決まっている。

レブラント女王だってそれが分かっているから、最初の命令をしろとヒューイに迫ったのだ。いわばここは分岐点だった。これまでぬくぬくとレニーの力に守られてきたヒューイは、これから意志を持ってレニーを道具として扱わなければならない。それが立場の違いなのだとレブラント女王は言いたかったに違いない。主従関係をここで構築しなければ、大人になれないとでも思っているのかもしれない。

けれどヒューイは嫌だった。レニーを道具として扱うことは。

物心ついた時から一緒にいたレニーを、自分の手足として扱いたくない。それが馬鹿な考えだと分かっていても、ヒューイ自身が納得出来ないのだから仕方ない。

「うん、決めた」

ジャンピーの卵をぱくっと口に頬張り、ヒューイは傍に立っているレニーを見上げた。レニーがわずかに安堵したのを雰囲気で感じとり、微笑みで返す。

「俺がやるよ。だから方法考えて」

ついでヒューイの口から出てきた言葉に、レニーは珍しく呆気にとられてぽかんとした。レニーにはおよそ想像もつかなかった答えに違いない。臣下に命じれば済むものを、自分で暗殺しようというのだから当たり前かもしれない。

「……王子、とうとう頭がいかれておしまいに？　暗黒の神が下りてきて、あなたの頬に口づけましたか？　まさか私の腹黒い性格が移ったんじゃないでしょうね。ジャンピー一羽もろくに絞められないあなたが、トネルを暗殺すると言うんですか？　新たな冗談ですか？　おお神よ、私の耳がおかしくなったようです」

芝居がかった口調で嘆きだすレニーに、ヒューイは咀嚼しつつ首を振った。食べている最中は私語は禁止なのだが、最近はもうなぁなぁになっている。

「冗談じゃないよ。もぐもぐ。俺がやるからさ、レニー俺でも出来る暗殺術を考えて。いい知恵絞ってね。俺、自慢じゃないけど腕力も知恵もあんまりないからさ」

「王子！」

自分の耳が壊れたわけではないと知るなり、レニーが真っ青になって食事中のヒューイの肩を揺さぶる。

「無理です、無謀です、出来るわけがない。少しは己の力量を考えてください、あなたがトネルを暗殺しに行ったたって、返り討ちに遭うだけに決まっているじゃありませんか！　赤子が大人に立ち向かうようなものですよ！　そもそもあなたに人ひとりの命を奪えるとは到底思えません。あなたの優しさ、情けなさは国宝級なのです！　馬鹿なこと言ってないで、早く私に命じればいいんですよ!!」

血相を変えたレニーにまくしたてられ、ヒューイは卵が喉に詰まってむせ込んだ。国宝級の情けなさとはひどい言い分だ。

「俺だってやる時はやるよ！」

むせ込みつつ叫ぶと、明らかに嘘をつけと言いたげな目で見られる。レニーはヒューイが意見を変えないのをしつこいほど確認して、大きなため息を三回もこぼした。

「一体何をとち狂ったのか知りませんが、考えが変わらないと言うなら、せめて私を補佐としてください。最後の一撃だけ与えれば死ねるようお膳を整えますから。これは譲歩ですよ！　私からすれば一人でやらせてもらったほうが、よほど簡単で楽なのです！　あなたのようなお荷物を抱えて暗殺をしなければいけない私にあなたは同情すべきだ。レブラント女王だってこれを聞けばひっくり返りますよ。失敗したら、目も当てられません。私は死罪です」

「失敗しないよ」

もはや責められているといっても過言ではない状況だが、ヒューイは男気を見せるように腕をまくってみせた。ひょろっとした白い腕だったので、あまり意味はなかったかもしれない。

とにかく決意したのだ。やるしかない。

「失敗するに決まっていますよ。失敗したら私が後を引き継ぎますからね」

レニーが眉間を揉みながら、じろりと睨んできた。絶対失敗できない。ヒューイは真剣な顔つきで大きく頷いた。

式典とユカリナ姫の件でばたばたしていたのもあって、ヒューイの謹慎処分について皆忘れているようだった。これ幸いとヒューイは城の周囲を歩き回り、何とかしてハッサンと会えないものかと考えた。ハッサンがヨーロピア島に連れて行かれるのは、五日後だ。それまでに牢にいるハッサンと話がしたい。考え込んだ末、無実の罪を着せられたハッサンに真実を知らせたいと思ったのだ。

「おやめなさい、真実を話したところでどうなるものでもない。ハッサンの罪を晴らし、セントダイナを継がせる気ですか？　このまま兄弟とも滅ぼすほうがサントリムのためですよ」

ヒューイがレニーにハッサンと会えないかと持ちかけると、冷たい眼差しが戻ってきた。自分がトネルを暗殺すると言い出してから、レニーの機嫌はすこぶる悪い。

「一体あなたに正義感を植え付けたのはどこのどいつでしょうね。魔術で取り払えればいいのに。脳のネジを一本抜いて、言語さえ操れなくなる魔術ならあるのですがね。元に戻す魔術はまだ確立されていないので、かけられないのが残念です。私としてはあなたはしゃべらなくても可愛いから愛でられますが」

「やめてくれよ。冗談にしても怖いよ、最近のお前」

相変わらず背筋が寒くなるレニーの呟きを聞き、ヒューイは薔薇園をうろついていた。トネルを暗殺することを決意したヒューイだが、気が早いかもしれないが成功した後のことを考えていた。出来ればトネルがハッサンを陥れるためにあんなことをしたと証明できればいいと思ったのだ。レニーはセントダイナの王子などすべて死んだほうがいいと考えているようだが、ヒューイは国がごたごたする状況は作りたくなかった。レニーだって言っていたではないか。内乱が起きてもヒューイは国に帰れないと。だとしたらセントダイナが住みやすい安定した国になってほしい。そのためにはハッサンが無実だと分かり、ヨーロピア島から戻ってきてハインデル七世にもしものことがあれば王位を継いでくれるのが一番よいのではないか。

「と言っても、無実だと証明する術《すべ》がなぁ……。せめてハッサン王子に自暴自棄にならず、迎えが来るまで耐えしのんでくれと伝えておきたいんだけど」

ヨーロピア島は極悪人が流される島だから、王子などという召使が何でもやってくれる身分の者にはきっと生きていけないような過酷な土地だろう。トネルを暗殺してもハッサンが自害していては意味がない。いたずらにハッサンの心を惑わせるだけかとも悩んだが、あの王子なら真実を知りたいはずだから、解毒剤の話はしておきたい。

「誰か騎士団長でも歩いてないかな」

こういった時に頼りになりそうな騎士団長を探したが、なかなか見つからない。あちこち歩いているうちに、偶然やってきたのはアンドレだった。アンドレは羽が生えているからすぐ見つけられる。

「こんにちは」

以前アンドレがハッサンと話していたのを思い出し、ヒューイは思い切って声をかけてみた。アンドレはトネルが王位に就くのはごめんだと言っていた。何とかハッサンに気落ちしないよう伝えてもらえないものか。

「……サントリムの。何か用か」

アンドレはヒューイに話しかけられて、気分悪そうに顔を顰めた。羽がぴりぴりしていて機嫌が悪いのは一目で分かった。

「えーとあの、ハッサン王子のことなんですが。今、どんなでしょうか。ショックを受けてます？　まさかやけになって自害とかしませんよね」

話しかけた後で、そういえばアンドレとハッサンの会話は盗み聞きしたのだと思い出した。どこから切り出せばいいか分からず、遠回しにハッサンの様子を窺う。

「何故お前がそんなことを聞く」

アンドレにじろりと睨まれ、ヒューイは視線をうろつかせた。

「あー。えーっとさすがにハッサン王子も身に覚えのない罪を着せられて、困っているんじゃないかなと」

「身に覚えのない罪とはどういう意味だ」

ヒューイの口からぽろりと出てきた言葉に、アンドレが敏感に反応した。アンドレの目が鋭く光り、ヒューイの胸ぐらを摑む。びっくりしてアンドレを見たヒューイは、この二人が思っていたよりも仲がよかったことを知った。アンドレの目にはハッサンを案じる色が浮かんでいたのだ。

「その辺にしておいてください、鳥人よ。そんな駄目王子でも私の主です。説明は私がしますから」

今にもヒューイを投げ飛ばしそうな勢いのアンドレの腕を軽く叩き、レニーが止める。レニーに腕を叩かれ、アンドレは何故か力が入らなくなったみたいに、ヒューイを摑んでいた手を開いた。奇妙な目つきでアンドレがレニーを見る。ヒューイは乱れた襟元を正し、周囲に人がいないのを確認した。

「先日、たいていの毒に効く解毒剤をトネル王子に奪われてしまったのです。今回の事件はトネル王子の捨て身の陰謀劇ではないかと我々は疑っています。トネル王子は解毒剤があると分かっていて、毒を飲んだのです」

「何……っ!?」

レニーの説明を聞き、アンドレの顔色が変わる。アンドレは厳しい形相で虚空を睨みつけ、地面に唾を吐き捨てた。アンドレはいきり立った様子で拳を握る。相当トネルに恨みを抱いているようだ。

「トネルめ……、おい、お前！　今すぐそれを皇后に説明しろ!!」

アンドレに怒鳴られ、レニーはあっさりと首を横に振った。

「証拠がございません。何しろ解毒剤はトネル王子が飲んでしまいましたし。それに我々がそこまでする義理もありません。逆に疑われたりするのは困ります。セントダイナのことはセントダイナで処理していただきたい」

レニーのそっけないといってもいい態度にアンドレは一瞬顔に朱を走らせたが、ヒューイが割って入ると落ち着きを取り戻した。

「そんなわけでいつか疑いが晴れるかもしれませんので、ハッサン王子に気落ちせず、希望を捨てずにがんばってくれと伝えてもらえないかなと」

ヒューイがレニーの前に立ちふさがって綺麗にまとめると、アンドレはうさんくさそうにヒューイを見据えた。

「何故お前はハッサンの肩を持つ」

ヒューイの奥底にあるものを見抜こうとするのか、アンドレのオッドアイが光った。両目の色が違う人を見たのはアンドレが初めてだったので、吸い込まれそうな気分だ。ヒューイはどきどきしながら、以前アンドレが言っていた内容を思い出した。

「ハッサン王子のほうがトネル王子よりマシですから」

こう言えばアンドレと同じ気持ちだから警戒を解いてくれると思ったのだが、ヒューイの意見はずいぶん不遜に聞こえたらしい。何を言ってるんだ、という呆れた目で見られ、頬が赤くなった。

「お前は馬鹿か。俺がトネルに告げ口したら、お前など簡単にやられるぞ。トネルの前で言えるようになってから口にしろ」

アンドレに蔑《さげす》んだ目で見られ、ヒューイはしゅんとしてうつむいた。アンドレが打ち解けてくれる日は遠い。横にいたレニーが、地面に落ちた白い羽を手に取り、くるくると指で回した。アンドレの羽が落ちたのだろう。

「申し訳ございません。私の主はすぐに人を信頼してしまう欠点がございまして」

レニーが苦笑して言うと、アンドレは険しかった表情をわずかに緩めた。アンドレは肩にかかった金色の髪を振り払い、くるりとヒューイに背を向ける。

「――ハッサンには伝えておこう、今の話」

去り際にアンドレが呟いた。ヒューイはうつむいていた顔を上げ、笑顔で風にそよぐ羽を見送った。レニーは白い羽を眺め、そっと懐にしまった。


ハッサンのことはこれ以上考えるのはやめて、トネル暗殺について考えなければいけない。レニーは手際よく秘密裏に殺せる方法を考えているようだが、ヒューイとしてはそれに加えてハッサンが無実だったという証明ができればいいと思っている。

証拠がない今、一番確実なのは、トネル自らが自分の罪を告白することだ。

トネルが毒を仕込んだと話してくれれば、すべて丸く収まるのだ。問題は逆立ちしてもトネルがそのような真似をするはずがないということだ。

「自白剤とかないの？」

長椅子に並んで腰かけながら、目をつぶって思考の海をさまよっているレニーに尋ねると、無視という答えが返ってきた。レニーくらい魔術が使えれば、自白させるのも可能ではないかと思ったのだが、そうでもないのだろうか。レニーは何でもやり遂げてしまうので、時々、万能みたいに思ってしまう。

「王子、トネルの奴、だいぶ回復してきたみたいですよ」

午後の剣の稽古の最中にギールがこっそり教えて

くれた。レニーの解毒剤は効きが良く、トネルは順調に回復しているらしい。床に伏せている間に息の根を止めたいと願っていたレニーからすれば残念な報告だった。

暗殺の件についてはレニー以外、誰も知らない。ギールには言っておくべきかと思ったが、下手に知って後で厄介な目に遭ったら困るかもしれないと思い黙っておいた。ギールはレブラント女王の供をしていた知人たちから、サントリムの状況を細かく聞いていた。ここ数年サントリムは豊作が続き、民の暮らしは安定しているらしい。母から暗殺を命じられて、そのことで頭がいっぱいになり、ろくに国の話を聞けずにいたから助かった。

トネルが回復するのと合わせるように、ハッサンの護送準備は着々と進んでいた。もしかしてハッサンは逃亡するのではないかという考えが頭をちらりと過ぎったが、護送される当日までハッサンは牢の中で静かに過ごしていた。

ハッサンがヨーロピア島に護送される日、城にはハッサンを慕う民が多く詰めかけていた。護送の馬車は窓に鉄格子がつけられている頑丈なもので、馬に乗った騎士たちが前後左右に見張りとしてつく。極悪人を護送するならともかく、第二王子とあっては騎士たちの顔も浮かない。民も今回の件について深く動揺している。ハッサンの人気を表すように口々にハッサンの名前を呼び、嘆いている。ヒューイにとってハッサンは油断ならない人物だが、民には別の顔を見せていたのだろう。本気で嘆き悲しむ人人を見て、ヒューイは罪悪感に似たものを覚えた。あの日、トネルに解毒剤を奪われなければ、ハッサンがこんな目に遭わずにすんだのに。

（あれ？　でもどうしてトネルは俺が解毒剤を持っ

ているると知っていたのだろう？）

ふっと頭に奇妙なひっかかりが飛び出てきて、ヒューイはさらに落ち着かなくなった。そういえば、あの時、トネルは変なことを言っていた。

――それではよほどいい薬を持っているのだな。

トネルは魔法が使えるのかと聞き、ヒューイが使えないと答えると、そう言った。どういうことだろう？　トネルはあらかじめヒューイが何か毒を帳消しにできるものがあると想定していたのだ。

頭の中がぐるぐるとしてヒューイは混乱した。トネルは何故そんなことを思ったのか。考えても答えは浮かばないので本人に聞くしかないのだが、トネルと面を合わせるのは気が進まない。

あかつきの塔の屋上からハッサンの乗る馬車を見ていたヒューイは、あざみ騎士団の騎士たちと一緒に城から姿を現したトネルを見て、どきりとした。トネルはもう歩き回れるくらい回復しているのか。

ハッサンは北の門から連れていかれるらしく、あかつきの塔からその様子がよく見えた。ここから様子を窺っていると、トネルが馬車に向かって何か言ったらしかった。周囲の民や騎士たちが急に静まり返る。ヒューイのいる場所からは聞こえないが、二言三言やり取りがあったのだろう。やがて静かに馬車が動き出し、ハッサンを連れて行った。

「トネルは調子に乗っているようですね。ハッサンに対して挑発していった。周囲にいる騎士や民の心証を悪くしているのに気づかないようだ。傲慢な人間にありがちの失態です」

いつの間にか背後にいたレニーが冷ややかな目をして告げる。屋上から門の辺りを見ていたヒューイは気配もなく近づいていたレニーに驚いた。

「レニー。また地獄耳かい」

ヒューイは風でなびいた髪を耳にかけて聞いた。レニーは胸元まである煉瓦で出来た囲いに手をかけ下を覗いている。

「ハッサンは時が来るのを待つと決めたようだ」

レニーは独り言のように呟き、皮肉げな笑みを浮かべてヒューイを振り返った。時が来るのを待つ、というのは自分の汚名が晴れて、再び王子としてこの国に戻ってくることを言うのだろうか？

「王子。ハッサンを見習ってください。待つというのは能力がある者にとって過酷な試練なのです。逃げ出すのは簡単だが、ハッサンはあえて忍耐のいる道を選ぼうとしている。ヨーロピア島でのたれ死ぬ可能性もあるというのに」

「レニー、お前ハッサンの従者になりたかったと言うんじゃないだろうね」

ハッサンを褒め称えるレニーに軽い嫉妬を覚え、ヒューイは口を尖らせた。レニーは厳かな口調で答える。

「あなたがハッサンのような方なら、私はどれほど気楽に生きられたことか。けれど私の命を救ったのはハッサンではなくあなたです。それにあなたが頼りない方だから、余計に自分が何とかせねばと思いここまで来られたのかもしれません」

褒めているんだか貶《けな》しているんだか分からない口ぶりなのが気になるが、とりあえず自分でいいという意味だろうと解釈し、ヒューイはその件は聞き流した。

「何かいい方法を思いついたのか？」

ヒューイはレニーに寄り添って小声で尋ねた。ここずっと暗殺の件で考え込んでいたレニーが話しかけてきたのだ。きっと何かいい方法が見つかったに違いない。

「一応策は考えました。詳しい話は直前までしないでおきましょう。王子、私がいいと言うまでしばらくトネルには決して近づきませんように」

下に向かう階段に近づいてレニーが潜めた声を出す。

「トネルは酒を運んできた者を自殺に見せかけて殺しています。おそらく従者の者がやったのでしょう。次はあなたの番だ。解毒剤を奪ったあなたのことも、危険だから消し去ろうとするはず」

レニーの後をついて階段を下りながら、ヒューイは顔を曇らせた。自分の身の危険まで考えていなかったので、改めて気を引き締めた。ユカリナ姫を殺したトネルに、迷いなどないのかもしれない。今思えば、トネルはユカリナの心がハッサンに傾いていたのに気づいていたのではないか。だから躊躇せずに毒殺という手を使えたのだ。


「口封じか……。気をつけるよ」

「しかし、ある意味それは好機でもあります。それを逆手に取り、トネルの命を奪う――失敗したらあなただけでなく、私やギールやナンも終わりです。肝に銘じてくださいね」

レニーは背を向けたまま、恐ろしい重圧をかけてくる。他にも従者や召使がいたはずだが、レニーの眼中にはないらしい。

「分かっているよ」

決意を込めて答えると、レニーがわずかに振り返り、小さく微笑んだ。諦めの笑みかもしれないが、ようやく機嫌を直してくれたみたいで嬉しかった。レニーの指示通り動けば、間違いはないはずだ。人ひとりの命を自分が奪えるか不安だが、やるしかない。女王の命令というだけではなく、もう殺るか、殺られるかという状況なのだ。

やり遂げなければ、皆の命さえ失われる。気を引き締め、ヒューイはしっかりとレニーの後ろをついていった。

ハッサンが去った後のセントダイナは奇妙な空気に包まれていた。

すでに次の王はトネルに決まったものとして、城内ではトネルが歩くと周囲に人が群がるし、民の中でもトネルを称える者が多くなってきた。トネルの人気が上がったというよりは、トネルが王位に就いた時に不利益を被らないようにしようという意思の表れに思えた。媚びへつらう者にトネルが囲まれているおかげで接触しないですむのは有り難かったが、トネルを賛美するのがこうも目につくと気に障るのが問題だ。トネルの拷問部屋を見せて、悪癖をおおっぴらに触れ回ってやりたい。

ハッサンがいなくなって十日も経つと、トネルは次期王に任命するようハインデル七世に迫ったと噂で聞いた。上手いこと言いくるめたのか、あるいは病状の身のハインデル七世も次期王はトネルしかいないと観念したのか、王位継承の儀式がひと月後に執り行われることになったとお触れが出た。あまりにも速い展開に時期尚早ではないかと騎士団長たちがこぞって申し立てたが、決定は覆されなかった。

セントダイナでは王位継承の儀式が十五日間かけて行われる。慣習に則って供物を捧げるための禊《みそぎ》をしたり狩りを行ったりするらしい。

最初に行われる儀式である、ロップス川での禊の儀——これの見届け人として、トネルはヒューイを指名してきた。禊の儀では王族の見届け人が必要らしい。他国の王族でも構わないそうだが、わざわざヒューイを指名してきたのが怪しい。レニーが言っていたようにこの機にヒューイを始末するつもりなのかもしれない。これまでトネルの呼びかけにまったく応じてこなかったヒューイも、儀式は断れないと踏んだのだろう。

「トネルは何をするつもりなのだろう」

儀式への参加に関する手引き書を受け取り、ヒューイは緊張した面持ちでレニーに問いかけた。昼なのに暗いヒューイの部屋で長い木を削っていたレニーは、ナイフをくるくると回し、唇の端を吊り上げる。いつも魔術を勉強するテーブルでヒューイが手引き書を読み込んでいる傍、レニーはずっと木を削っているのだ。

「おおかた溺死でも狙っているのでしょう。あの川は深い場所は足がつかない場所がある。部下の者にあなたの足を引きずり込めと命じれば、簡単に死ぬ。あるいは滝つぼに落とすという手もありですね」

レニーはヒューイと同じくロップス川には精通していないはずだが、まるで見てきたように語っている。ヒューイはあまり泳ぎは得意ではないので、溺れる自分を想像して気分が沈んだ。

「必ず参加すると返事しなさい。トネル王子の王位継承の儀式を見届けることができて光栄の至り、私は深く忠誠を誓うものですとかなんとか」

「うん、分かった」

レニーの指示に従い、ヒューイは素直に承諾書にサインした。レニーは小気味いい音を立てて木を細く削り、形を見ながら軽く振り回している。多分杖を作っているのだろう。

「それ、誰の杖を作っているんだ？」

気になってヒューイが聞くと「あなたのです」と

いう答えが戻ってきた。

「俺の杖ならあるじゃないか。そんなそこいらの木で出来た物じゃなくて、高級な物が」

ヒューイがテーブルの上に置いてあったジンチョウの角でできた杖を掲げると、レニーは杖をくるくる回しながら笑った。

「高級であればいいというものではないのです。杖には相性があるので、正直申しましてその杖はあなたに合わない。あなたに合うのは、流木で作ったこの杖です。安物です」

「……十年も持たせておいて、そんなこと言う?」

まさか合わない杖を十年も持たされていたとは露知らず、ヒューイは顔を引き攣らせて杖でレニーの頭を叩いた。かすっという腑抜けた音しかしない。

「どうせ魔術が使えないんだから、何だってよかったんですよ。貴重なものだと思えばあなたのやる気も上がるんじゃないかとレブラント女王が持たせたのです」

流木の杖をじっくり眺めながら、レニーが重大な発言をした。のんきだと言われるヒューイもその一言は聞き逃せなかった。

「どうせ使えないって何!? 俺が魔術使えないって分かっていたのに、この十年教え続けていたって言うのか!?」

これまでレニーは出来ないと愚痴をこぼすヒューイに、必ず出来るようになるからと叱咤激励して魔術を教え続けてきたのだ。やっぱり出来ないと分かっていたんじゃないか。ヒューイが呆れて目を見開くと、やっとレニーがこちらを見てくれた。

「そうです。出来るわけがないと分かっていました。むしろあなたに魔術が使えるようになったら、大変なことだったのです。――だってあなたの魔力は生まれた時から封印されているのですから」

ぽかんとしてヒューイはレニーを見つめた。

魔力を封印していた？

初めて聞く話だ。そんな大事な話を何故してくれなかったのか。

「レニー!!」

驚愕してヒューイが怒鳴ると、レニーは平常と変わらぬ涼しげな態度で、削った杖に上塗り剤を塗っていく。

「レ、レニーッ、そ、そうだったのか？　俺の魔力を封印って…っ、じゃあ出来っこないと分かってて、俺は延々魔術の勉強を続けていたの!?　馬鹿、馬鹿！　ひどいじゃないか！　俺を皆して騙していたって言うのかよ！」

猛烈に腹が立ってきて、ヒューイはテーブルをばんばんと叩きまくった。レニーは動じた様子もなく刷毛で杖を塗っている。

「封印したのはレブラント女王です。文句なら母君にどうぞ」

「そ、それにしたって！　教えてくれたっていいじゃないか!!」

「教えたら真面目に魔術の勉強をしないでしょう。魔術の勉強をしてきたおかげで、封印を解いた暁にはあなたもいっぱしの魔術師です。覚えたものはすべて無駄ではなかったのですから、いいではないですか」

「うぐ…っ」

レニーに丸め込まれ、文句を言いたいが一理あると思ってしまった。確かにレニーの言う通りかもしれないが、知っていれば虚しさに苛まれることもなかったし、自分に才能がないと嘆くこともなかった。やはり教えて欲しかったと思う。封印をしたのが母ならレニーに文句を言うのは筋違いかもしれないが、この怒りを持っていく場がない。

「う…、待てよ。ということはレニー……。俺の封印を解くっていうこと？」

頭に血が上りかけたヒューイだが、あることにハッと気づいて怒りを鎮めるのに成功した。レニーが自分に合った杖を作っているというのは、要するにヒューイが魔術を使う日がやってきたということに他ならない。それはつまり……。

「そうです。ありとあらゆる試行をした結果、あなたがトネル王子を暗殺出来るもっとも確率の高い方法は魔術しかないと結論が出ました。そのためにあなたの封印を解く。レブラント女王にはもう報告済みです。許可も下りました」

いつの間にレブラント女王と連絡を取り合っていたのか知らないが、ヒューイにとっては震えが来るような知らせだった。トネルを暗殺すると意気込んだものの、腕力で敵わないのはすでに経験済みだし、不意を衝くか卑怯な手を使う以外方法がないと思っていたのだ。魔術が使えるなら、勝算はある。

「いつ解くの？　明日？　明後日？　一週間後？」

自分にも魔術が使える日が来るのだと知り、ヒューイはころりと機嫌が直り、せっつくようにレニーに聞いた。ずっと使えたらいいなと思っていた魔術が、とうとうこの手に宿るのだ。興奮して声も高くなる。

「この杖が完成したら」

「えっ、じゃあすぐじゃないか!?」

レニーの手の中にある杖は完成間近だ。想像以上に早く封印を解いてもらえると知り、ヒューイは嫌でも興奮してきた。レニーのようなすごい魔術師とまでは言わないが、自分もそれなりに大きな魔術を使ってみたい。あれこれ思い描き、ヒューイは胸を高ぶらせた。レニーはヒューイの気持ちを知ってか知らずか、淡々と杖を作っている。

「まぁこんなものかな。王子、杖を振ってみてください。手にしっくりきますか？」

　上塗り剤が乾いた頃、レニーが杖を手渡してきた。出来立てほやほやの杖は、変な話だが本当に高級な杖より手にしっくりきた。

「うん、とてもいいよ」

　ヒューイが笑顔で杖をくるくる振ると、レニーは仕上げに杖に印を刻んだ。古いサントリムの文字だったので読めないかなと思ったが、どことなく見覚えがある。

「何て書いてあるんだ？」

　自分のものになった杖をじっくり眺めて尋ねると、ヒューイの名前だと教えてもらった。

「これでもうその杖はあなたしか使えなくなりました。無くさないで下さいよ。私の作った杖は非常に貴重なものなんですからね。あなたが何万回作ったって、私のように魔力を宿らせた杖なんか作れっこないんですから」

　手軽に作っていたようにしか見えなかったレニーだが、恩着せがましく杖の価値観を語ってくる。そう言われてもまだ封印を解かれていないヒューイには、この杖でも卵ひとつ孵化できない。

「さ、では封印を解きますか」

　面倒そうにレニーが呟き、椅子から腰を上げた。やる気のない態度が少々気になるが、とうとう封印が解かれるのだと知り、ヒューイは鼓動を速めた。レニーはヒューイを寝室に連れて行き、そこに横たわれと言う。素直に着衣のまま横たわったヒューイは、レニーがジンチョウの角で出来た杖を取り出したので目を丸くした。それはヒューイの杖ではないか。

「腹を出して下さい」

傍らに立ったレニーに指示され、ヒューイはおそるおそる上衣をめくって素肌をさらした。

「どうするの？」

今更だが、封印を解くという行為が痛かったらどうしようと心配になり、ヒューイはこわごわ聞いた。レニーは呪文を唱えながら持っていた杖をヒューイの腹に突きつける。

「え？」

呪文と一緒に杖がぐねぐねと形を変え、少しずつ伸びていく。腹の辺りに杖の先端が触れてきたので嫌だなぁと焦っていると、いきなりへその中に杖の先端が潜り込んできた。

「ぎゃーっ、ひーっ、レニー!!　へ、へそにっ」

へその中に杖が軟体動物みたいになって入ってくる。悲鳴を上げてそれを阻止しようとしたが、レニーにじっとしていろと腕を押さえつけられ、恐怖を味わう羽目になった。

「あなたの魔力を封じ込めていたのがこの杖なのです。何で毎日魔術の勉強をしていたと思っているんですか。杖に魔力を移し替えていたのですよ。あなたの身体に完全に収まれば能力も戻ります。動かないで下さい」

「そっ、そっ、き、気持ち悪いぃ」

へそから異物が入り込んでくる感触はかなり強烈で、怖気が立つほど気色悪いものだった。じたばたしながら変な声を上げていると、レニーが思い出したように告げる。

「それから杖が入るとしばらく眠りにつきますので。今から眠れば多分、トネルの儀式の日までには目覚ていった。

めるでしょう。もし目覚めなかったら、後は私が引き受けますので。万事ご心配なく」

後から重要な説明をされて、ヒューイは鳥肌を立てつつ涙目になった。騙されたような気がする。もしかして起きた時にはもう何もかも終わっているかも。レニーを信じた自分が馬鹿だったのか。

「レニー、俺がやるからね」

猛烈に眠気が襲ってきて、ヒューイは重くなる瞼を懸命に開けて言った。腹の中で杖が暴れまわっているのが分かる。腹の中ががさがさして気持ち悪いのに、強烈な睡魔が襲ってくる。へそから入ってきた魔物が好き勝手にお腹をかき回している。気持ち悪いし吐きそうなのに、眠くて目が開けられない。

「おやすみなさいませ、私の王子」

レニーが極上の笑みを浮かべ、額にキスを落とした。ヒューイは四肢から力を抜き、深い眠りに落ち

## ■6　真実の闇

いくつもの夢を見た気がする。どれもとりとめのないような細切れの夢で、いい夢だったり悪い夢だったり、苦しい夢だったり、怖い夢だったりした。後半に至るにつれ、夢はどんどん苦痛を感じるものになっていった。自分が夢を見ていると自覚したヒューイは、早く覚めないものかと夢の中でもがき続けた。

ようやく深い眠りから覚めた時、自分を覗き込んでいたのはギールとナンだった。

「王子、やっとお目覚めに！」

ナンが涙ぐんで自分を見つめている。何か喋ろうと思ったヒューイは口の中がからからに渇いて声が出ないのにびっくりした。それだけではない、覚醒したとたん、激しい空腹に襲われた。砂漠で道に迷い、延々と水も食べ物も与えられなかったみたいだ。息をするのすら困難で、指先一つ動かす力が出てこない。食べ物が欲しい。思いきり腹を満たしたい。水。ともかく何でもいいから口に出来るものを！

ヒューイは飢えた獣のように目で訴えた。

「大丈夫ですか？　もう何日も眠り続けたままだったんですよ。骨と皮だけみたいになってしまわれて……今、ミルクとお粥をお持ちしますわ」

ナンは安心したように笑って、ベッドから遠ざかっていく。ヒューイの様子に気づいてギールが水差しから一杯の水を口に含ませてくれた。全身に力が戻っていくようだ。ヒューイは口の端からこぼれる水をもったいないと感じながら嚥下した。

「う……うう……」

ギールに手を借りて起こしてもらいながら、ヒューイは一体自分はどれほど寝ていたのだろうと不安に駆られてくぐもった声を上げた。部屋が暗いのでよく分からない。レニーに封印を解いてもらい、深い睡魔の世界を漂った。今日が何日で、自分がどれくらい眠り続けていたのか心配だ。

「もう朝なんですよ。今日はトネル王子の禊の日です」

ギールに衝撃の事実を聞かされ、ヒューイは息を呑んだ。ベッドから上半身を起こすだけでもギールの手を借りねば無理だというのに、まさか今日が禊の日なのか。

「王子、どうぞ」

ナンが戻ってきて、ミルクを手渡す。冷たいミルクを喉に流し込み、ヒューイは長い断食から解放された人間らしくようやく「美味い！」と掠れた声で叫んだ。毎日飲んでいるミルクがこれほど美味い飲み物だったとは。

「美味しいねぇ……美味しいよ……」

続けてお粥を口に運んだヒューイは、貪るようにがつがつとスプーンを動かした。いつも味が足りなくて美味しくないと思っていたお粥が、今は極上の食べ物に思える。あっという間に皿を空にして、お代わりを頼んだほどだ。

「……ところでレニーは？」

体力が戻ってきて、ヒューイは気になっていた質問をした。ナンにお代わりのお粥を持ってきてもらう間、ヒューイは自力でベッドから起き上がり、レニーを捜した。絶食していたせいか足元がふらつく。喉のほうはだいぶ調子が戻ってきたが、いかんせん体力が低下している。よろよろしながら窓際に寄ると、ギールが手を貸してくれた。

「レニーはやることがあると申しまして、王子が眠りについた後、どこかへ消えてしまいました。一体どこへ消えたのか……。おや」

話している間に階段を上ってくる音が聞こえて、ヒューイはドアのほうに目をやった。ノックもなしにレニーが黒いマントに覆われて入ってくる。まるで暗黒の神の使いのような出で立ちだ。ごつごつしたブーツが、歩くたびに床に音を立てる。

「お目覚めですか。まぁ時間通り。ちょっと痩せすぎですね」

黒マントを脱ぎ捨て、レニーが微笑む。レニーの頬がこけているのに気づき、自分が寝ている間に何をしていたのか気になった。

「その調子じゃ、禊の立ち合いすらこなせるかどうか分かりませんね。ギール、王子の馬の準備を」

レニーに命じられ、ギールがはじかれたように部屋を出て行く。入れ替わりにナンがお粥のお代わりを持ってきた。ヒューイはふらふらした足取りでテーブルにつき、二杯目のお粥を平らげた。いくらでも食べられそうだと思ったのに、二杯食べたら胃が受けつけない。

「王子、こちらを」

ナンは続いて仕立てたばかりの白い衣服を持ってきた。禊に立ち会う時に着る衣服らしい。白いローブだ。

「ナン、下で待っていなさい」

レニーはナンにも指示し、部屋から追い出す。先ほどからギールもナンもレニーの指示によく従う。気のせいかもしれないが、二人の態度がいつもと違って逼迫《ひっぱく》したように見える。ヒューイが禊の立ち合い人になったというのに、ずっと眠っていたからだろうか？　考えてみればもし目覚めなかったら皆に迷惑をかけるところだった。ヒューイはふらつく身体で、渡された白いローブに着替えた。サイズはぴったりだ。

「出立《しゅったつ》は二時間後です。王子、これを」

レニーが杖を手渡してくる。ヒューイはそれを受け取った瞬間、指先にびりりとした痺れを感じた。これまで杖を持っても感じたことのない痺れだった。戸惑ってレニーを見ると、杖を握る手を上から覆われる。

「王子、本番まで魔術は使わないように。いいですか、あなたは初めて魔術を使うのですから力の加減が出来ないはず。今、試しに使うことは可能ですが、もし力が制御出来ずにすべて使い切ってしまえば、あなたの尽きかけている体力はさらに無くなり、この後トネルを暗殺することなど出来ません。あなたが本気で彼を殺すと言うなら、その前にわずかでも魔力をこぼしてはなりませんよ」

きついと言ってもいいくらいの声音でレニーに脅され、ヒューイはそれまでぼうっとしていた意識が一気に覚醒した。ふらふらしている場合ではない。今日、自分は人を一人殺めるのだ。軽い心構えでは到底こなせないだろう。

「……分かった」

ヒューイは決然とした声で頷き、レニーを見つめ返した。レニーは何かを確かめるようにヒューイをじっと見つめ、そっと吐息をこぼす。

「では杖を袖にお入れください。ナンがそこに杖を隠す場所を作っているはずです」

レニーに言われ右の袖を探ると、杖が入る細い小袋があった。杖をそこに入れ、ボタンを留める。腕を折り曲げても気づかれないようにしたためか、袖が少し長い。

魔術を使ってはいけない、というのはヒューイにとって不安な要素だった。本当は練習をしたい。初めて使うのに失敗出来ないなんて、重荷過ぎる。けれどレニーが止めるのだから仕方ない。魔術は使う者の体力もほんの少し削っていく。今の自分が本調子ではないのは自覚しているので、我慢するしかなかった。

「けっこう。王子、こちらへ」

レニーはヒューイの決意を確かめたのか、折りたたまれた紙を懐から取り出した。テーブルに広げた紙には、ロップス川の絵が描かれている。

「禊の儀式はここで行われます。トネル王子は下流から上流へと小船で向かい、この清流の滝と呼ばれるところで船から下ります。あなたはこの滝の傍で空の瓶を持ち、トネル王子に手渡します。トネル王子は岩陰をぐるりと回り、満たされた瓶をあなたに渡す。奥に泉があるのです。それで禊の儀式は終わりです」

レニーは手引き書に書かれた説明を再び聞かせる。

「ロップス川と清流の滝を探索してまいりました。実際にこの目で見ないと、危険を回避出来ないと思ったもので、単独行動に走りました。ご容赦を」

レニーに小声で打ち明けられ、ヒューイは驚いて目を瞠《みは》った。城内から許可なく出るのは最大の禁止事項だ。魔術を使ったのだろうが、ちゃんと戻ってこられてよかった。

「あなたが待つ場所は、滝の飛沫《しぶき》を受けるこの場所です。思ったより高い場所で、足を滑らせて落ちれば滝つぼに真っ逆さま。激しい渦を巻いている場所ですので、相当泳ぎに自信がなければ溺死して終わりでしょう。トネルは禊の儀式自体はきちんと終わらせたいはず。やるとすれば、トネルが着くまであなたが一人で待っている時か、瓶を渡し終えた後でしょう」

「トネルが俺を突き落とす……？」

小声で聞き返すと、レニーが首を振る。

「いいえ、彼は直接手を下すことはしません。禊の儀式は神官の監視のもと行われます。いくら離れていても、トネルがあなたを突き飛ばせば神官にも分かります。それよりもこの滝からこちらの方角は森になっております。ここから矢を射る者がいるのではないかと」

ぞくりとしてヒューイは眉根を寄せた。矢で射殺されるのも嫌だが、そのまま川に落ちて溺れ死ぬのも御免だ。

「儀式への参加が我々にも許されています。弓矢を使う者はギールに頼みましょう。運が良ければギールが倒してくれます。運悪く矢を射られても、私が魔術で防御しますので大丈夫ですよ。あなたはトネルを倒すことに専念して下さい」

「レニー、お前魔術を使って大丈夫なのか？」

仮に魔術を使っているのがばれたら、レニーは大変な目に遭う。防御はしてほしいが、レニーに万が一の危険が及ぶのは避けたい。

「ばれるような失敗はしません。それにハッサン王子がいない。私の異変に気づくのはあの王子くらいですよ。心配ご無用。それより……」

レニーは懐から小さな紙切れを取り出した。黄ばんだ紙に、長い呪文が書いてある。

「これはあなたが覚える魔術です」

顔を寄せてレニーが囁く。

「決して口に出してはいけません。トネルを殺す時にだけ唱えること。あなたが覚えたらすぐに燃やします」

レニーに真剣な表情で言われ、ヒューイは背筋を伸ばして紙切れをじっくりと見た。間違えたら大変だと思い、必死に頭に叩き込む。

「この術……どうなるの？」

ヒューイが青ざめた面を上げると、レニーが目を伏せた。

「水の精霊の手を借ります。術が発動されれば、トネルの足に水が巻きつき、滝つぼに落とすでしょう。水の精霊は口や鼻、あらゆる穴から入り込み、呼吸を止め、トネルを深い川底に引きずり込みます。トネルに自白させるのは諦めて下さい。そんな余裕があるとは思えない」

レニーはトネルを溺死させようとしているのか。ヒューイは手に汗をかいて紙切れを凝視した。かつてこれほど真剣に物を覚えた例などない。ヒューイは目をつぶっても文字が浮かぶくらい、その呪文を頭の中で繰り返した。

「王子。防御の呪文を使っている間、私は他のことが出来ません」

紙切れを燃やしながら、レニーが呟く。レニーのこけた頬が事態の深刻さを表している。

「もしあなたが失敗しても、私はトネルを殺すことは出来ないのです。それでもやりますか？　それとも、今からでも遅くない。私にすべて任せますか？」

レニーが最後通告だというように目を細めて尋ねてきた。ヒューイは躊躇する間もなく、すぐに首を横に振った。ちょうど時の鐘が三回響き始める。もう出発する時間なのだ。

「これは俺の仕事なんだよ、レニー」

決意を込めて告げると、ヒューイは決然と立ち上がった。

　階段を下りる前にレニーに渡された木の実を食べると力が湧いてきて、ふらふらだったはずなのにしっかりと歩くことが出来た。途中の階からナンが気づいてヒューイの後ろについてくる。ふと見ると、召使の部屋ではダイキリや他の従者が珍しく何もせず椅子に座っている。いつも機械的に作業をこなす従者たちが、ただ椅子に座っているだけの姿は奇妙なものだった。ナン以外、誰もヒューイに気を留めることもなく、ぼうっとした表情で卓を囲んでいる。

「王子、お気になさらず」

　ヒューイが従者たちを気にしていると、ナンが急かすように背中を押してきた。ナンの表情は相変わらず暗い。ヒューイの姿を見ても立ち上がりもしない従者たちが気になったが、ナンに追い立てられて階段を下りた。

　塔の入り口に立つと、目の前には馬の用意を済ませたギールと、黒百合騎士団の虎海が待っていた。虎海は儀式の立会人であるヒューイを、ロップス川まで連れて行く役目を負っている。虎海はヒューイの顔を見るなり、心配そうに近づいてきた。今日も顔は目元以外を覆った黒ずくめの姿で、肌の色も浅黒いから暗い場所で見たら闇に溶けてしまいそうだった。

「ヒューイ殿、ご病気でしたか？　ずいぶんお痩せになったようですが。今日は長時間立っていなければなりませんけれど大丈夫ですか」

　虎海が不安に思うくらいヒューイはげっそりしているらしい。安心させるように笑って、ヒューイは愛馬の身体を撫でた。

「大丈夫です。問題ありません」

ヒューイがギールの手を借りて馬に乗ると、まだ不安そうにしながらも虎海が手綱をとった。

「そうですか。では出発いたします」

「王子、お気をつけて」

後から城を出るギールとナンが、まるで今生《こんじょう》の別れのように目を潤ませてヒューイを見上げてきた。

二人には暗殺の話はしていないはずだが、何か勘付いているのだろうか？　いつになく切羽詰まった様子で自分を見る二人の態度が気になった。虎海の手前、理由を聞くことが出来ないのが悔しい。

ヒューイは馬上から塔を見上げた。レニーのいる部屋の窓はどれも閉まっていてどこにいるか分からないが、何となく鳥が止まっている窓からこちらを窺っている気がした。封印が解かれたせいだろうか？　感覚が鋭くなっている気がする。


「行ってくるよ」

ヒューイは再びギールとナンに目線を下げて、軽く手を上げた。虎海が手綱を引き、それに先導されるように馬が歩き出す。虎海は城の表門である南の大きな門までヒューイの乗る馬を誘導した。そこにはセントダイナの神官と黒百合騎士団の騎士たち十名が馬を携えて待っていた。騎士たちはこれから戦いに行くみたいに甲冑《かっちゅう》をまとっている。

「これよりロップス川に向かう」

虎海のよく張った声が響き渡り、ヒューイの前後に馬上の騎士たちが列を作った。先頭は虎海で、ヒューイは真ん中辺りの位置だ。神官が虎海に旗を手渡す。王家の紋章を示す剣とあざみの花が絡み合った絵の旗を持ち、虎海はゆっくりと馬を歩かせ始めた。

儀式の日はこれ以上ないほどよい天気に恵まれ、

一面の青空と心地よい風が吹いている。鳥の軽やかな声を聴きながら、ヒューイは馬上で、与えられた呪文を頭の中で必死に繰り返していた。

ロップス川上流に着くまで鐘が二つ鳴るほど時間がかかった。馬を走らせればもっと早く着いたろうが、儀式の作法に則《のっと》ってゆっくり歩かせていたので、こんな時間になった。道中セントダイナの民たちに見守られ、ヒューイは勾配のある道を辿った。騎士団の速度に合わせて馬を歩かせていたので少々大変だったが、仮に弓矢で狙われているとしても前後左右に騎士団の者がいたから安全だ。

山の中腹辺りで馬を下り、徒歩で山登りをする。代々王位継承者が使う道のせいか、登りやすいように足場が組まれていた。ふだんならば歩きやすいと思うところだが、さすがに長い間絶食していた身での山登りは身体に堪えた。レニーにもらった木の実の効力が切れかかっているのかもしれない。虎海に何度も「大丈夫ですか」と声をかけられたが、彼らも甲冑があるから大変だったろう。

太陽が頭上に上った頃、ヒューイと騎士団はどうにかロップス川の上流に辿りついた。そこで待っていた二人目の神官にヒューイは引き渡された。神官は白髪のよぼよぼの老人だ。神官は呪文のような言葉を唱え、聖水をヒューイの身体にふりかけた。手引き書によれば虎海率いる黒百合騎士団の騎士たちは、この後、禊を終えたトネルを城まで送り届ける役目があるそうだ。

「ではこちらへ」

神官が銀色に輝く瓶をヒューイに手渡す。神官の危なっかしい足取りを前にしながら、ヒューイは渡された瓶を胸に抱えて再び歩き出した。しばらく平たんな道だったので助かった。

どこからかゴーという激しい水流を思わせる音が聞こえてきた。生い茂った緑を搔き分け、涼しい風を感じた時、急に視界が開けた。

目の前に澄み渡る青空が広がり、右手に飛沫を立てて真っ逆さまに落ちていく大量の水が見えた。これが清流の滝か。思ったよりも迫力がある。はるか下のほうでは滝つぼに虹がかかっていた。

「数日雨が続きましてな、川の水が増量しております。落ちたら大変ですぞ」

神官が滝つぼを覗き込むヒューイに注意を促す。滝の高さはヒューイの住むあかつきの塔と同じくらいあった。よく見ると下のほうからくねくねとした細い岩の道が出来ていて、ヒューイのいる近くまで続いていた。岩の道は儀式のために誰かが造ったのだろう。小舟から下りたトネルは、この道を使って上ってくるに違いない。角度を変えて見ると水のカーテンの裏側に繋がっている。

「トネル王子はどこで水を汲んで来るのですか？」

ヒューイが神官に質問すると、あの水のカーテンの裏側の岩壁には大きな穴が開いていて、奥に泉があるのだそうだ。岩の隙間から水が漏れて溜まっているのかもしれない。

神官の話に聞き入っていたヒューイは、ふいに甲高い鳥の鳴き声が聞こえて、ぐるりと空を見回した。傍の傾いた大木に黄色い尾の長い鳥が止まっていた。鳥を見上げていたヒューイは、急に眩暈を感じてしゃがみ込んだ。

「ん……？」

神官が何かに気づいたように目を細めて少し離れ

た木々の間を見上げる。ぞわっと寒気がした後、風を切る鈍い音がして、頭の上を黒い影が過ぎった。びっくりして飛びのくと、後方の木に弓矢が突き刺さっている。矢は幹を深くえぐっていて、立っていたら間違いなく大怪我をしていただろう。

「な、何と……っ」

どこからか矢を射られたことに神官は真っ青になり、うろたえている。

「大丈夫ですか!?」

神官と二人で呆然としていると、すぐに虎海が駆けつけて幹に突き刺さった矢を抜いた。虎海は矢を睨みつけ、ヒューイと神官に怪我がないのを確認した。

「一体誰がこのような……。すぐに調べます、まだ賊が隠れているかもしれません。お二人とも滝から離れてください」

虎海の指示で少し奥まった場所まで移動することになった。騎士団の者たちが数名かけつけ、ヒューイたちを守るように取り囲む。

「あの辺りが、きらっと光ったのだ」

神官は木々が生い茂っている辺りを示して虎海に訴えている。神官は神聖な儀式に不埒な輩がいるとひどく立腹している。ヒューイはあらかじめ狙われるのが分かっていたので、それほど動揺しなくてすんだ。それにどこからかレニーが自分を守っているのが分かる。ヒューイは黄色い鳥に目をやった。鳥のおかげで助かった気がするのだが、いつの間にか飛び立ってしまったらしく、揺れる葉しか見えない。

「ヒューイ殿に万が一のことがなくてよかった、よかった」

神官はヒューイの肩を何度も叩き、ホッとしている。レニーは儀式を終えた後ヒューイの命を狙うと言っていたが、トネルは早々に仕掛けてきた。どういうことだろう。

「もし私が死んでいたら、儀式は中止ですか？」

気になってヒューイが尋ねると、神官は滅多なことを言うものではない、と前置きしてから、その場合は神官が代行することになると教えてくれた。儀式が中止にならないなんて、腹立たしい。

「ヒューイ殿には狙われる理由がお分かりで？　殺されかけたわりに落ち着いているようだが」

虎海に鋭い目で見られ、ヒューイは言葉に詰まって、目を泳がせた。神官がいる場所でトネルがどうのこうのと言いたくないし、虎海はトネル支持派かもしれない。そもそもアンドレにそういった話は気軽にするなと怒られたばかりだ。

「よく分かりません」

棒読みで答えると、虎海の無言の重圧を感じた。じっとヒューイを見据え、真意をはかろうとする顔つきは、団長ならではのものだった。虎海は脅しているわけではないのだが、自分より大きな身体に黒ずくめの格好で前に立たれると、威圧感しか与えない。

「トネル王子が到着しました」

幸いにも何か喋る前に、騎士が一人やってきて、トネルが小船から下りて岩の道を上ってきていると報告してきた。それを聞き、虎海はすぐに部下の者に周囲の監視を命じる。トネル王子に万が一のことがないよう、ぴりぴりしている。

ヒューイは滝つぼを覗き込み、トネルが神官とあざみ騎士団の団長のケントリカと一緒に岩の道を上ってくるのを確認した。まだヒューイの場所からは小さな点にしか見えないが、すぐにここまでやってくるだろう。

（とうとう来たのだ）

これから自分がトネルを殺すのだと思うと、にわかに緊張してきて手に汗を掻いた。呪文は完璧に覚えている。そっと右腕の袖を触り、杖があるのも確かめた。

ヒューイはトネルが来たら、一緒に瓶を持って、水のカーテンのところまで行く。好機はそこだ。神官も虎海たちもいない、二人きりになる時間だ。今ヒューイたちがいる場所から水のカーテンまでけっこう距離がある。姿は見えるが、声までは聞き取れないくらいの距離だ。神官や虎海に、自分がトネルに触れていないというのを確認してもらわねばならない。自分はトネルを突き落としていないのに、勝手に落ちていった、という状況を演じなければならないからだ。仮にでも自分がやったと思われたら、即座に死罪、レニーやギール、ナン、サントリムの従者たちも首を撥ねられるに違いない。

トネルと少し距離を置いて、魔術を使う。水の魔術でトネルを滝つぼに落とすことが出来たら、ヒューイの勝ちだ。だが儀式にヒューイが必要ないと知った今、トネルはどの段階でヒューイを狙ってくるか分からない。油断は禁物だ。

上がってくるトネルをじりじりとした気分で待つと、三十分くらいで息を切らせたトネルと神官、それからケントリカがやってきた。トネルは金色の布に王家の紋章の刺繍が入ったローブをまとっている。

「おお、ヒューイ。しばらく姿を見せないから案じておったぞ。ひどく痩せたようだな。病気だったのか？」

トネルはヒューイの姿を見るなり、愛想よく笑い、親しげに抱きしめてきた。神官同士が決められた作法をこなしている間、ヒューイはトネルの抱擁に棒のように突っ立っていた。

「俺のために、このような役目を引き受けてくれて真に感謝する」

トネルに耳元で囁かれ、ヒューイはぎこちない笑顔を浮かべた。不思議なことにこれからこの男を殺すのだと思うだけで、先ほどの襲撃も許せるし、この後何をされても寛大な心で受け入れられる気がしてきた。むしろトネルは死んでいくのだから、ひどい真似をして欲しいという感情さえ湧いてきた。それもこれもレニーが自分を守っているという安心感があるからだ。レニーが自分を守っている限り、自分は安全だ。その中でトネルを殺す呪文を唱えるのだから、目の前にいる男はあと数刻の命しかない。哀れみすら感じる。

「とんでもない。トネル王子のお役に立てて、嬉しい限りでございます」

ヒューイは最後だと思い頭を下げ、今度は心から微笑んでみせた。トネルの頬がぴくりと引き攣り、不敵に笑みを返す。

「そうか、この礼はこれから示していこう。サントリムと我が国との発展のために」

トネルがヒューイの肩を抱き、白々しい発言をする。神官同士の挨拶が終わり、ヒューイとトネルは神官の前に進み、聖水を降りかけられた。

「ではトネル王子、ヒューイ王子、泉へ」

神官に促され、ヒューイとトネルは岩の道に足を踏み出した。先に立って歩くのはヒューイだ。岩の道は濡れていて滑るので、ゆっくり進むしかない。徐々に滝に近づき、飛沫が身体に降りかかってきた。滝の音がすごい。ヒューイは鼓動を高ぶらせ、背後にいるトネルに神経を集中した。神官や虎海、ケントリカが見守っている今が絶好の機会かもしれない。

ヒューイは瓶を抱えてトネルに背中を向けている。皆自分がやったとは思わないだろう。

渇いた唇を舐めて、ヒューイが呪文を唱えようとした時だ。

急に背後で自分を呼ぶ声が聞こえた。

「ヒューイ、お前の従者たちの命が惜しかったら、瓶を置いてそこから飛び込め」

トネルの低いがよく通る声が聞こえて、ヒューイは驚愕して立ち止まった。従者の命が惜しかったら……？　トネルの言葉が頭の中で繰り返され、持っていた瓶が震えた。自分の手がぶるぶるしているせいだ。

「何だと……？」

思わず振り返ったヒューイは、自分と距離を置いたまま冷たい視線を投げるトネルを凝視した。トネルはにやにやと笑い、目を細める。

「あかつきの塔にいたお前の国の者は、俺の部下が全員捕らえている。お前がそこから飛び降りなければ、全員殺してやる。従者が皆死んでも構わないなら、いいがな」

頭にかぁっと血が上って、ヒューイは目を吊り上げた。いつの間にそんな汚いことを実行していたのか、頭が真っ白になるくらい怒りで我を忘れた。

「貴様……っ」

ヒューイが険しい形相で摑みかかろうとすると、トネルが軽く身を引き、唇を捻じ曲げる。

「おっと、近づくなよ。ヒューイ、お前は慰み者にしてやるつもりだったのに、変に抵抗するからこうなるんだ」

「卑怯者！　従者は関係ないはずだ、お前は俺が邪魔なだけだろ!?　こんな真似、ハインデル七世だって認めるわけが――」

憤りが激しくて、唱えるはずの呪文が頭から抜け落ちていた。冷静になれない。今すぐトネルに掴みかかりたいくらい、動揺している。呪文を唱えなければ。そう思うのに、完璧に覚えたはずの呪文が出てこない。怒りですべて吹っ飛んでしまった。怒りと焦燥感で頭がぐちゃぐちゃで、呪文が出てこない。

「ははは！　何がハインデル七世だ！　俺が王になるんだ、俺がすべて決める!!」

トネルが高らかに笑って、肩を怒らせた。両手を広げ、トネルは残酷な台詞を吐き続ける。

「サントリムの人間など全部殺せばいいんだ！　大体お前らみたいな不気味な奴は、すぐ首を撥ねるべきだったんだ!!　あれだけ毒を仕込んでも死なないなんて、下等な虫はこれだから困る――――」

狂ったように笑うトネルの声が耳に届いた時、何か――――何か分からないが得体の知れない、臓腑をえぐる響きが混じっていたのにヒューイは気づいた。はっきり分かったわけではない。ただ長年謎だったものの理由が分かった気がした。

――――あれだけ毒を仕込んでも死なないなんて。

トネルのその言葉が脳に達したとたん、それまでの怒りを凌駕するくらいの強烈な衝撃が身体に起こった。頭のてっぺんからつま先まで痺れが伝わり、自分の身体が二倍に膨れ上がったみたいに思えた。

あれだけ毒を……。トネルの言葉と、無気力症になった従者や召使たちの姿が重なり合う。

無気力症になった理由が、雷鳴のごとく脳裏に閃いたのだ。何故そうなったのか、どうやってそうしたのか、これまでレニーが無気力症になった従者たちを放っておいた理由も、すべてが一つの答えを指していた。

「うお、おおお、おおお!!」

ヒューイは天を仰ぎ、獣のような咆哮を上げた。思考が止まり、ただ叫ぶことしか出来なかった。同時に低い地響きが起きて、それまで高笑いしていたトネルが動作を止める。

「うあああああ!!」

呪文のことなど頭からなくなっていた。ヒューイは怒りのまま身の内から駆け抜ける力を制御出来ずにひたすら叫び声を放った。地響きはどんどん大きくなり、まるでそれまで耐えていたものが壊れるように、傍の岩壁に大きな亀裂が走った。

「な、何だ…っ!?　こ、これは?」

トネルはうろたえて首を振る。岩壁に走った亀裂はみるみるうちに大きく広がり、大きな音を立ててはじけ飛んだ。爆発したみたいに岩の欠片《かけら》が飛び散り、トネルの身体を直撃する。

「ぎゃあ…っ、ぐ、う…っ!!」

トネルが吹き飛ばされて転がる。滝つぼに落ちそうになって、焦って四つん這いになっているのが見えた。その足元すら、幾筋もの裂け目が出来て、地面が大きく揺れる。

「王子!　こちらへ!!」

ケントリカの慌てた声がどこからか聞こえる。ヒューイはどす黒い肌の色になった顔でひたすら獣じみた声を上げていた。叫ばなければとても身体の中を走る力を抑えきれなかった。下へ流れるはずの滝の水が竜のように形を変え、滝つぼの水がいっせいに天を目指して噴水のごとく吹き上がる。

「うあああああ!!」

ヒューイが絶叫したとたん、足元の岩場が崩れ去り、大量の水が逆流した。川が氾濫して水が一気に溢れ出す。そこでぶつりとヒューイは意識を失った。足場がなくなり、水の中に落ちていく。

地響きの音がやまない。水竜が暴れている。

ヒューイは水に包み込まれた状態で、荒れ狂う川の中に流されていった。


水に落ちてどれくらいの時間が経ったのか。時間の感覚がまるでなくて、何も分からなかった。

ヒューイはずっと優しい母の手に抱かれているような感覚に陥っていた。時おり何かとてつもなく悲しい記憶が甦り、涙がこぼれる。涙は自分を包む水と一体化し、ヒューイを柔らかく包み込む。

レニー。お前の仕業だな。

流されている間、そんなことを考え続けていた。

やがて急に身体の重みを感じた。ついで歯がカチカチ鳴るくらいの寒さ。ヒューイは震える唇で空気を吸い込んだ。誰かの手が自分の身体を抱き上げて藁の上に載せる。

うっすらと目を開けると、暗がりの中にいた。寒くて、寒くて、震えるばかりのヒューイの目に、ぽうっと火が灯るのが見える。小さな火は細い枝木に燃え移り、やがてしっかりとした焚き火に変わる。細い枝を火の中にくべていたのは、濡れ鼠になっていたレニーだった。前髪からぽたぽたと滴が垂れている。着ている黒いローブもぐっしょりと水を吸っているし、荒波に揉まれた後みたいだ。

「レニー……」

藁の上に横たわったまま、ヒューイはレニーの名前を呼んだ。レニーは無言で振り返り、ヒューイを見て小さなため息を吐いた。重い身体をどうにか起こし、自分が一体どこにいるのか確かめようとした。焚き木の火だけしか明かりがないので分かりづらいが、どこか大きな洞窟にいるようだった。天井は立ち上がってもなお手が届かないほど高く、奥も深い闇が続いている。どこからか定期的に滴が岩を打つ音が聞こえる。ひんやりとした静けさと、天井の隅で何か生き物が蠢く音。ヒューイはぐらぐらする頭を大きく振り、自分が何故ここにいるのか思い出そうとした。

「レニー、俺は……」

トネルの禊の儀式で暗殺をするはずだった。けれどとても恐ろしい言葉を聞き、頭に血が上って訳が分からなくなった。身体が引きちぎられるような強烈な感覚を受けた後、水に呑み込まれた。

「あなたは呪文も使わず暴走してしまったんですよ。ロップス川を氾濫させて、今セントダイナの民たちは浸水被害で苦しんでいます。まぁセントダイナの民が何人死のうが私にとってはどうでもいいですがね。レブラント女王だって、咎めるどころかよくやったと褒めるでしょう。でも呪文を使わずに力を暴走させたのはよくありません。十年間魔術の勉強をしてきたのにまったくの無駄だった。王家の人間ならどんな時でも、常に冷静でなければならないんですよ」

レニーに淡々と状況を教えられ、ヒューイは血の気が下がって地面に手をついた。

あの川が氾濫したというのか。自分の力のせいで、とんでもない事態を引き起こしてしまった？　魔術を使えないと思っていた自分が、そんな力を使ったなんて……。

「おまけにトネルは死んでいません」

レニーは追い打ちをかけるように最悪の結末を語る。ヒューイは強張った表情で、濡れたローブを脱いで絞るレニーを見た。

「悪運の強い方だ。今、彼はあなたが実は魔術が使えたと知り、国を挙げてあなたの行方を追っています。罪人としてね。私はあなたを川の下流で見つけ、こうして逃げ延びているわけです。ここはまだセントダイナです。しかもロップス川からさほど離れていない。あなたを抱えて逃げるには、私の体力もあまり戻っていなかったもので」

レニーは濡れた衣服を次々と岩にかけ、乾かそうとしている。続いてヒューイの身体にはりついている衣服をとろうとしたので、ヒューイはのろのろと自ら脱ぎ始めた。

思い出すと涙がこぼれてくる。ヒューイは自分が暴走した理由について、はっきりとレニーの口から聞こうとした。

「レニー……。従者たちが無気力症だったのは……お前の仕業なんだな？」

どう考えてもレニーのしたこととしか思えない。ずっと従者や召使が無気力症になったのは何故だろうと悩み苦しんでいた。真実はまったく違ったのだ。今まで何も知らずに安穏と暮らしていたのは、レニーが陰で苦心していたおかげだ。

トネルが毒を仕込んだ、と言った時、ヒューイにはそれが分かってしまった。

「……そう、無気力症だったわけではありません。――あなたの従者は、皆死んでいたのです」

レニーが観念したように目を伏せ、真実を明かした。

ヒューイはショックのあまり、よろめいて倒れ掛かった。額を手で押さえ、再び沸き起こる怒りを何とか制御しようと歯を食いしばる。

「トネルは我々の従者を使って毒の実験をしようとしていたのですよ。もしかしたら単に目障りだったのかもしれません。差し入れの食材に時々毒が入っていた。運悪く死んでいった者、王子のために毒見をした者、トネルの毒はけっこうな効力がありました。あなたが悲しむところを見たくない……そういう思いもありましたが、トネルに対する怒りもあったのです。だから私は遺体を使って人形を作った。トネルの奴は誰も死なないので不気味に思ったことでしょう。私の作った人形は死の時間を止めるもの。だからあまり複雑な動きは出来ないのです。無気力に見えたのはそういうわけです」

ヒューイはずっと知らなかった深い闇に、涙が止まらなくなった。死んでいった者たちを葬ってやることさえ出来ずにいた。レニーが陰でしていた努力も気づかなかった。自分がとてつもなく愚かで駄目な王子だというのを、これ以上ないくらい思い知った。

「真実を話さなかった私の失敗です。この事実を知っていれば、あなたはあの時、理性を失わずに済んだのに……。トネルの脅しだって意味のないものだと笑い飛ばせたのに……」

レニーはヒューイの濡れた衣服を火の近くの岩に置き、口惜しそうに呟いた。トネルはあの時、ヒューイの従者たちの命を握っていると豪語した。本当はすでに失われた命だったのに。

「ああ、ギールとナンは最後の生き残りですよ。彼らにはあなたが儀式の場に行く前に真実を話しています。二人は儀式を見に行く許可をもらっていたので、城を離れています。王子が失敗した暁には、城に戻らず隠れているよう指示しています。あなたの体力が回復したら、彼らと合流してサントリムに戻りましょう」

レニーは気持ちを振り払うように、しっかりとした口調でヒューイに語りかけた。

サントリムに戻る――いつかそんな日が来ればいいと願っていたが、まさかこの場でそれを聞かされるとは思っていなかった。トネルに魔術を使うのを見られた以上、ヒューイの失態は国を揺るがす大きな過失だ。出来ない。ヒューイの失態は国を揺るがす大きな過失だ。もしこのせいで二国間に戦が起きたら……。ヒューイは寒さに震えながら膝を抱えた。

「ごめん、レニー……。俺のせいで……俺が失敗したから」

ヒューイが膝に顔を埋めて謝ると、レニーは小さな袋から黒い粉を取り出して炎にかけた。炎があっという間に大きくなり、暖かさが増す。

「謝る必要はありません。あなたに任せた私の失敗なのですから」

レニーの言葉に胸を突き刺され、ヒューイは濡れた頬で国一番の魔術師を見つめた。レニーの言葉が自分に対する愛想が尽きたものに聞こえたのだ。やっぱりお前は駄目だった。そんなふうに言われた気がして深く傷ついた。

「そんなふうに傷ついた顔をして。もっと苛めたくなるからよして下さいよ。あなたは思い違いをしている。あなたを見限ったわけではありません。あなたに汚れ仕事をさせてみようと思った私が間違っていたと言っているんです。私の王子。あなたはやはり、甘ったれで情けない、優しい王子でいいんですよ。私が好きなのはそういう駄目な王子なんですから。あなたに暗殺は似合わない。だからどうぞ、もう二度と変なことは言い出さないで下さいね」

思いがけないほど優しい目で見つめられ、ヒューイは濡れている目元をごしごしと擦った。涙を拭っても、また熱い滴が目尻からこぼれていく。レニーは呆れていると思ったのに、そうではなかったみたいだ。冷えた胸の奥に明かりが灯って、傷ついた心が修復していく。

「でも俺は、お前に汚い仕事をさせるのは嫌なんだよ……」

　ヒューイが小さな声で告げると、レニーがそっと寄り添ってきた。互いに濡れた身体は焚き木の炎で乾きつつあって、肌をくっつけ合うと暖かくて離せなくなった。

「どうしてそんなこと言うんです。私があらゆる魔術を死ぬ思いで会得したのは、あなたのためですよ。あなたは私を使えばいいんです。本当に困った王子だ。でもだからこそ、私はあなたが……」

　レニーの手に抱きしめられ、炎を瞳に宿すレニーと吐息が重なった。口づけをするのだろうかと思ったが、レニーはヒューイの体温を感じるだけで何もしない。媚薬でおかしくなった時、何度も重ねた唇が恋しかった。ヒューイは自然とレニーに身を寄せ、柔らかな唇を吸った。わずかに驚いたようにレニーが身を引く。

　今はぬくもりとひと時の快楽が欲しかった。レニーの身体を感じて、溶け合ってみたかったのだ。

「王子……」

　レニーはすぐにヒューイの髪を撫で、深く唇を吸い返してきた。レニーは最初は優しく、徐々に荒々しくヒューイの唇を貪ってきた。レニーのキスに圧倒されるように藁の上に再び背中をつける。互いに裸だったので、重なり合うとすぐに火がついた。レニーはヒューイの唇を吸いながら、下腹部を扱《しご》いてくる。今日は薬を使っているわけではないのに、何故かレニーの手で敏感な場所を触られてあっという間に熱が灯った。レニーの手の中で性器が芯を持つ。

肌に当たる藁の感触が気にならないくらい、甘い痺れが全身に行き渡る。

「レニー…」

ヒューイは呻くように呟き、自分もレニーの性器を手で包み込んだ。そこはすでに硬くなっていて、しっかりとした質量を伴っている。レニーがやるように動かすと、大きくなるのがたまらなく興奮した。

「あ…っ、レニー…、うん……」

レニーは唇から頤、首筋、鎖骨へと舌を這わせていく。さっきまで震えていたヒューイは、性器が反り返るにつれて、発汗してきた。レニーはあちこちを舐めながら、ようやく乳首に辿りつく。舌先で激しく弾かれ、ヒューイは甘ったるい声をこぼした。

「……っ、ん…っ、う…っ」

レニーは執拗に乳首を嬲っていく。舌で弾いたかと思うと、甘く歯で嚙み、ヒューイの小さな乳首を引っ張る。胸元が唾液で濡らされ、赤く色づいた乳首がつんと上向いた。以前も思ったけれど、そんな場所が気持ちいいのは不思議だ。両方いっぺんに弄られると、変な声が上がってしまいそうになる。

「王子……乳首はお好きですか？」

ヒューイの乳首を甘嚙みしてレニーがうっとりと囁く。ヒューイが赤くなって目を背けると、ぎゅっと性器が握られる。

「んん…っ、もう…、レニー……そこばっかりは嫌だ…」

ヒューイがレニーの頭を押しのけると、レニーは素直に唇を離し、さらに顔を下に移動させた。レニーがヒューイの白い足を持ち上げ、大きく広げる。

「わ…っ」

ヒューイがあられもない格好に焦ると、レニーが勃起した性器を口に含んだ。生暖かい口内に包まれヒューイは腰が浮いている状態で呼吸を荒げた。レニーは激しく口を上下し、ヒューイの性器を張りつめさせる。

「ん…っ、んぅ…っ、あ…っ」

直接的な刺激は強く、ヒューイはあっという間に高みに連れて行かれた。レニーはヒューイの膝裏を押さえつけ、性器の先端の小さな穴を舌でぐりぐりと弄った。そこを集中的に責められると我慢が出来なくなり、ヒューイは紅潮した頬で甘い声を上げた。

「レニー……、もう出ちゃうよ……」

息を荒げてヒューイが訴えると、レニーは口を離し、手で根元をぎゅっと締めつけた。

「もう少し我慢して下さい……王子」

レニーは勃起したヒューイの性器を握りしめたまま、尻のはざまに舌を這わせる。穴の周辺を舐められ、ぞくぞくっとした寒気を覚えた。レニーの舌がすぼみを無理やりこじ開けようとすると、腰が跳ねて仕方ない。

「はぁ…、大丈夫。柔らかくなるまで舐めてあげます」

レニーがうっとりした声で囁き、ヒューイの尻の穴をぬるぬるにする。時おり舌が入ってくると、得体の知れない痺れを感じて呼吸が忙《せわ》しなくなった。自分は感じているのだろうか。レニーの息遣いが変な場所にかかって、恥ずかしくてしょうがない。

「あ…っ、う、わ…っ」

尻の穴が緩み始めた頃、いきなりレニーが指をずぶりと突っ込んできた。レニーの中指が根元まで入り、容赦なく内部を撫でていく。内壁を辿られるぞくりとする感覚に、ヒューイは藁の上で身悶えた。中を指で探られると、勝手に腰が動くのが恥ずかしい。

「や…っ、ぁ…っ、ひ、ぁ…っ」

気づいたらレニーの指が増えていて、二本の指が内壁を広げるような動きをしている。実は魔術でも使っているのではないかと疑うくらい、そこが柔らかくなっているのが分かる。レニーの指を銜え込み、ひくひくと震えている。

「や、だ…ぁ…っ、レニー……っ、あ…っ」

レニーの指が性器の裏側辺りを急に強く擦ってくる。とたんに声が我慢出来ないような強い快感が全身を襲った。レニーの指で内壁を押されるたび、女性みたいな甲高い声が飛び出てしまう。

「あっ、あっ、や、ぁ…っ、ひ…っ」

ずくずくと奥を弄られ、甘ったるい声が次々と口からこぼれる。止めたくてもレニーが指を動かすと、勝手に変な声が漏れてしまう。下半身に力が入らなくなり、身体中が敏感になっている。前は媚薬のせいだと思っていたのに、薬がなくてもこんなに感じるものなのか。ヒューイは怖くなって身をよじった。

「逃げないで、王子。気持ちいいなら、身を任せればいいんですよ」

性器から手を離したレニーに足を押さえつけられ、ヒューイは身動きが取れない状態で内部をぐちゃぐちゃと弄られた。レニーの指が根元まで入って、中の感じる場所を揺さぶる。

「ひ、あ、あ…っ!!」

ぶるりと腰が震えて、ヒューイは息を呑んだ。性器に触っていないのに、尻の奥を弄られて精液が先端から噴き出していた。揺れる性器から濁った精液がとろとろとこぼれている。中を弄られて達してしまったヒューイに、レニーが興奮したように目を細めた。

「感じやすい身体だ……王子、もう我慢がきかなくなってきました」

レニーが荒い息を吐き、やおら覆い被さってきた。レニーはまだ息も整っていないヒューイの足を大きく広げ、屹立した性器を先ほどまで指を入れていた場所に宛がう。レニーの怒張した性器を恐ろしく思う反面、それで揺さぶられる得も言われぬ快感を身体は覚えていて興奮する。

「はぁ…っ、はぁ…っ、レニー…っ」

ヒューイが濡れた目を向けると、それに煽られたようにレニーが腰を進めてきた。最初に潜ってきた部分がひどく大きく感じられ、まるで身体を切り裂かれるような怖さを伴った。思わず押し返すような動きをしたせいか、レニーが強引に性器を押し込んでくる。

「ひあぁ…っ、あ、あ…っ、はぁ…っ、はぁ…っ」

ヒューイは藁の上で身を震わせ、レニーの情熱を受け入れた。張りつめた熱は、レニーが自分を狂おしく求めているように思えて胸が高鳴った。ふだんは冷静なレニーが、こうして身体を重ねている時だけは本音が隠せないみたいだ。

「あ、あ…っ、はー…っ」

ぐっと大きく腰を突き上げられ、ヒューイは仰け反って引き攣れた声を上げた。レニーは息を乱し、ヒューイの腰を抱えて、深く身体を繋げてきた。

「王子……、私の王子…」

レニーは乱れた息遣いのまま、ヒューイの顔中に口づけをしてきた。ヒューイの身体の奥にレニーの熱が埋め込まれている。身じろぎ一つ出来ないくらい、奥はレニーの熱でいっぱいだ。苦しくて鈍痛もあるのだが、レニーの息遣いと同調するその熱は、ただひたすらヒューイを求めている。それに喜びを感じて、ヒューイはレニーを抱きしめた。

「痛い……ですか？　王子……」

ヒューイのこめかみに唇を這わせていたレニーが、案ずるように耳元で言う。

「苦しいけど……嫌じゃないよ…」

ヒューイは懸命に息を整えて答えた。レニーはそんなヒューイを宥めるように身体中に手を這わせてくる。背中や腰、尻たぶを揉み、内またを撫でていく。繋がった状態でじっとしてくれたおかげか、力んでいた身体から徐々に力が抜け、痛みが薄らいでいった。レニーはそんなヒューイの状態を見逃すことなく、ゆっくりと腰を小刻みに揺さぶってくる。

「ん…、ん…っ、ふ、ぁ…っ、…っ」

優しく腰を揺さぶられ、一度は果てたはずの快楽がまた戻ってくる。ヒューイはとろんとした目つきで、レニーから与えられる甘い痺れに身を任せた。

「王子…、あなたの中は熱くて、溶けてしまいそうです……」

上擦った声でレニーが耳打ちし、腰の動きを大きくする。内部をスライドする動きが変化し、呼吸が苦しくなってきた。レニーは我慢出来なくなったみたいに、腰を突き上げてくる。

「あ…っ、あ…っ、ひ、ぁ…っ」

ずん、と奥まで性器で突き上げられると、とても声が抑えきれない。すっかり内部がぐずぐずになって、レニーの性器に吸い付くのが分かる。中がひくついている。レニーが動くたびに、深い快感が身の内を駆け巡る。

レニーが興奮した顔つきで上半身を起こし、ヒューイの両足を胸につくほど折り曲げた。

「やぁ…っ、ああ…っ、あー…っ」

激しく内部を突き上げられ、ヒューイは洞窟内に響き渡るような嬌声を放った。レニーは止められなくなったみたいに、ガンガンと内部で律動する。今だけはすべて忘れて快楽に溺れた。繋がった部分は火傷しそうだ。レニーの性器が動く音と肉を打つ音、自分の喘ぎ声で頭が真っ白になる。とっくに性器は反り返り、二度目の射精に向かって蜜を垂らし続けている。

「王子…っ、気持ちいいですか……？　もっと感じて…っ」

レニーが唇を舐めながら根元まで入れた性器で奥をぐりぐりと弄る。信じられないほど深い奥を性器で刺激され、身体が跳ね上がる。

「ひあ…っ、あっ、あ…っ、や、も…っ」

全身が性感帯になったみたいに、気持ち良くて仕方なかった。時々レニーが動きを止めて乳首を引っ張ると、それだけで奥がきゅーっと、銜え込んだ性器を締めつける。性器には直接触れられていないのに、もう達しそうだった。

「レニー…っ、レニー…っ、また出ちゃう…っ、や、ぁ、ぁ…っ、や──…っ」

長い時間奥を揺さぶり続けられ、ヒューイは子どもみたいに舌足らずな声で身悶えた。レニーの動きも激しくなっている。もう限界が近いのだろう。汗ばんだ色っぽい顔で、ヒューイの奥を突き上げてくる。

「ええ、私ももう……っ、はぁ…っ、は…っ、王子、中に注ぎ込みますよ…っ」

レニーが息を荒らげて、深い奥まで性器を埋め込んできた。その衝撃でヒューイは仰け反り、四肢を突っぱって絶頂に達した。

「ひああ……っ!!」

ヒューイが悲鳴に似た声を上げて射精すると、ほぼ同時にレニーも深い場所で熱い情熱の証を注ぎ込んできた。どくどくとレニーの性器が激しく息づいている。

「はぁ…っ、はぁ…っ、はぁ…っ」

ヒューイは痙攣しながら、性器の先端からとろとろと精液を垂れ流した。レニーが腰を揺さぶって、残りの精液すら内部に残そうとする。

「王子……」

レニーは忙しない息を吐きながら、ヒューイの唇を吸ってきた。舌を絡ませ合い、額をくっつけ合う。レニーの熱い身体を抱きしめ、ヒューイは自分を抱く男が生きているのを確認した。繋げた身体を離したくないくらい、充足感に満ちていた。それがたとえ今だけのことでも、ヒューイにとっては大切な一瞬だった。


洞窟内で一夜を過ごし、翌朝ヒューイとレニーはまだ空が白んでいる頃から移動を開始した。レニーに魔術をかけられたのもあって、ヒューイは知っている人が見ても別人だと思うくらい顔が変わっていた。

ナーガ川を越え、南ナラニカナ地方の村で山越えの装備を整えた。途中で得た情報によれば、国境にはセントダイナの兵がヒューイを捕らえるために増員されているという。魔術で検問所を突破する策を考えてみたものの、危険が多すぎるとレニーが反対した。

通常サントリムとセントダイナが行き来する場合、海ルートと山越えルートの二つに分かれる。海の場合は、無駄な金はないのにどこかで船を調達しなければならない。とても無理だろう。山越えは一箇所比較的なだらかな道があり、商人たちは大抵この道を使う。なだらかといってもそれなりに起伏のある山なので、気軽に遊びにいけるものではない。そもそもセントダイナとサントリムを行き来するには、行政の許可が必要なのだ。あいにくと通行証もないし、身分証すらない状態だ。どちらのルートも厳しい。

レニーの意見は鳥人が住んでいる《巣》と呼ばれる居住区に近い山を越えてサントリムに戻ったほうがいいというものだ。険しい道だが、一番追手が来る確率が低いし、抜け道があるという。危険を避けるのは、途中の道で合流できたギールとナンのためもあるが、レニーはあまり魔術を使いたくないみたいだ。というより、もしかして使えないのかもしれないとひそかに感じていた。レニーはヒューイを助けるために大掛かりな魔術をいくつも使った。魔術は使いすぎると体力を奪う。レニーは口にしなかったが、出来ることなら魔術は温存しておきたいのではないか。

結局話し合いの末、レニーの勧める山越えをすることになった。

馬は調達できなかったので、長い道のりを徒歩で進んだ。フードを深く被り、人が使わない道を使って山を目指した。山越えをするために食料をある程度残しておかなければならない。道のりは険しかった。

二週間近くかかって、ようやくヒューイたち一行の前に越えるべき山が見え始めた。山の上のほうに白いものがかかっている。ヒューイたちが向かうのは雪山なのだ。一度も雪山を越えたことがないのに、果たして体力が保つだろうか。

重い荷物を背負って歩き続けるのは、非常に困難な作業だった。この辺りはそれほど恐ろしい獣はいないが、《巣》の近くの森には獰猛な獣もいる。持っている武器といえばギールの剣くらいなので、不安は尽きなかった。体力的にも精神的にも、逃亡するというのはかなり苦しい行為だ。つねに追手がいないか気にしていなければならないし、変装しているといっても、どこでばれるか分からない。実際ジーニナ村に寄った際、セントダイナ軍の兵に怪しい奴だと問い詰められた。ジーニナ村の村長のおかげで難を逃れたが、セントダイナ軍の兵たちはヒューイの顔をよく知らないくせに似たような年格好の者をしょっ引くので皆困っているらしかった。自分のせいで、何の罪もない同世代の者が痛めつけられているとすれば、心が痛む。

一つ不思議なのは、セントダイナ軍の兵はよく見かけるが、騎士団たちはほとんど見かけなかったことだ。騎士たちはヒューイを追っていないのだろうか。トネルは禊の儀式が中断されたことにより、慣例に従って一カ月の間は儀式の再開を止められている。トネルはまだ王位継承権を得ていないのだ。トネルが動かせるのは衛兵だけで、騎士団の騎士たちは好き勝手に動かせないのだろう。騎士団長たちがトネルに不審を抱いているのではないかと考えるのは甘いだろうか？

逃亡の身なのでトネルたちの動向は分からないが、いい知らせもあった。

果てしなく続く長い一本道を歩いている最中、レニーの頭上を白い尾の長い鳥が円を描いた。レニーはマントのフードを上げ、鳥を手に呼ぶ。鳥はレニーの手にすーっと近づき、手の中に収まった。レニーは鳥の足にくくりつけられた紙をとると、それを広げて安堵の息をこぼした。

「女王と連絡がつきました。これから越える山の向こうで待機しているので安心して来いということです。下山まで考えなければならないのは大変だが、登頂だけ目標にすればいいのなら、食料もどうにかなりそうです」

レニーがレブラント女王の知らせを皆に伝える。ギールとナンはサントリムに戻っても行き場があるのかどうか不安だったらしく、追い返されないと知りホッとしているようだ。それに山向こうでサントリムの人たちが待っているなら、歩みにも力が入る。もう少しの辛抱だと互いに声をかけ、道中を急いだ。靴は歩きづめでだいぶすり減っている。地図を見て方向を確かめながら、ヒューイたちはサントリムを目指した。


森の奥深くに入った頃、レニーがしきりに周囲を気にするようになった。

ヒューイは疲れ果てていて、注意力が散漫になっていた。少し休憩をとろうと声をかけ、小川の傍で身体を休める。水を飲むと、それまでだるかった身体がいくぶん和らいだ。顔も手も泥だらけだ。髪はばさばさだし、ずっと地面の上で寝ているからあちこちが痛い。サントリムに無事戻ったら、腹いっぱい肉を食べてふかふかのベッドで寝たいものだ。考えることはたくさんあるが、今はそれしか考えられない。

「水の補充と食べられそうな茸や山菜を探しに行きましょうか。王子、ここで待っていて下さい」

ギールとナンが休憩を取った後、ヒューイを気遣って森の奥に入っていった。ギールはともかくナンにすら気を遣われているのが情けない。どうも魔術を使ってから、体力が以前のように戻らない。全身がだるいし、何より頭が重い。魔術を使うということは、こんなに疲れるものなのか。レニーは平然としていたから気づかなかった。やはりレニーが魔術を使わずにサントリムに戻ろうとしているのは、体調のせいなのだろうか。

「レニー。身体は平気か？」

二人きりになった気楽さから、ヒューイはじっと虚空を見つめているレニーの手を取り、声をかけた。レニーはヒューイの手が触れると、ハッとしたように振り返り、人差し指を立ててきた。

「え？」

声を立てるな、というようにレニーに示され、ヒューイは目を丸くして硬直した。レニーがヒューイの腕を摑み、その場から走り出す。何が何だか訳が分からなくて戸惑いつつ走り出したヒューイは、突然周囲の木々の葉が激しく揺れてびっくりした。

頭上を黒い影がびゅんびゅんと走る。白い羽が舞い散り、レニーの身体が自分を覆う。

何が起こったか分からず顔を上げた時には、周囲の木の上からいくつもの弓矢がヒューイとレニーを狙っていた。弓を引いているのは、すべて白い羽を背に生やした鳥人だ。

ヒューイはレニーの腕の中で今にも射殺されるのではないかと怯えた。鳥人たちは冷ややかな眼差しでヒューイたちに矢を向けている。

「あ……」

大木の上から羽を広げて一人の鳥人が舞い降りてきた。金色の髪にオッドアイ――アンドレだ。ヒューイはアンドレに向かって口を開こうとしたが、レニーが前に立ちふさがり出来なくなった。

「お前ら……サントリムの者か？」

アンドレはレニーを見据え、冷たい声を放つ。そういえば術をかけられているので、ヒューイとは分からないのだった。ヒューイはアンドレなら正体を明かしても大丈夫ではないかと考え、レニーの背中から顔を出した。

「アンドレさん、俺です。ヒューイです」

ヒューイが自分を指差して言うと、アンドレの顔が険しくなった。アンドレに不審げに見られ、ヒューイはレニーの袖を引いた。レニーは正体を明かす気はなかったらしく、早々にばらしたヒューイにげんなりしている。

「レニー。彼らは大丈夫だと思う」

ヒューイがせっつくと、レニーは仕方なさそうにヒューイにかかった変化の術を解いた。目の前でヒューイの顔が変わり、鳥人たちがざわつく。


「お前か……!!　どういうからくりだ？」

アンドレはヒューイを凝視し、うさん臭そうに眉を寄せる。こういった魔術を見るのは初めてだったらしく、鳥人がレニーを見る目は嫌悪感を表している。

「お前たち、ロップス川からここまで逃れてきたのか。たいしたものだ。お前が見つからないので死んだのではないかという意見に落ち着いたところだったのに。そっちはいつもいる従者か。まさかこちら側から山越えをするつもりか？」

近づいてきたアンドレはヒューイたちの姿を見て、呆れた目つきになる。

「それ以外方法がないもので」

レニーが肩をすくめると、アンドレはますます目を剝く。

「正気の沙汰とは思えないな。まだ山には雪が残っている。そんな装備で向かって、凍傷になるに決まっている。第一この先は我々鳥人が巡回して、誰も国境を超えないよう見張っているんだぞ」

アンドレに言われてヒューイは改めて過酷な道のりであるのを自覚した。冬山は登ったことはないが、やはりそれほど大変なのか。

「勝算がなければ、無謀な挑戦はしませんよ」

うろたえるヒューイの横で、レニーは平然としている。もしかしてレニーが魔術を温存していたのはすべて山越えのためかもしれなかった。レニーは行き当たりばったりの行動をとる人間ではない。すべて計算し尽くしたあげくに、このルートが一番越えられる確率が高いと踏んだのだろう。

「レニーがこう言ってるんで」

ヒューイが当然のように言葉を添えると、アンドレが大きく目を見開いた。アンドレが、くっと肩を揺らしたので罵倒されるのかと思ったが、違った。アンドレは大声で笑い出したのだ。半分くらいは馬鹿にするような笑いだったが、笑いが治まった後は、険がとれていた。

「お前は本当に駄目王子だな。だが従者にそこまでの信頼を持てるのは悪いことではない」

アンドレは大きく手を上げ、鳥人たちに合図をする。いっせいに引き絞った弓が下ろされ、攻撃態勢が解かれる。

「ついてこい、あの山を越える馬鹿な者たちに飯と飲み物をやろう。そこに隠れている者にもな」

アンドレは少し離れた場所の木の陰に身を潜めていたギールとナンに顎をしゃくる。二人は呆気にとられた表情で出てきて、ヒューイたちと合流した。知らなかった、そんなところに隠れていたのか。アンドレの張りつめた気が弛んだのが分かって、ヒューイは安心してその背中を追った。横でレニーが術の発動を止めるのも確認する。レニーはもし鳥人が向かってくるようだったら、闘うつもりだったようだ。双方の衝突がなくなり、ヒューイは心から安堵した。

アンドレに連れられて、初めて《巣》と呼ばれる洞窟に入った。いくつもの分かれ道がある、どこまで続いているか分からないような洞窟だ。暗くひんやりしているが、鳥人にはこのくらいの気温がちょうどいいという。《巣》はアンドレの祖父の時代に一時的に使えなくなったことがあるそうで、アンドレが長になった際に鳥人の総意でここに戻ると決めたらしい。文献によれば飲み水や作物に毒が撒かれたとか。鳥人は絶滅寸前までいったが、今は以前ほどではないにしろ数を増やしている。

城下町には飛べない鳥人もいるとアンドレは語った。ヒューイは会ったことはないが、そういった者は羽が退化し、ふつうの人間と近い生態になっていると聞いた。

「トネルはお前を捜して処刑すると息巻いている。あと十日もすれば、中断していた儀式を再開し、王位継承者になるだろう」

ヒューイたちに暖かい飲み物と食事を用意してくれたアンドレは、セントダイナの事情を語った。穴倉にはござが敷いてあって、椅子などはなかった。鳥人は羽があるので椅子は滅多に使わないらしい。アンドレの部屋だけ長椅子があるが、それも背もたれのないものだ。ヒューイは甘い匂いにつられて、渡された飲み物を一気に飲んでしまった。急速に顔

が熱くなる。鳥人が飲む酒だったようだ。もう少し危機感を持ちなさいとレニーに叱られた。

アンドレの部屋にはヒューイとレニーだけが招かれた。ギールとナンは別の部屋で身体を休めている。

「トネルは儀式を終えたらハインデル八世として王位に就くつもりだ。毒の入手経路はまだ分かっていない。トネルが王位に就いたら、そういったものはすべて揉み消されるだろう。騎士団の奴らも動いているが、あと十日では上手くいくとは思えない。トネルは自分の部下を掌握するのに身内を盾にとって、裏切れば容赦なく殺す。トネルの秘密を知っている者たちは報復を恐れて口を割らない」

アンドレは軽蔑しきった瞳で吐き出す。

「トネル王子の部屋の奥には拷問部屋がありました。きっとたくさんの人が、彼の悪趣味に付き合わされたんでしょうね」

ヒューイは自分がされた行為を思い出して、ぞっとした。アンドレは拷問部屋に関しては知らなかったようで、ヒューイから話を聞き眉を顰めて「下種が」と呟く。

「トネルは鳥人の女を強引に連れて行ったことがある。羽のある女と寝てみたかったのだろう。あいにく鳥人は発情期以外その気になれないから、すぐに飽きたようだがな。使い捨てにされた女は、気鬱の病にかかり、その後すぐ死んでしまった。そのせいで我らは一時、王家と縁を切ろうかと思ったくらいだ。メルレーン皇后のとりなしでまだ付き合いは続けているが、あの王子が王に就くと思うだけで虫唾が走る」

アンドレたち鳥人にもトネルに対する嫌悪感があるようだ。それにしても鳥人は発情期があるのか。人というより獣に生態が近いのだろうか。

「ハッサンがいなくなってからのトネルはやりたい放題だ。民も不信感を抱いている。お前に似た奴を次々と城にひっ捕らえては痛めつけているのだ。魔術を使うから、化けているに違いないと言ってな。よくすり抜けたものだ。そもそもあのロップス川からどうやって逃げ延びた？　お前らを捕まえようとしたトネルの部下が、何人も急に事切れていったと遠くから見ていた仲間の者が言っていた。どんな魔術を使ったのだ」

アンドレはじっとヒューイの目を見て詰問した。ヒューイは意識を失っていたので、何も覚えていない。アンドレの話からすれば、自分は相当追いつめられていたらしい。

「トネルは我々の仲間を毒殺していました。仕返しをしたまでです」

ヒューイが答えられずにいると、横からレニーが低い声で告げた。アンドレの目がレニーを見据える。

「どうやって？」

「トネルの部下なら、すべて把握している。いつか滅ぼしてやろうと思い、彼らの身体の一部を集めておいたのです。長年かけて、私はトネルの部下のヒトガタを作っておいた。こういうふうにね」

レニーは唇を吊り上げて笑い、懐から藁を編み込んだ細い棒みたいなものを取り出した。

「ただの藁で出来た棒に見えるでしょう。けれどこれに火をつけて、ふっと息を吹きかければ、トネルの部下の一人が息絶えます」

想像もしていなかった恐ろしい仕組みを話されて、ヒューイは驚愕して息を呑んだ。そういえば、トネルの部屋に連れ込まれたヒューイをレニーが救いに来た時、何故か藁に燃え移った火を吹き消しただけでトネルの部下が死んでいった。レニーはヒューイの知らぬ間に、魔術を仕込んでいたのだ。

「悪魔め……。それはトネルの部下だけなのか？」

アンドレの目が油断ならないというように鋭い光を放った。傍にいるヒューイはドキドキしてきて、緊張して手に汗を掻いた。アンドレとレニーは目を逸らすこともなく張りつめた気を漂わせている。

「それ以外はどうかなどと聞かぬほうがいいでしょう。私は王子に仇なす者はいつでも即座に殺す用意があるということです。しかし残念ながらトネル王子の分はありません。あの王子は意外と抜け目がなくて、十年の間近寄ることは出来ませんでした。藁の中に相手の身体の一部を埋め込まなければ、この術は発動しない。それにこの術は私の命を削るものだ。気楽にやれるものではありません」

レニーはアンドレに対して次々と凶悪な発言をしている。ヒューイがはらはらして二人の間の緊張した空気を見守っていると、さらに信じられないことを言ってきた。

「鳥人の長よ、我々を《巣》に招いたのは何故ですか。トネルに引き渡すため？　それとも、王子に頼み事でもするつもりですか。返答次第によっては、私は自分の命を削ってあなたを殺すかもしれない」

レニーは冷ややかな声を発し、懐から違う藁で編まれた棒を取り出した。藁の間からかすかに白い羽が見える。ヒューイはぎょっとしてレニーの手の中にあるものを見た。

「レニー、お前……っ」

ヒューイが青ざめて慄く一方で、アンドレは殺気を張らせていた。今にも切りかからんばかりの状況だ。ヒューイはどちらを止めるべきかと焦り、二人の顔を交互に見やった。

「……主君が脆弱だと、お前のような魔物が出来上がるのかもしれないな」

ふっとアンドレの殺気が鎮まり、かすかに蔑んだ口調ながらも表情が弛まった。

「そう、頼みたいことがある。俺はハッサンとひそかに連絡を取り合っている。トネルは島流しだけでは飽き足らず、ヨーロピア島にハッサンを殺すための刺客を放っているらしい。ハッサンは簡単に死ぬような男ではないが、いずれトネルが王になったら有無を言わさず処刑されるだろう。その前にハッサンを亡命させたい——お前の国に」

予想もしていなかった言葉にヒューイは驚きのあまり腰を浮かしかけた。ハッサンを亡命させるなんて、正気なのか。だが、アンドレの話が真実ならば、ハッサンの身は危うい。セントダイナの国王にトネルがなると言うならば、他国へ身を移すしかない。

しかしその先が、サントリムとは——。

「それは、騎士団長たちも同じ意見なのですか？」

ヒューイは思わず身を乗り出し、アンドレに尋ねた。アンドレはため息をこぼし、目を細める。

「トネルの行状は皆知っている。ハッサンが処刑になるだろうというのも意見は一致している。だが騎士団長たちは表立って動くわけにはいかない。背信行為ととられても仕方ない内容だ。今言ったことは、お前とここで会ったのは運命だと感じ、俺が独断で頼んでいるものだ。お前は国に帰ればヨーロピア島に向かうことが出来るだろう。セントダイナからヨーロピア島には監視が厳しくて行けないが、サントリムの王子であるお前なら、可能なはずだ。頼む、ハッサンを連れ出してくれ」

アンドレに真摯な目で見つめられ、ヒューイは混乱して黙り込んだ。ハッサンを亡命させる——今、自分が国に戻るのすら困難である状況なのに、アンドレはさらに過酷な要求をする。もしヒューイがハッサンを亡命させたと知ったら、それだけでセントダイナと諍《いさか》いが起きそうな気がする。トネルは間違いなく、サントリムに攻め込んでくるだろう。

そこまでしてやるべきことなのか、すぐには答えは出ない。ヒューイもハッサンには同情しているし、処刑されると知ったら何とかしてやりたいとは思う。けれど、あまりにも大きな問題だ。

「引き受けてくれるなら、山越えは我らが手助けしよう。雪山を越えるのは我らにとっても過酷だが、一日あれば山の頂までお前らを連れて行ってやる」

交換条件で出されたものは、今のヒューイたちにとって得難いものだった。雪山で遭難する者も多いと聞くし、体力のないヒューイたちが本当に登頂できるかどうか疑わしい。切り立った山壁は容赦なくヒューイたちを拒絶するだろう。そもそもこの辺りの国境警備が緩いのは、国境にある山が険しすぎて越えるのは無理だという判断からなのだ。

ヒューイはレニーの目を見た。意外なことに、レニーの目が引き受けろと語っている。レニーはハッサンを亡命させるのに賛成しているのだ。

アンドレにはまた駄目王子と言われそうだが、レニーの賛同を得て、ヒューイも心が決まった。ハッサンを亡命させる——一国の王子として、やり遂げようと決意した。

「分かりました。その話、引き受けます」

ヒューイは背筋を伸ばし、顔を引き締めてきっぱりと言い切った。アンドレの安堵した表情を見て、まだ見たこともないヨーロピア島に思いを馳せた。

互いの意思が通じ合うと、話はとんとん拍子に進み、今夜は《巣》で眠り、明日日が上った頃、アンドレたちがヒューイたちを抱えて山越えをすることになった。決意をした後は、ヒューイの腹も決まった。疲れを癒し、少しでも体力を回復しようと休める穴倉を借りて、身体を横たえる。運が良ければ、明日サントリムの地を踏めるかもしれない。ヒューイは力が漲ってきて、母国への帰還を夢見た。

## ■7　サントリムへの帰還

鳥の鳴き声が頭上からして、ヒューイは意識を覚醒した。

まだ目は開けない。チチチとさえずる鳥の声を、目を閉じたまま聞いている。籠が揺れる音。ヒューイの部屋の鳥は、時々外に出ようとして籠にぶつかる。

そっと目を開けると、高い天井と白い綺麗なカーテン、日の光がふんだんに入った自分の寝室が見えた。背中は柔らかい敷物で、身体を覆う毛布は鳥の羽を敷き詰めた暖かいものだ。

「王子、お目覚めですか」

ヒューイが目覚めたのを知り、召使が入り口から声をかけてくる。伸びをして起き上がり、ヒューイはベッドから抜け出た。

「うん、服は自分で着るからいいよ」

用意された衣服を受け取り、着替えを手伝おうとする召使を手で制す。

ヒューイが国に戻ってから三日が経った。久しぶりにあれこれと世話を焼かれる生活が戻ってきて、うざったくてたまらない。十年も一人で大抵のことはこなせる生活を続けてきたのだ。今更様式は変えられない。

寝間着を脱いで白いシルクのシャツに袖を通したヒューイは、召使が開いたカーテンから外の風景を眺めた。あかつきの塔から見る風景とはまるで違う。窓の向こうには大きな広場がある。広場を囲うように一列に木が並び、地面は寒さのせいでうっすらと霜が降りている。セントダイナと違い華やかさはないが、巨大な白い塔がそびえたっているのが印象的だ。

三日前、ヒューイはレニーたちと共にサントリムに戻った。

アンドレたち鳥人の助けによって険しい雪山をひとっ飛びした。ヒューイの身体はアンドレが抱えて飛んだ。上に行くに従い吹雪いて鳥人たちはバランスを失ったが、強靭《きょうじん》な体力でヒューイたちを頂上まで連れて行ってくれた。そこにはサントリムの兵がヒューイたちを待っていて、無事に下山することが出来たのだ。レニーは別れ際に白い羽の入った藁の棒をアンドレに渡していた。受け取ったとたん、アンドレが白い羽を取り除き、藁をめちゃくちゃに引き裂いたのが印象的だった。内心相当怒っていたのだろう。

サントリムに戻ったヒューイたちを、レブラント女王は喜びで迎え出た。叱責もありうると思ったのに、レブラント女王は一切咎めず、ヒューイたちをねぎらった。強いて怒られたといえば、トネル暗殺が失敗したという一点だけだ。もちろんレブラント女王はヒューイを怒らず、レニーに対して厳しい言葉を浴びせかけた。慌ててヒューイが「自分が命じなかったのだ」とレニーを庇ったが、失敗すると分かっていてヒューイに任せたレニーが悪いと、聞いてくれなかった。とはいえ、レブラント女王も本気で怒っているわけではない。もともとヒューイに命じたのはレブラント女王なのだから。

ヒューイは自分が魔術を使ったことで、セントダイナと戦争になるのではないかと不安だったが、レブラント女王はそれについてもすでに覚悟が決まっていた。レブラント女王はセントダイナと戦になっても構わないという。国が落ち着き、蓄えも出来た。そもそもレブラント女王はこの人質のように王家の人間をセントダイナに引き渡す制度を止めたいと思っていたらしい。まだ二国間では親書の交換をしていて、危ういながらも闘う状況にはない。ヒューイはこのままセントダイナと闘いにならなければいいと願っている。

サントリムに戻ってきたヒューイは、王子という立場として傅《かしず》かれる扱いを久しぶりに受けた。ずっとセントダイナにいたせいで、ちやほやされるのが気持ち悪くて仕方ない。長年ヒューイの従者だったギールとナンは長い休暇をもらい、実家に戻っているそうだ。

「王子、お顔を」

召使が衣服に着替えたヒューイの身だしなみを整えていく。あまり断ると彼女たちが途方に暮れた顔をするので、仕方なく任せていた。

ヒューイが戻って、兄や妹、親族がこぞって帰還を喜んでくれた。本心ではどう思っているか分からないが、誰もがヒューイに好意的だった。そして何よりも、ここではどこにでも好きに歩けるというのが魅力的だ。セントダイナでは限られた空間しか行き来出来なかったヒューイだが、この国ではいつでも好きな時に好きな場所に行ける。

「王子、どちらへ」

身支度を整えたヒューイが部屋を出て行こうとすると、召使たちがわらわらと寄ってきて尋ねた。

「地下にいるよ。しばらく勉強しているから」

ヒューイは振り返りもせずに答えて、階段に足を向けた。

ヒューイの住む城には地下がいくつもあるが、そのうちの一つに魔術関係の書物がたくさん並べられている部屋がある。湿った感じのする陰気な部屋で、四隅の明かりをつけ、大きなテーブルの上の明かりをつけてもなお暗くて文字が読みづらい。

ヒューイは昨日からずっとここにこもり、書物を広げて魔術の勉強をしていた。

サントリムに戻ってショックだったことがいくつかある。

そのうちの一つは、ヒューイがハッサンの話をレブラント女王にした時のことだ。ヒューイは鳥人に助けを受けた話をして、交換条件としてハッサンを亡命させたいと言った。するとレブラント女王は軽やかに笑って「ではセントダイナの第二王子がこの国に来たら、保護しましょう」と述べた。

「ヨーロピア島まで迎えに行く必要はありません。そこまでする義理などない」

レブラント女王は当然のように言い切った。

「え、それは……。でも鳥人の長と約束を……」

ヒューイが言いよどむと、レブラント女王はすぅっと目を細めた。

「約束を交わす時に、術でもかけましたか？　破れば命はないと？」

「いいえ、口頭だけですが……」

「それなら結構。この国に来たら保護する、それだけで十分です。わざわざヨーロピア島に出向いてハッサンを連れ出すのは火種のもとです。あなたはゆっくり身体を休めればいいのですよ」

レブラント女王は甲高い声で笑い、話はそれきりとばかりにヒューイを謁見の間から追い出した。ヒューイは呆然とするしかなかった。アンドレとの約束が反故《ほご》にされたも同然だ。レニーに意見を聞きたかったが、サントリムに戻ってからまったく姿を見せなくなった。レニーはこの国では日陰の身だ。おいそれとヒューイに会うわけにはいかないのかもしれない。

確かにレブラント女王の言うとおり、アンドレとしたのは口約束だ。けれどあの時決意したのだ。ハッサンを助けて、セントダイナを建て直したいと。レブラント女王もトネルも戦争になっても構わない、むしろトネルに至っては闘いたくてうずうずしているようにさえ見える。

ヒューイは闘いは嫌だった。脆弱と言われようが、安定した国家を築きたい。二国間の一触即発という事態を脱するには、やはりハッサンが王位を継いで、両国間が仲良くするしかないと思ったのだ。

そんなわけでヒューイは必死に移動の術を勉強している。レブラント女王の言い分を信じるなら、ハッサンがこの国に来てしまえば保護してもらえるのだ。だったら自分で何とかするしかない。船を使ってヨーロピア島に行くことも考えたが、レブラント女王の許可が下りなかった。

分厚い古い書物と首っ引きになっていると、時々胸の奥を冷たい風が通り過ぎる。サントリムに戻っていろいろな事実が分かってきた。ヒューイは幼い頃に母であるレブラント女王と別れたので、勝手に優しい母という夢を抱いていた節があった。事実はまるで違ったというのに。

「……感心ですね、自ら知識を得ようとするとは」

ランプの中の蠟が溶けてなくなりそうな頃、ふいに聞きたかった声が聞こえてきて、ヒューイは書物から顔を上げた。

いつの間にか目の前の壁にレニーが立っていた。

最後に会った時より、顔色がいい。相変わらず皮肉げな口元をしているが、ヒューイは懐かしささえ覚えて書物を放り投げて抱きついた。会いたかった相手の匂いを嗅いで、背中に回した手にぎゅーっと力を込める。

「俺の呼びかけ届いた？　ずっと呼んでたんだけど」

ヒューイはレニーの胸に顔を押しつけ、きつく抱きしめて声を詰まらせた。ここには自由があるというのに、時々セントダイナが恋しくなっていた。セントダイナではレニーがいつも一緒にいた。たかだか三日姿を見ないだけで、ヒューイは気分が沈んでいたのだ。

「それはもちろん届いておりますよ。うるさいほどにね！　このまま去ろうとしたのに、あんまりうるさく呼びかけてくるものだから根負けしました」

レニーの手が髪を撫で、仕方なさそうに苦笑する。

レニーに会いたかったが、どこに行けばいいのか分からなくて、暇さえあれば呼び寄せの呪文を唱え続けていたのだ。一向に現れないから効いていないのかと思ったが、ちゃんと届いていたらしい。

レニーは以前、いつか一人になる日が来るかもしれないと言っていた。本当にそんな日がやって来るとは思わなかった。

「去るなんて許さないよ。ずっと一緒にいるって言ったくせに。ねぇ、レニー。母上はハッサンを迎えに行く必要はないって言ってる。約束なんて破ればいいって」

「そりゃそうでしょうね。私だって最初から破るつもりで引き受けろと促したわけですし」

レニーも冷酷な発言をしている。

「でも俺は約束した以上、ハッサンを亡命させたいんだよ。だから手伝って。移動の術を使いたいんだ。

ヨーロピア島まで、魔術を使って行くよ」

ヒューイが強い口調で言い切ると、レニーはげんなりした顔つきになって床に落ちた書物を拾い上げた。

「大掛かりな魔術ですよ。魔術師が三人必要な術だ」

テーブルの上に書物を広げ、レニーがヒューイに背中を向けて呟く。

「分かってる。でも俺なら出来るだろ？　レニー」

ヒューイは確信を込めてレニーに尋ねた。レニーは黙って背を向けたままだ。

「――俺なら、出来るんだろ？」

ヒューイは重ねて問うた。


サントリムに戻って理解したこと――それは自分が大きな勘違いをさせられていたということだ。

ヒューイは魔術が使えないから、セントダイナにアルルカンの代わりを務めるためやってきた。ヒューイはレブラント女王のお気に入りで、愛情も深かった。レニーという魔術師が、自分の命を助けた王子に恩を返すため、一緒にセントダイナにやってきた。

――すべて、嘘だ。

とんでもない大嘘だ。

レブラント女王は初めからヒューイをセントダイナに差し向けるつもりだった。だから生まれた時、ヒューイの身体に魔術が使えないよう封印の術を施し、さも愛情があるように振る舞った。レブラント女王が寵愛し手放したくないと装えば、セントダイナも人質として効果があると思うからだ。きっと第一王子を国に残すため仕掛けたのだろう。巧妙にセントダイナに噂を流し、ヒューイの人質としての価値を高めた。

そしてレニーは恩を返すため、ヒューイについてきたわけではない。レブラント女王に命じられて供になったのだ。何故か？　すべてはセントダイナを滅ぼすためだ。レニーはレブラント女王から密命を受け、セントダイナの兵や王族の命を握った。いつでも術を使えば殺せるように、長年かけて呪術を施していたのだ。

サントリムに帰還して、魔術を使ってみたヒューイは驚いた。自分の力の大きさに。レブラント女王だって、ヒューイの持つ潜在能力に気づいていたからこそ、わざと力を抑え込んできた。ヒューイたちはセントダイナを滅ぼすために放たれた刺客だったのだ。それに気づかず、のほほんと暮らしていた自分が情けない。母の愛情を信じ、レニーが恩義を感じて自分を守っていてくれていると思っていた。

事実は違うのに。

ヒューイは自分が抱いた疑惑を解き明かすため、母にカマをかけて尋ねた。答えは予想通りのものだった。レブラント女王はセントダイナに、国を滅ぼす可能性を秘めた子どもと従者を送り込んだのだ。

「おおむね、あなたの思った通りです」

ヒューイが自分の得た結論を告げると、レニーは淡々とした声でそう答えた。レニーに長年死ぬところを救われたと言われていたので、そうなのだと思い込んでいた。そんな事実はなかった。レブラント女王がレニーの素質を見抜き、使える奴だと生かしておいただけに過ぎない。

レニーはゆっくりと振り返ってヒューイを見つめた。透き通るような瞳がヒューイを覗き込み、口元に笑みを浮かべる。

「私はレブラント女王に会った瞬間から、彼女の下僕となりました。逆らえば命はなかった。誓いを立てさせられ、裏切れば、死ぬように術がかかっています。女王は裏切らない下僕として、私をあなたの傍につかせたのです。恩赦で死刑を赦されたというのは、作り話です」

レニーの口から真実が漏れ、ヒューイは胸が苦しくなった。今まで知らずにいた自分の愚かさ、間抜けさに打ちのめされる思いだった。レニーはずっとどんな思いで自分と過ごしていたのだろう。馬鹿な王子だと軽蔑していたのか。あるいは何の感情もなかったのか。

「ですがね、王子……」

ヒューイの暗い表情に気づいたのか、レニーの長い指がヒューイの顎を撫でていった。ふっと笑った顔が珍しく綺麗な笑顔で驚いた。


「長年一緒にいれば、情も移るというものですよ。私の可愛い王子……。作り話は忘れても、私の愛情を疑わないで下さいよ。私は情けない甘ちゃんのあなたが、気づいたら可愛くて仕方なくなっていたんです」

レニーが屈み込んできて、泣きそうになっていたヒューイの鼻先に軽く口づける。ヒューイはびっくりして鼻を押さえてレニーを見つめた。

「駄目な子ほど、愛しいというのは本当ですね。あなたといると呆れ返ることばかりだけど、不思議とそれが嫌じゃない。それにあなたのような騙されやすい人、私がついてなければ心配でたまりませんし」

レニーはヒューイのローブの右手の袖に手を入れた。そこから隠し持っていた杖を引っ張り出す。めくってもいないのに、ぱらぱらと紙が動き出す。

「覚えたんでしょう？　手伝いますから使ってみなさい。移動の術。本来は三人がかりで行う術ですが、私も体力が回復しましたし、出来るでしょう」

レニーが杖を差し出してヒューイの肩に手を置く。ヒューイはこくりと頷いて、覚えた呪文を唱え始めた。

ヒューイの呪文が響き渡ると、互いの身体の周囲に金色の光が渦巻いた。きらきらして目を閉じても遮れないくらいだ。呪文をさらに続けていくうちに、身体があちこちに引っ張られる。レニーの腕がヒューイを抱きしめる。ヒューイは杖を振り、何度も呪文を繰り返した。一人でやる時はいつもここで力が減速して何も起こらない。けれど今はレニーがいる。

ヒューイの声に重ねるようにレニーが呪文を唱える。

次の瞬間、ヒューイは大きな竜巻に呑み込まれていた。

放り投げられるように飛ばされた先は、見知らぬ緑の多い島だった。

すごい体験だった。荒波にもみくちゃにされたみたいに、身体が引きちぎれそうだった。赤や黄色、緑といった色がぐるぐるすごい速度で動き、とても目では追えなかった。髪を引っ張られ、足を振り回され、死んでしまうのではないかと不安になった。しっかりとレニーが抱きしめてくれていたからどうにか無事だったが、もし一人だったらどうなっていたか分からない。

くらくらする身体を起こすと、地平線が見えた。自分は砂浜に転がっていて、目の前には青い海が広がっている。背後には青々と茂る森。ヒューイはよろめいて倒れかけた。

「上出来ですよ、王子」

ヒューイの背中を支えてくれたのはレニーだった。レニーはこんな大がかりな魔術をこなしても平然としている。ヒューイは吐き気と眩暈に苦しんでいた。サントリムからヨーロピア島という長距離を一瞬で移動したのだ。身体もおかしくなる。

「何者だ、お前ら」

砂浜でぐったりしていたヒューイたちに近づいてきた男が数名いた。どれも屈強な体つきで、目つきが悪い。上半身は日焼けした肌を露出させ、下は腰履きのみだ。ヨーロピア島にハッサン以外の男がいるとは思わなかったので、ヒューイは驚いて固まった。

「犯罪者には見えねぇ奴らだが……、おい、どうやってきた？　船が近づいた気配はなかったぞ」

腕の太さがヒューイの二倍くらいありそうな大男が近づいてきて、物騒な顔つきになる。レニーがヒューイの前に立ちふさがった時だ。男たちの間からハッサンがやってきて、目を丸くした。

「お前は……ヒューイ王子ではないか」

ハッサンは日焼けした肌に伸びた髭をして、かなりこの島に順応している様子だった。食料や水をどうやって調達しているか分からないが、痩せている様子はない。むしろ引き締まった精悍な肉体に変わっていた。ハッサンに制されて、男たちが下がっていく。どうやらここでもハッサンはたくましく手下を作っていたらしい。武骨な男たちがハッサンに道を開ける。

「ハッサン王子、お久しぶりです」

吐き気を堪えてヒューイは足を進め、右手を胸に当てた。ハッサンはじろじろとヒューイとレニーを見て眉を寄せる。

「数日前に俺を殺しに来た男たちがいたが……まさかお前らもそうなのか？　だとしたら、容赦はしないが」

ハッサンはじろりと鋭い視線をくれる。

「ハッサン王子、アンドレに聞いてご存知かもしれませんが、私は今サントリムに戻っております。トネル王子の前で魔術を使ってしまい、ロップス川を氾濫させせました。あ、以前は魔術を使えなかったのですが今は出来るようになって……えー、その辺の話は長くなるので省きますが、そんなわけで今、二国間の友好のためにもあなたをサントリムに連れていこうと思っています」

ぐらぐらする頭で一気に告げると、ハッサンは珍しいものでも見るようにヒューイを眺めた。

「俺を亡命させるというのか？　友好どころか、火種の元ではないか？」

ハッサンはヒューイのつたない説明でも即座に理解したようだ。さすがに頭が切れる。

「長い目で見れば、友好です」

思い切って言い切ると、少しだけ胸がすっとした。ハッサンはヒューイを見据え、真意を計るように黙って口を結ぶ。

ヒューイは自分が思い描く理想を初めて口にした。

「ハッサン王子、王位にはあなたが就いて下さい。そしてセントダイナとサントリムの間で人質のように王家の者を置くという因習をなくしてほしい。アルルカン王子の時代から、サントリムの従者はセントダイナの国で殺され続けています。私の従者や召使たちも、ほとんどトネルに殺されました。こんな状態が正常なわけがない。憎しみが生まれないはずないんです。だからもう、やめさせたい。そのために、私はあなたと友好な関係を築きたい。あなたを助け、王位に就けるように尽力します。だからあなたも私を信頼し、正常な関係を作ってもらえませんか？」

ヒューイが高らかに告げると、ハッサンはわずかに驚いたような顔をした。

レブラント女王にとっては面白くない展開かもしれないが、ヒューイは自分の信義を突き通すことに決めた。甘ちゃんと言われようと情けないと言われようと、戦争は嫌だった。誰かを殺すのも殺されるのも、他国で幽閉されるのもごめんだ。

もっといい道があるはずだ。理想と笑われるかもしれないが、信頼という名で成り立つ何かが。

ヒューイは最初の一歩を踏み出す決意をした。

「……お前はもっと軟弱な男に見えたが……」

顎を撫でてハッサンが面白そうに呟く。

「友好か……。俺に似合わぬ言葉だ。俺はお前のように綺麗ごとを語る奴は好きではない」

ハッサンは凪《な》いでいる海を見つめ、口元を歪めた。

やはりハッサンとは相容れないのだろうか。ヒューイはくじけそうになって、唇を噛んだ。

「だが俺はもともとサントリムの者をセントダイナに置くのは反対だったのよ。お前らは得体が知れない。俺がもし王位に就いたら、即刻やめるつもりだった。どんな術を仕込まれているか分かったものではないからな」

駄目かと思ったヒューイの顔が、ハッサンの言葉で明るさを取り戻す。

「サントリムか……。お前が囚われていたように、しばらく俺も囚われの身になるのもいいかもしれない」

ハッサンが遠い地平線を眺め、呟いた。セントダイナの王子という身分から重罪人扱いでこの島に流されてきたハッサンは、ヒューイの示した新しい道を選ぶ決意をしてくれた。ハッサンの目がヒューイをまっすぐに見つめる。これまでハッサンは自分を小物としか思っていなかった。けれど今は違う。ハッサンはヒューイに敬意を払い、すっと手を差し出した。ヒューイは迷わずその手を握り、熱く見つめ返した。

旅の支度をするハッサンを待つ間、ヒューイはそれまで黙って控えていたレニーの傍に寄り、満面の笑みを浮かべた。

「レニー、ハッサン王子を国に連れ帰ったら、きっといろいろ大変だ。手伝ってくれるよね？　俺は戦争は嫌だ。隣国とは持ちつ持たれつでいきたいよ」

ハッサンを説得出来た喜びで興奮していたヒューイに、レニーはいつもと変わらぬ冷静さで肩をすくめる。

「さてね、そこまでは責任持てませんよ。女王がハッサンを始末しろと言ったら、逆らえませんし。お忘れならもう一度言っておきますが、私はレブラント女王の……」

「母のかけた呪いは俺が解くよ」

ヒューイはレニーの言葉を遮って力強く宣言した。驚いたようにレニーの目が見開かれ、唇が歪められる。レニーは出来っこないと思っているのだ。

「レブラント女王のかけた忠誠の誓いは、俺が絶対に解いてみせる。もう決めたんだ。無理だって思っているのか？　レニー、何故母が俺をセントダイナに行くよう仕向けたと思うんだ。子どもの中で一番魔力が高かったからだろ。レニーは誓いを立てたから、その呪縛から逃れるなんて無理だと思っているみたいだけど、俺には何の枷もない。それに母は老いていくけど、俺はまさにこれからだ」

自信に漲っているヒューイに圧倒されたようにレニーが瞬きもせずに見つめ続ける。不思議なのだが封印が解かれてから、魔力を自在に操れる自分に気づき、自信がついてきた。これまでは駄目だと思っていたことも、出来るに違いないという考えに変わっている。そして分かった。自信とは思い込みなのだ。自分の気持ち次第で、どうにでもなる。

「レニー、俺はお前を放さないよ」

レニーの手を強く握り、ヒューイは断言した。わずかに怯えたようにレニーが身を引いたのが印象的だった。レニーは今の自分を恐れているようにも見える。これまでそんな顔を見せたことはない。

「俺から放れようとしたって許さない。母の呪いも解くし、お前も傍に置く。もう決めたんだ。だから素直に俺の傍にいてくれよ。俺の頭のネジが一本抜けても愛でられるんだろ？」

ヒューイが目を細めて見据えると、観念したようにレニーの目が伏せられる。

「……腐っても王子、ですかね。本当にいつの間にか、大人になっていたようだ」

口元に笑みを浮かべてレニーが吐息をこぼす。

「可愛いだけじゃなくなってしまったのは残念ですが、教え甲斐があるとすれば私も楽しみです」

レニーの目がいつもの皮肉げな光を取り戻し、ヒューイを見つめ返してくれる。ヒューイは大きく頷いてレニーの手を両手で摑んだ。

「レブラント女王を超えると宣言なさったのだから、期待を裏切らないで下さいよ。私への愛情がどれほどあるのか計れるよい機会です。やっぱり駄目だったなどとおっしゃいましたら、その程度の愛情しかなかったのかと罵詈雑言を浴びせる予定ですからね。覚悟しておいて下さいよ。さて、お手並み拝見といきましょうか」

レニーがヒューイの手をとって、その甲に口づける。にやりと笑うレニーは、むしろヒューイが失敗するのを期待するみたいな目つきだ。

何かが動き出していた。ちっぽけだと思っていた自分が世界を変えようと努力した。この先どうなるかはまだ分からない。けれどレニーと一緒なら、自分の望む世界に少しでも近づけるのではないかと希望が湧いた。

世界を変える力を、ヒューイはこの手に摑んだ気がして、愛しい恋人を熱く見つめた。

# あとがき

はじめまして＆こんにちは。夜光花《やこうはな》です。

「あかつきの塔の魔術師」をお読みいただきありがとうございます。この本は以前出した「蒼穹の剣士と漆黒の騎士」のスピンオフで、だいたい五十年後くらいの世界の話です。

前回はセントダイナの騎士中心の話だったのですが、今回の主人公はお隣サントリムのぼっちゃんです。のほほんと暮らしていたゆるい性格のキャラだったので、お相手はしっかり者にしようと思いレニーを作りましたが、しっかり者というより腹黒キャラになってしまったので二人の関係がぼけと突っ込みみたいになってしまいました。

前回初めてのファンタジーだったというのもあって（架空の世界という意味で）ちょっと気負いすぎて硬かったかもしれないという反省があり、今回はゆるい感じで書いてみました。現代ものを書いているような気分で書いたのですが、どうだったでしょうか。

この本だけでも十分話は分かりますが、よかったら前作も読んでいただけると嬉しいです。

ところで今回は魔術師の話です。魔術師というより暗殺者っぽいですけど、レニーは気に入っているキャラです。主人公が塔からおいそれと出られない身分だったので、展開に悩みました。主人公なのに活動範囲が狭いという。

そしてなんかすごいところでエンドマークつけてしまいましたが、それでこの後どうなるんだっていう……。この後どうなったかは書く機会がありそうなので、形になったらまたぜひお手に取って下さると嬉しいです。

それにしてもファンタジーは楽しいですね。またこの世界観で書けることが出来て幸せです。

イラストの山岸《やまぎし》ほくと先生、美麗な絵を本当にありがとうございました。キャララフの完成度がすごくて、読者様にお見せしたいくらいです。私がたいして描写してないものをまるで脳の中を見てきたみたいに完璧に絵にして下さいました。山岸先生は本当に上手いです。特にレニーが想像通りで、脇キャラまで素晴らしすぎです。山岸先生の絵でまた本が出せて、ものすごく幸せです。

素敵なイラストをありがとうございます。まだ本文の絵を見ていないので、出来上がりが楽しみです。

担当さま、ふがいない私を導いて下さってありがとうございます。

読んで下さった皆様。今回の本はいかがでしたでしょうか。感想などあると、とても喜びます。ぜひぜひ聞かせて下さいませ。

それではまた、次の本でお会いできるのを願って。

夜光花

LYNX ROMANCE

## 蒼穹《そうきゅう》の剣士《けんし》と漆黒《しっこく》の騎士《きし》

夜光花　illust. 山岸ほくと

898円
（本体価格855円）

翼を持ち空を自由に駆け回る、鳥人族の長・ユーゴ。国との協定により、騎士達とともに敵と闘うユーゴは、いつも自分を睨んでくる騎士・狼炎のことを忌々しく思っていた。だが、実は狼炎の部族ではユーゴのような容姿の鳥人間を神と崇めており、彼には恋心を抱かれてたことを知って驚愕する。ぎくしゃくとした空気の中、ある事情からユーゴは狼炎に媚薬を貰わなければならず…。

LYNX ROMANCE

## リアルライフゲーム

夜光花　illust. 海老原由里

898円
（本体価格855円）

華麗な美貌の佳宏は、八年ぶりに幼なじみの平良と再会する。学生時代は友人の透矢、翔太の四人でよく遊んでいた。久しぶりに皆で集まりゲームをしようとの平良の提案で四人は集まるが、佳宏は用意されたものを見て愕然とする。そのゲームは、マスの指示をリアルに行う人生ゲームだったのだ。しかもゲームを進めるにつれ、シールで隠されたマスにはとんでもない指令が書かれていることを知り…。指令・隣の人とセックス――。

LYNX ROMANCE

## 忘《わす》れないでいてくれ

夜光花　illust. 朝南かつみ

898円
（本体価格855円）

他人の記憶を覗き、消す能力を持つ清廉な美貌の守屋清涼。見た目に反して豪放磊落な性格の清涼は、その能力を活かして生計を立てていた。そんなある日、ヤクザのような目つきの鋭い秦野という刑事が突然現れる。清涼は重要な事件を目撃した女性の記憶を消したと詰られ脅されるが、仕返しに秦野の記憶を覗き、彼のトラウマを指摘してしまう。しかし、逆に激昂した秦野は、清涼を無理矢理押し倒し、蹂躙してきて――。

LYNX ROMANCE

## サクラ咲《さ》ク

夜光花

898円
（本体価格855円）

高校生のころ三ヶ月間行方不明になり、その間の記憶をなくしたままの怜士。以来、写真を撮られたり人に触れられたりするのが苦手になってしまった怜士は、未だ誰ともセックスすることが出来ずにいる。そんなある日、中学時代に憧れ、想いを寄せていた花吹雪先輩――櫻木と再会する。櫻木がおいかけていた事件をきっかけに、二人は同居することになるが…。人気作「忘れないでいてくれ」スピンオフ登場！

LYNX ROMANCE

**初《はつ》恋《こい》のソルフェージュ**

桐嶋リッカ

illust. 古澤エノ

898円
(本体価格855円)

長い間、従兄の尚梧に片想いをし続けている凜は、この初恋は叶わないと思いながらも諦めきれずにいた。しかし、尚梧から突然告白され、嬉しさと驚きで泣いてしまった凜は、そのまま一週間、ともに過ごすことになった。激しい情交に溺れる日々の中、「尚梧に遊ばれている」だけだと彼の友人に凜は告げられる。それでも好きな想いは変わらなかった凜は、関係が終わるまで尚梧の傍にいようと決心し…。

LYNX ROMANCE

**眠《ねむ》り姫《ひめ》とチョコレート**

佐倉朱里

illust. 青山十三

898円
(本体価格855円)

バー・チェネレントラを経営している長身でハンサムな優しい男・黒田剛は、店で繰り広げられる恋の行方をいつでも温かく見守り、時にはキューピッドにもなってきた。そんな黒田だが、その実、素はオネエ言葉な乙女男子だった。恋はしたいけれど、こんな男らしい自分が受け身の恋なんて出来るはずがないと諦めている。しかしある日、バーの厨房で働くシェフの関口から突然口説かれて…。

LYNX ROMANCE

**夏《なつ》の雪《ゆき》**

葵居ゆゆ

illust. 雨澄ノカ

898円
(本体価格855円)

事故で弟が亡くなって以来、壊れていく家族のなかで居場所をなくした冬は、ある日衝動的に家を飛び出してしまう。行くあてのない冬を拾ったのは、偶然出会った喜雨という男だった。優しさに慣れていない冬は、喜雨の行動に戸惑うが、次第にありのままを受け入れてくれる喜雨に少しずつ心を開いていく。やがて、喜雨に何気なく触れられるたびに、嬉しさと切なさを感じはじめた冬は、生まれて初めて人を好きになる感情を知り…。

LYNX ROMANCE

**氷《こおり》の軍《ぐん》神《しん》 ～マリッジ・ブルー～**

沙野風結子

illust.霧壬ゆうや

898円
(本体価格855円)

中小企業庁に勤務する周防孝臣は企業の海外展開を支援するため、ドイツへ視察に向かう。財閥総帥の次男、クラウス・ザイドリッツに迎えられ、「冷徹な軍人」の印象をもつ美貌の彼と濃密な時間を過ごすことになった。帰国前日、同性であるクラウスの洗練された魅力にあらがえないことに思い悩む孝臣は、ディナーで突然、意識をなくしてしまう。目覚めた孝臣に待っていたのは拘束され、クラウスに「淘汰」されることだった…。

LYNX ROMANCE

**闇《やみ》の王《おう》と彼方《かなた》の恋《こい》**

六青みつみ　illust. ホームラン・拳

898円（本体価格855円）

雨が降る日、どこか懐かしく感じる男・アディーンを助けた高校生の羽室悠。人間離れした不思議な魅力を持つアディーンに強く惹かれるが、彼は『門』から来た『外来種』だと気づいてしまう。人類の敵として忌み嫌われ恐れられている彼の存在に悩みながらも、つのる想いが抑えられず隠れて逢瀬を続ける悠。しかし、『外来種』を人一倍憎んでいる親友の小野田に見つかり、アディーンとの仲を引き裂かれてしまい…。

LYNX ROMANCE

**濡《ぬ》れ男《おとこ》**

中原一也　illust. 梨とりこ

898円（本体価格855円）

大学時代からの友人で、魔性の魅力を持つ男・楢崎に惑わされる、准教授の岸尾。大学生のころから楢崎に惚れていた岸尾は、楢崎が放つエロスに負け、とうとう一線を超えてしまった。しかし、楢崎の態度はその後も一向に変わらず、さらには他の男に抱かれたような様子まで岸尾に見せてくる。そんな彼に対し、岸尾はついに決別を言い渡すが…。無自覚ビッチに惚れてしまった岸尾の運命やいかに——。

LYNX ROMANCE

**幽《ゆう》霊《れい》ときどきクマ。**

水壬楓子　illust. サマミヤアカザ

898円（本体価格855円）

ある朝、刑事の辰彦は、帰宅したところを美貌の青年に出迎えられる。青年は信じられないことに、床から10センチほど浮いていた。現実を直視したくない辰彦に対し、青年の幽霊は「自分の死体を探して欲しい」と懇願してくる。今、追っている事件に関わりがありそうな予感から、気が乗らないながらも引き受ける辰彦。ぬいぐるみのクマの中に入りこんだ幽霊・恵と共に死体を探す辰彦だったが…。

LYNX ROMANCE

**理《り》事《じ》長《ちょう》様《さま》の子《こ》羊《ひつじ》レシピ**

名倉和希　illust.高峰顕

898円（本体価格855円）

奨学金で大学に通っている優貴は、理事長である滝沢に対して恩を感じていた。それだけでなく、その魅力的な容姿と圧倒的な存在感に憧れ、尊敬の念さえ抱いていた。めでたく二十歳を迎えた優貴は、突然滝沢から呼び出されて、食事をご馳走になる。酒を飲んだ優貴は突然睡魔に襲われてしまう。目覚めると、裸にされ滝沢の愛撫を受けていた優貴は、滝沢の家に住み、いつでも身体の相手をすることを約束させられ…。

LYNX ROMANCE

## 暁《あかつき》に濡《ぬ》れる月《つき》 上 下

和泉桂

illust. 円陣闇丸

898円
（本体価格855円）

戦争で家族と引き裂かれた泰貴は美しい容姿と肉体を武器に生き延び、母の実家・清澗寺家にたどり着く。当主・和貴の息子として育った双子の兄・弘貴と再会した泰貴は、己と正反対に純真無垢な弘貴に激した憎悪を抱く。心とは裏腹に快楽を求める肉体――清澗寺の呪われた血を嫌う一方、泰貴は兄を陥れて家を手に入れる計画を進める。そんな中、家庭教師・藤城の優しさに触れ、泰貴は彼を慕うようになるが…。シリーズ第二部！

LYNX ROMANCE

## 狂《くる》おしき夜《よる》に生《う》まれ

和泉桂

illust. 円陣闇丸

898円
（本体価格855円）

幼い頃、権力闘争で一族を滅ぼされた貴将は関白に復讐心を抱いて育った。優秀な医師となった貴将は、復讐の機会を得るため年下の国主・暁成に近づく。『人誑し』の才と禍々しくも蠱惑的な美貌で暁成を籠絡した貴将は、いつしか孤独で無垢な暁成に惹かれていった。だがある夜、臣下に辱められる暁成のあまりに淫らな真の姿と、秘密を知り…。清澗寺一族に科せられた千年の孤独の呪い、その根源を描く『清澗寺家』シリーズ外伝。

LYNX ROMANCE

## いとしさの結晶《けっしょう》

きたざわ尋子

illust. 青井秋

898円
（本体価格855円）

かつて事故に遭い、記憶を失ってしまった着物デザイナーの志信は、契約先の担当である保科と恋に落ち恋人となる。しかし記憶を失う前はミヤという男のことが好きだったのを思い出した志信は別れようとするが保科は認めず、未だに恋人同士のような関係を続けていた。今では俳優として有名になったミヤを見る度、不機嫌になる保科に呆れ、自分がもう会うこともないと思っていた志信。だが、ある日個展に出席することになり…。

LYNX ROMANCE

## Zwei《ツヴァイ》

かわい有美子

illust. やまがたさとみ

898円
（本体価格855円）

捜査一課から飛ばされ、さらに内部調査を命じられてやさぐれていた山下は、ある事件で検事となった高校の同級生・須和と再会する。彼は、昔よりも冴えないくすんだ印象になっていた。高校時代に想い合っていた二人は自然と抱き合うようになるが、自らの腕の中でまるで羽化するように綺麗になっていく須和を目の当たりにし、山下は惹かれていく。二人の距離は徐々に縮まっていく中、須和が地方へと異動になることが決まり…。

LYNX ROMANCE

**ウエディング刑事《デカ》**

あすか　illust. 緒田涼歌

898円
（本体価格855円）

真面目でお人好しの新米刑事・水央は、ある日事件の捜査へ向かう。そこで水央が目にしたのは、ウエディングドレスに身を包んだかつての幼馴染み・志宝路維だった。路維も刑事で、水央とパートナーを組むのだという。昔から超絶美形で天才…なのに恋人だった路維に振り回されていた水央は、相変わらずな路維の行動に戸惑うばかり。さらに驚くことに、路維は水央との結婚を狙っていて!? 二人のバージンロードの行方はいかに！

LYNX ROMANCE

**変身《へんしん》できない**

篠崎一夜　illust. 香坂透

898円
（本体価格855円）

美貌のオカマ・染矢は、ある日、元ヤンキーの本田に女と勘違いされ一目惚れされてしまう。後日デートに誘われた染矢は、いつものように軽くあしらおうとするが、なぜか本田相手にはペースを乱されてしまい上手くいかない。そんな折、実家に帰るため男の姿に戻ったところを本田に見られてしまい…!? 「お金がないっ」シリーズよりサイドストーリーが登場！ 女王系女装男子・染矢の意外な素顔とは…。

LYNX ROMANCE

**RDC―メンバーズオンリー―**

水壬楓子　illust. 亜樹良のりかず

898円
（本体価格855円）

RDCのマネージャーである高埜と、オーナーの冬木には知られざる過去があった。高埜は父を亡くしてからは母に何かとあたられ、金が必要になるたび客を斡旋されていた。母に見つからないよう生活費を稼ぐため街で客を捜していた高埜はある日、AVにスカウトされる。しかし、約束に反して無理矢理撮影されそうになり、そのAV会社の社長の冬木に助けられた。その後も何かと面倒を見てくれる冬木に高埜は惹かれてゆくが…。

LYNX ROMANCE

**月神《つきがみ》の愛《め》でる花《はな》**

朝霞月子　illust. 千川夏味

898円
（本体価格855円）

見知らぬ異世界へトリップしてしまった純情な高校生の佐保は、若き皇帝レグレシティスの治めるサークィン皇国の裁縫店でつつましくも懸命に働いていた。あるとき、城におつかいに行った佐保は、暴漢に襲われ意識を失ってしまう。目覚めた佐保は、暴漢であったサラエ国の護衛官たちに、行方不明になった皇帝の嫁候補である「姫」の代わりをしてほしいと懇願される。押し切られた佐保は、皇帝の後宮で姫として暮らすことになり…。

LYNX ROMANCE

## マティーニに口《くち》づけを

橘かおる

illust. 麻生海

898円
（本体価格855円）

勤め先の社長である芝浦に弱みを握られ、二年もの間愛人生活を強いられてきた氷崎。今の生活から脱却するため、氷崎は芝浦に陥れられて会社、家、何もかもを奪われた男・大堂に近づく。芝浦を失脚させようと二人は新たに会社を設立し、芝浦の会社を脅かしていく。そんな中、氷崎は大堂の優しさや、おおらかな性格に触れ、徐々に彼に惹かれて行く。しかし、芝浦は氷崎に対して執着を見せ…。

LYNX ROMANCE

## 硝子《がらす》の迷宮《めいきゅう》

いとう由貴

illust. 高座朗

898円
（本体価格855円）

弁護士の慎也は交通事故が原因で失明し、弟の直樹に世話をされていた。そんなある日、慎也は自慰をしている姿を直樹に見られてしまう。それ以来直樹は「世話」と称し、淫らな行為をしかけてくるようになった。羞恥と屈辱を覚えつつも、身体は反応してしまう慎也。次第に直樹から向けられる想いが、兄弟以上の感情であることに気づきはじめた慎也は弟の執着から逃れようとするが、直樹はそれを許さず…。

LYNX ROMANCEx

## 秘匿《ひとく》の花《はな》

きたざわ尋子

illust. 高宮東

898円
（本体価格855円）

病床の英里は、死期が近づくのを感じていたある日、一人の優美な外国人男性が英里の前に現れ、君を迎えに来たと言う。カイルと名乗る男は、英里に今の身体が寿命を迎えた後、姿形はそのままに老化も病気もない別の生命体になるのだと告げた。その後、無事に変化を遂げた英里は自分をずっと見守ってきたというカイルから求愛される。戸惑う英里に彼は何年でも待つと口説く。さらに英里は同族から次々とアプローチされ…。

LYNX ROMANCE

## カデンツァ2 ～青の軌跡〈番外編〉～

久能千明

illust.沖麻実也

898円
（本体価格855円）

任務を終えたカイは、十数年ぶりに故郷へ降り立った。そこには月の行政長官であり、カイはバディ飛行へと駆り立てた原因である義父・ドレイクが待っていた。以前と変わらぬ故郷に苛立ちつつも、義父への複雑な想いと執着にけりをつけようとするカイ。そこに思いがけない人物、近衛凱が現れる。彼とドレイクには何か秘密があるのを感じるカイ。彼等の計画とは？　カイの決意とは？　三四郎を巻き込み、新たな戦いが始まる…。

LYNX ROMANCE

**愛《いと》しい眠《ねむ》り**

清白ミユキ　illust. 高宮東

898円
（本体価格855円）

都立病院で麻酔科医として勤める繊細な美貌を持つ結衣章人。勤続四年目ともなり麻酔の重要さ、患者との信頼関係の大切さを身にしみて感じていたある日、アメリカから有名な外科医である真岡亮治が新たに配属されてきた。患者と全く交流を取る様子のない真岡に対し結衣は反発を覚えるが、彼が自分と同じく過去に大事な人を亡くしていたという心の疵を知る。真岡の事を知るにつれ、彼が気になり出す結衣だったが…。

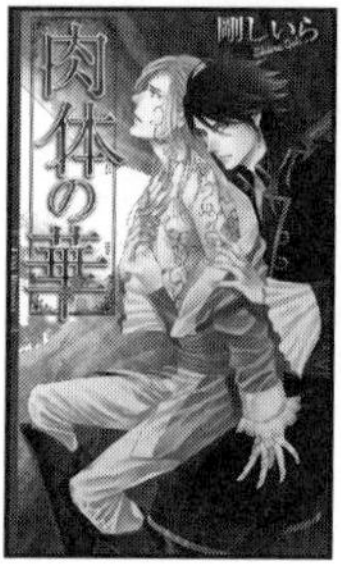


LYNX ROMANCE

**肉《にく》体《たい》の華《はな》**

剛しいら　illust. 十月絵子

898円
（本体価格855円）

「騎士は王と婚姻する―」絶世の美貌を誇り、剣の腕も優秀なラドクリフは、皇太子アルマンの騎士として、身も心も忠誠を誓っていた。しかし、王が崩御し新王となるはずだったアルマンが、第二王子の策略によって、幽閉される。さらにラドクリフは敵の罠に陥り、全身に花の刺青が浮き上がる魔女の呪いを受けてしまう。呪いをとくには、「真実の愛」を探すか、魔女と契るしかなく、アルマンを愛するラドクリフはある決断をするが…。

LYNX ROMANCE

**花《はな》と夜《や》叉《しゃ》**

高原いちか　illust. 御園えりい

898円
（本体価格855円）

辺境の貧しい農村に生まれた李三は、苦労の末に出世し、王都守備隊に栄転となるが、そこで読み書きもできない田舎者と蔑まれる。悔しさに歯噛みする李三をかばったのは十三歳の公子・智慧だった。気高く美しい皇子に一目ぼれした李三は、彼を生涯にわたって守る「夜叉神将」となるべく努力を続け、十年後晴れてその任につく。だがそんな矢先、先王殺しの疑いをかけられ幽閉されることになってしまった智慧に李三は…。

LYNX ROMANCEx

**恋《こい》するカフェラテ花冠《はなかんむり》**

妃川螢　illust. 霧壬ゆうや

898円
（本体価格855円）

アメリカ大富豪の御曹司・宙也は、稼業を双子の兄・嵩也に丸投げして母の故郷である日本を訪れた。ひと目で気に入ったメルヘン商店街でカフェを開いた宙也は、斜向かいの花屋のセンスに惹かれ、花を届けてくれるよう注文する。だがオーナーの志馬田薫は人気のフラワーアーチストで、時間が取れないとあえなく断られてしまう。仕方がなく宙也は花屋に日参し、薫のアレンジを買い求めるが、次第に薫本人の事が気になりだし…。

LYNX ROMANCE

**神《かみ》の蜜《みつ》蜂《ばち》**

深月ハルカ　illust. Ciel

898円
(本体価格855円)

上級天使のラトヴは、規律を破り天界を出た下級天使・リウを捕縛するため人間界へと降り立つ。そこで出会ったのは、人間に擬態した魔族・永澤だった。天使を嫌う永澤に捕らえられ、辱めを受けたラトヴは逃げ出す機会を伺うが、共に過ごすうちに、次第に永澤のことが気になりはじめてしまう。だが、魔族と交わることは堕天を意味すると知っているラトヴは、そんな自分の気持ちを持て余してしまい…。

LYNX ROMANCE

**別《わか》れさせ屋《や》の純情《じゅんじょう》**

石原ひな子　illust. 青井秋

898円
(本体価格855円)

便利屋の渉は、ある日依頼人から「息子の義弥と男の恋人を別れさせてほしい」という相談を受ける。依頼を引き受けた渉だが、義弥の恋人として現れたのは、かつて渉と付き合っていた清志郎だった。戸惑いつつも、仕事と割り切り二人を引き離そうとする渉。だが今も清志郎を忘れられない渉は、好きな人を騙すことに罪悪感を覚えはじめてしまう。そんな矢先、義弥の本当の恋人が清志郎ではない可能性が出てきて…。

LYNX ROMANCE

**追《つい》憶《おく》の残《のこ》り香《が》**

松雪奈々　illust. 雨澄ノカ

898円
(本体価格855円)

医者の修司は、高校時代に気まずいまま別れた親友・玲を忘れられずにいた。会えなくなってから、玲への気持ちが恋だったと気付いた修司は、ある日ゲイバーで玲を見かける。九年ぶりに会った玲は、好きな男を諦めるためにバーで相手を見繕おうとしていた。修司は、ノーマルだと思っていた玲が、自分以外の男に想いを寄せる事実に嫉妬心を抑えきれず、「誰でもいいなら、俺でもいいだろう」と無理矢理に玲を抱こうとするが…。

LYNX ROMANCE

**夜《よる》を越《こ》えていく**

高塔望生　illust. 乃一ミクロ

898円
(本体価格855円)

亡き父の夢を継ぎ、憧れの捜査一課に配属になった倉科。だがコンビを組まされたのは、一課のなかで厄介者扱いされている反町だった。はじめは反発を覚えた倉科だが、共に事件にあたるうちに反町の刑事としての信念に惹かれ、彼に相応しい相棒になりたいと思うようになる。そんな矢先、反町がある事件で妻を亡くしていたことを知った倉科は、今も反町の薬指に光る指輪を見る度に、なぜか複雑な気持ちになり…。

LYNX ROMANCE

**恋《れん》愛《あい》独《どく》占《せん》法《ほう》**

桐嶋リッカ　illust. 元ハルヒラ

898円（本体価格855円）

天然でおっとりした性格の高校生・仁射那には、スポーツ万能の和史と、優等生な歩という親友がいる。二人には食事を奢ってもらったり勉強を教えてもらう代わりに戯れのような「触りあいっこ」をしていた。また行為中に二人から「好きだ」と言われるが、本気にはしていなかった。だがある日、和史と歩から同時に告白されてしまう。返事ができなかった仁射那は、口説いてくる二人のどちらかを、一週間後に選ばなくてはならず…。

LYNX ROMANCE

**陽《かげ》炎《ろう》の国《くに》と竜《りゅう》の剣《けん》**

佐倉朱里　illust. 子刻

898円（本体価格855円）

かつて栄えたオアシス都市・ミーランでは、水は涸れかけ、疫病も流行っていた。窮地に立たされた美しき王・イスファンディールの元に、伯父の遣いでハヤブサを携えた謎の剣士が現れる。その男、シャイルはイスファンディールをことのほか気に入り、暫く王宮に留まることに。剣士は人知の及ばぬ不思議な力を持っており、何でも願いを叶えてやるかわりに、イスファンディールの身体を報酬に欲しいと言い出して――。

LYNX ROMANCE

**梟《ふくろう》の眼《め》～コルセーア外伝～**

水壬楓子　illust.御園えりい

898円（本体価格855円）

海賊・プレヴェーサで、アヤースの副官を務めるジル。6才のころ父が猟奇殺人の罪で捕まり、周りの嫌がらせに耐えながら姉と二人で生きてきた。数年後、病気の姉を抱えていたジルは偶然通りかかったボリスに拾われる。徐々にボリスに惹かれていくジルだったが、彼が姉に好意を寄せていることに気づき、彼の元を離れプレヴェーサで手腕を発揮するようになる。そんなある日、ボリスから姉の行方を問う手紙が届き…。

LYNX ROMANCE

**青《あお》いイルカ**

火崎勇　illust. 神成ネオ

898円（本体価格855円）

交通事故で足を骨折した会社社長・樹の元にハウスキーパーとしてやってきたのは、波間という若い男だった。最初は仕事が出来るのか訝んでいた樹だったが、その完璧な仕事ぶりから、波間は樹にとって手放せない存在になっていく。波間の細かい気配りや優しさから、波間に惹かれた樹は、彼と恋人の関係に持ち込むことに成功する。そんな中、会社役員の造反から、樹の会社が存続の危機に陥ってしまい…。

LYNX ROMANCE

## 瑠璃国《るりのくに》正伝《せいでん》3

谷崎泉　illust. 澤間蒼子

**898円（本体価格855円）**

瑠璃国の海子・八潮は、謎が多い貴族・渡海の策略に陥り、彼を「支え」として選ぶことになってしまう。戸惑いと不安を抱えながらも、渡海と逢瀬を重ねるにつれ、彼の自分を気づかう気持ちや優しさにふれていく八潮。渡海を好きになっていく気持ちを抑えられない八潮のもとに、占師が突然現れる。瑠璃国が嵐に襲われると知らされた八潮は、未だ後継者としての証が現れないことに、あせりを感じはじめ…。シリーズ完結巻！

LYNX ROMANCE

## 脚本《きゃくほん》のないラブシーン

風見香帆　illust. 北沢きょう

**898円（本体価格855円）**

あるきっかけで時代劇ドラマで活躍していた人気俳優・鷹之の付き人になった令也。彼の大ファンである令也は、鷹之からミーハーなファンと勘違いされ、冷たい態度をとられていた。それでも鷹之の家に住みながらDVDやビデオ、雑誌の整理などの、令也にとっては嬉しい地味で細かい作業をこなしていた。そんなある日、酔った鷹之にキスされてしまった令也。面白がっているとわかっていても反応してしまう自分に令也は…。

LYNX ROMANCE

## 甘《あま》い水《みず》2

かわい有美子　illust. 北上れん

**898円（本体価格855円）**

SIT――警視庁特殊犯捜査係に所属する遠藤は、一期下である神宮寺に告白され、同僚以上恋人未満の関係を続けていた。母を亡くした際の後悔から、自分が自ら生きることも死ぬことも選べなくなった時には、生命維持装置を止めて欲しいと考えていた。そしてその役目を神宮寺に託したいと、次第に思うようになる。そんな中、鄙びた旅館で人質立てこもり事件が起こり、遠藤たちは現場へ急行するが…。

LYNX ROMANCE

## 誓約《せいやく》の代償《だいしょう》～贖罪の絆～

六青みつみ　illust. 葛西リカコ

**898円（本体価格855円）**

皇帝の嫡孫・ギルレリウスを主とする最高位の聖獣・リュセランは、深い愛情を向けてくれる彼を愛し支えたいと願っている。しかし、生まれつき身体が弱い自分を歯がゆく思っていた。ある時、辺境にいた皇帝の四男であるヴァルクートが帰還し、初めて会うにもかかわらず本当の主が彼だと絆を通じて知る。信頼していた主との絆は偽りのものだと知ったリュセランは、ギルレリウスを問いただすが、激昂した彼に陵辱されてしまい…。

この本を読んでの
ご意見・ご感想を
お寄せ下さい。

〒151-0051
東京都渋谷区千駄ヶ谷4-9-7
(株)幻冬舎コミックス　リンクス編集部
「夜光《やこう》 花《はな》先生」係／「山岸《やまぎし》ほくと先生」係

リンクス ロマンス

# あかつきの塔の魔術師

2013年2月28日　第1刷発行

著者……………夜光《やこう》 花《はな》
発行人…………伊藤嘉彦
発行元…………株式会社　幻冬舎コミックス
〒151-0051　東京都渋谷区千駄ヶ谷4-9-7
TEL 03-5411-6434（編集）
発売元…………株式会社　幻冬舎
〒151-0051　東京都渋谷区千駄ヶ谷4-9-7
TEL 03-5411-6222（営業）
振替00120-8-767643
印刷・製本所…共同印刷株式会社
検印廃止


ISBN978-4-344-82748-6 C0293
Printed in Japan

幻冬舎コミックスホームページ　http://www.gentosha-comics.net